娶妻這麼難 3

文創風 533

玉瓚 著

目錄

第六十八章 鷸蚌相爭

沈綽坐在熏籠前面吃著糖炒栗子。

表皮深棕色的糖炒栗子，油光鋥亮，先是用手用力一捏，然後剝開表皮，就露出裡面焦黃色的果肉來，送到口中咬上一口，糯糯的、甜甜的，極是美味。

有小廝垂首走過來，在離沈綽面前幾步開外站定。

沈綽一面用修長白皙的手指慢慢地剝著手裡的糖炒栗子，一面抬頭慢條斯理地問著那小廝。「周元正今日在醉月樓裡請的是什麼人？可打探出來了？」

前兩日周元正遣了身邊的心腹周福來跟他說了一聲，說是今日要在醉月樓請個人，所以讓他這日將醉月樓清空出來，不要開門迎客。

沈綽自然是答允的，但他很好奇，周元正今日到底請的是什麼人，竟然需要清空整個醉月樓？於是他暗中吩咐醉月樓的掌櫃和一應夥計，讓他們這日注意看著點，等到看清周元正請的人是誰之後，立時就過來向他彙報。

現下站在他面前的，正是醉月樓裡的一個小夥計。

那小夥計對沈綽單膝下跪，行了個禮之後才站起身來，垂手恭敬地回稟。「今日周大人請的並非什麼朝堂上的官員，也不是京裡的豪紳，只是一位年輕的姑娘和一位年輕的公子罷了。且甚是奇怪，出來迎接那位公子和姑娘的，是周大人的姪女。後來周姑娘又讓那位公子在樓下大堂裡自己坐了，自己則帶著那位姑娘上了二樓的雅間。再後來周姑娘自己出了雅間，卻吩咐兩個粗壯的僕婦守住門口，還將門鎖了起來，竟是將那姑娘軟禁起來。小的們心中實在好奇，所以雖然咱們的醉月樓一早就被周大人圍了個水泄不通，不讓咱們靠近，可小的們還是和掌櫃的一起到了離大堂最近的那處密室裡，將耳朵貼在牆上聽著周姑娘和那位公子在大堂裡說話……」然後他便將周盈盈對秦彥所說的，一字不漏的都說了出來。

沈綽先時還只是面帶閒暇之意聽著，心裡還想著，怎麼周元正這樣精明狡詐的人還有這樣一段純情的往事？可後來聽到簡妍的名字時，他忽然面色一變，手中那顆糖炒栗子竟被他硬生生給捏碎！

他霍然起身，衣襬掃到了面前的熏籠，竟將這竹篾編製的熏籠給掀到了一旁去，但他並沒有在意，只是沈聲問道：「你說那位年輕的姑娘叫什麼名字？」

小夥計不知道發生了什麼事，被他這動作給嚇了一大跳，膝蓋發軟，立刻跪了下去。

「小的……小的聽周姑娘說……說那位姑娘叫做簡妍。」

手中握著的栗子啪的一聲掉落到沒有熏籠罩著的炭盆裡，一簇細小的火光瞬間就閃了起來。沈綽恍若未見，抬腳大步就往門外走去。

但走到門口的時候，卻又停了下來。

此時過去又有什麼用呢？正所謂民不與官鬥，周元正手中握著的權勢是那樣大，而自己還要依仗他手中那些權勢為沈家的生意鋪路。

只是，他怎麼能讓周元正這樣糟蹋簡妍？

想到「糟蹋」這兩個字，他面上忽然露出怪異至極的笑容。

據紅袖所說，這個周元正一把年紀，也不過是面上看著很是一回事，其實卻只是個銀樣鑞槍頭，很是不中用。

就這樣的一個老豬狗，年紀都足夠做簡妍的祖父輩了，看到簡妍像他年輕時的戀人，竟對簡妍起了這般齷齪的心思。

只是沈綽雖然再是不想看到簡妍被周元正糟蹋，可他也深深有著自知之明。他就算是過去了也無法阻止周元正，只怕還會讓周元正對他生了記恨之心，到時但凡周元正稍微動手懲治一番，他這些年經營的沈家生意就全都毀於一旦。

電光石火間，他腦中忽然想起了一個也許可以暫時阻止周元正的人來。

「現下是什麼時辰了？」他忽然轉過身來面對沈進，低沈著聲音問了一句。

沈進答道：「剛過申初。」

自秋分之後，朝中官員散值的時間就從申正時刻提前到了申初時刻，現下估計周元正應當是朝醉月樓的方向去了吧？有可能他這會兒都已經到了醉月樓也說不定。

他心中一沈，隨即快速地吩咐沈進。「遣了宅中所有識得徐侍郎的小廝出來，吩咐他們，從吏部官署衙門開始，直至徐仲宣家裡的這段路上，一一給我找尋，勢必要找到徐仲宣，然後告知他，簡妍正被周元正軟禁在醉月樓，讓他即刻就去醉月樓救她！」

沈進答應了一聲，轉身迅速去了。

這邊沈綽又吩咐那位醉月樓裡的小夥計。「你現下就回去，傳我的話給張掌櫃，讓他密切注意樓上軟禁那位姑娘的雅間。但凡裡面有任何異常，讓他在醉月樓放一把火，儘量趁亂將那位姑娘救走，讓她安全離開。」

小夥計只覺得自己的腦子都快不夠用了。放火燒自家的酒樓？他家這位公子是腦子進水了嗎？

但沈綽已經鳳眼半瞇起來望著他，冷聲喝斥了一句。「還不快去！若是誤了我的事，你擔待得起？」

小夥計被他這森冷的目光給瞪得渾身一個激靈，忙答應一聲，轉身就跑了。

這邊沈綽在屋子裡來回地走著，腦子裡快速地想著這事。

縱然待會兒徐仲宣過去解救了簡妍出來，那又有什麼用呢？若簡妍真的如此像那個梅娘，只怕周元正絕對不會對她放手的，即便簡妍今日逃得出周元正的魔爪，也不可能一輩子都逃得過。

周元正畢竟是當朝首輔，手中權勢滔天，若他真的想要一個女人，且還是一個沒有任何根基的商賈之女，誰能阻止得了他？自己自然是不能的，至於徐仲宣……

沈綽沈吟了下，在左手邊第一張圈椅坐下來，修長的手指無意識地在案面上輕叩著。

只怕以徐仲宣一己之力，也不能長久阻止的。現下朝中寧、梁兩王相爭儲君之位，周元正是支持寧王的，若徐仲宣真的想扳倒周元正，就只能選擇站隊梁王，與次輔吳開濟合作。只不過這樣一來，徐仲宣孤臣的身分只怕也就沒有了，到時皇帝還會如現下這般看重他嗎？沈綽的唇角微微地勾了起來。

於他而言，最好的局面就是周元正和徐仲宣對上了，到時他們兩個鷸蚌相爭，各損元氣，而自己這個漁翁得利，屆時簡妍就只能屬於他了。

不過在這之前，他得確保簡妍安全無虞才是。最好是想個法子將她藏匿一段時間，然後等到一切都塵埃落定再放她出來……

徐仲宣此時正請了吏部尚書趙正奇趙大人在一處酒樓裡喝酒吃飯。

他想著，既然要去找簡太太提親，自然是找個分量夠重的媒人，所以他就來拜託趙正奇。

自他入吏部以來，趙正奇頗為賞識他，彼此之間關係融洽，所以當徐仲宣恭敬地請求他這事時，趙正奇自然是應了。

徐仲宣想早些將他和簡妍的親事定下來，便請求趙正奇能趁明日休沐大駕光臨去一趟通州，對簡太太說他和簡妍的親事。

趙正奇聞言就呵呵地笑，打趣著他。「縱然是你這親事明日提過了，可你再想早些行大禮，至少也要等到明年四月之後，這之間的日子只怕你是難熬的吧？」

今年四月初時，宮裡有一位老太妃薨了。皇上自幼多得這位老太妃照拂，心中甚為悲傷，當即就下了旨意，規定民間庶民半年之內不得婚嫁，凡有爵之家和官宦之家則是一年內不得筵席作樂婚嫁，以示舉哀，是以趙正奇才有這麼一說。

徐仲宣笑了笑，沒有說話。簡妍身上還背著她父親的孝，這婚期最早也只能等到明年八月了。

這時小夥計端了酒菜過來，徐仲宣並沒有假手小夥計，反而親自給趙正奇面前的酒杯斟滿酒水，又將自己的酒杯也倒滿，然後他雙手端著酒杯站起來，躬身彎腰對趙正奇行了個大大的禮，恭聲說：「下官多謝大人玉成，還請大人滿飲此杯。」說罷，又道：「下官先乾為敬。」話落，便將手中的酒杯湊至唇邊，將裡面的酒水一飲而盡。

趙正奇見狀，伸手摸著自己半白的鬍鬚，笑得爽朗，也端起面前的酒杯一口飲盡，隨即放下手裡的酒杯，笑道：「這樣的好事，誰不樂意促成？仲宣，你太跟老夫客氣了。快坐下、快坐下！」

徐仲宣從善如流地坐回椅中，又勸趙正奇吃菜喝酒，一面說些朝中之事。

這時，只見雅間的門被人從外面推開來，齊桑走了進來。

徐仲宣的眉頭微微皺起，問著齊桑。「有事？」

齊桑垂手稟報著。「外面有一人，說有急事求見公子。」

何人？何事？徐仲宣心中思忖著，面上卻還是不動聲色，吩咐齊桑。「讓他進來。」

齊桑答應了一聲，隨後轉身去將那人叫進來。

徐仲宣抬眼一見，雖然面前之人是再普通不過的面貌，可他還是一眼就認出來了，這是沈綽身邊的親隨，叫做沈進。

那日杜岱請他到醉月樓去的時候，他曾在沈綽的身旁見過此人一面。

「是你找我？何事？」徐仲宣問得甚為簡潔。

沈進進來之後，目光在徐仲宣和趙正奇的身上快速掃過。

因徐仲宣和趙正奇方才是從官署衙門散值後就直接來酒樓，所以身上的官服還沒換下。

沈進雖然不識得趙正奇，但見他穿著緋色的圓領官袍，前胸補子上刺繡的是錦雞樣的圖案，他便知道眼前坐著的這個老頭是個二品大員。

然後他了然地垂眉斂目，對徐仲宣躬身行了一禮，隨即直起身來道：「公子讓小人來告知徐侍郎一聲，簡妍姑娘現下正被周元正大人軟禁在醉月樓，還望徐侍郎及早過去搭救。」

徐仲宣猛然從椅中站起來，冷聲斥道：「你胡說些什麼？簡姑娘明明好好地在我家中待著，現下又怎麼會被周大人軟禁在醉月樓中？」

「信與不信原在於大人，小人只不過是來傳一句話而已。」一面對徐仲宣的冷聲責問，沈進表現得不卑不亢、不懼不怕。

徐仲宣冷冷地盯著他，撐在桌上的手卻緊緊地握了起來。

他知道簡妍和周盈盈素有往來，偶爾周盈盈會下帖子約她出來一聚，但簡妍又如何會被周元正軟禁在醉月樓？按理來說，周元正不應當見過簡妍才是。便是見過了，簡妍畢竟是他姪女的好友，他何至於做出軟禁姪女好友這樣的事來？可若是面前這個沈進撒謊，他又何必要對自己撒這樣的謊？沈綽到底居心何在？

可這些都是不是重點，重點是簡妍。

但凡是涉及到簡妍的事，不論沈綽是何居心，到底是不是遣了這沈進來對他撒謊，他勢必都要去醉月樓看一看才放心。

於是他轉身對趙正奇匆匆地行了個禮，快速道：「下官還有事，得先行離開，還請大人見諒。」說罷，轉身就大步走出了屋子。

齊桑也忙跟上前。

因近來天氣越發冷了，徐仲宣去官署應卯時多是坐轎子或馬車，齊桑則騎馬在一旁相隨。現下轎子就停在酒樓門外，另有兩匹馬繫在旁側的柱子上。

一匹是齊桑騎來的，一匹則是沈進方才騎來的。

徐仲宣並沒有坐轎子，反而大步走到一匹馬面前，兩三下就解開了繫在柱子上的馬韁繩，然後翻身上馬，接過齊桑遞過來的馬鞭，狠狠地就一鞭子抽在了馬屁股上。

那馬長嘶一聲，立時四蹄高高揚起，簡直就是飛一般地直竄了出去。

齊桑見狀，也是心急火燎地翻身上了另外一匹馬，一鞭子甩在馬屁股上。

但凡只要遇到簡姑娘的事，公子便沒有辦法冷靜理智下來。若果真如那沈進所言，現下簡姑娘被周元正軟禁在醉月樓，只怕就算那周元正是當朝首輔，權勢滔天，公子也顧不得那麼多了。

可是，周元正畢竟是當朝首輔啊！公子雖然是個正三品的吏部左侍郎，可對上周元正，只怕也是占不了什麼便宜的！

齊桑心裡亂紛紛的一片，暗暗地不住叫苦，但也只能拍馬緊跟在徐仲宣的身後，朝醉月樓的方向而去。

好在醉月樓不算遠，飛馬而去也不過一會兒的工夫就到了。

徐仲宣身在馬上，遠遠地就看到了醉月樓二樓的一處窗子前站了一個人。

縱然那人背對著他，他只能看到一道背影，可他還是立刻認出來了，那是簡妍。

他心中一沈。簡妍果真在這裡，那沈綽所言自然是不虛的。如此說來，那周元正定然也在上面。

只是，簡妍現下站得離窗子這樣近做什麼？

他緊緊地一勒手中的馬韁繩，堅實的革帶子都將他的左手掌硬生生地勒出了一道深深的血痕子來，但他恍然未覺般，只是飛快地翻身下馬，大踏步地就往醉月樓的大門而去。

守在門口的幾個小廝眼見有人過來，自然是伸手要攔。

徐仲宣面罩寒霜，也無二話，直接一甩手，將手中的馬鞭狠狠抽了出去，喝道：「滾開！」

他現下畢竟是穿著官服，胸口的補子上又是孔雀紋樣的圖案，這可是朝中三品的官員啊！於是這幾個小廝心裡就有些發怵，並不大敢真的出手攔他，可到底又記著周元正那時的吩咐：不許放一個人進來。

於是有個小廝面上帶著笑意，恭敬地道：「這位大人，這醉月樓今日是被我家大人包下的，並不接待外客。我家大人是內閣首輔周大人。」這小廝滿以為搬了周元正的名頭出來，即便對方是個三品官員，那也得退讓，再是不敢在這醉月樓門前囂張了。

可徐仲宣一聽到周元正的名字，面上就越發冷了下來。

果然是周元正在搞鬼！

「滾開！」他手中的馬鞭又對這幾個小廝用力地甩了出去。

這次，頭先的那個小廝躲避不及，臉上挨了狠狠一馬鞭，頓時只覺得火辣辣的痛。

齊桑這時也趕了過來。他是練過武的人，又豈是這幾個小廝能比的？他一出手，幾下就將這幾名小廝給踹翻了，然後他便對徐仲宣道：「公子您盡快進去，這些阻攔的小廝都交給屬下。」

徐仲宣此時已直接踹開了面前兩扇緊閉的房門，提著馬鞭，極快地衝了進去。

雖然進了醉月樓以後也有小廝、僕婦上前阻攔，但一來徐仲宣官服在身，眾人也不敢真的對他如何；二來他現下面上如罩寒霜，一身森冷威勢，瞧著極其駭人；三來又有齊桑在旁邊保駕護航，所以，眾人雖然有心想攔，可到底也是攔不住，只能眼睜睜地見著徐仲宣迅速地沿著扶梯上了二樓。

二樓有幾個雅間，徐仲宣飛快地掃了一眼，見著一間雅間前面有兩個僕婦守著，他立時大踏步地朝那雅間而去。

那兩名僕婦伸手想阻攔，可已被徐仲宣狠狠地一人一鞭子給抽在了臉上，一時只顧著伸手去捣自己的臉，竟顧不上來阻攔了。

徐仲宣並沒有戀戰，得了個空隙，一腳就重重地踹開了面前的房門，直衝了進去。

然後，他一眼就見到簡妍站在窗邊，手中拿了一支簪子，尖尖的那頭正對著她自己的喉嚨要戳下去！

第六十九章　交鋒首輔

徐仲宣只覺得雙目充血，忙開口大喊一聲。「簡妍！」

簡妍原本是存了必死之心，所以手中用了極大的力，勢必要這一簪子下去就血濺當場。豈料猛然聽到徐仲宣這一聲大喝，心中一震，手抖了抖，手中力氣去了一大半不說，那簪子也是一斜，歪向了一旁。

只是那簪子頭實在尖利，饒是這樣去了一大半的力，脖頸旁側仍被劃了開，有猩紅的鮮血順著她白皙的脖頸慢慢地流出來。

「徐仲宣？」簡妍不可置信地望著站在門口的徐仲宣，只疑心定然是自己在作夢。

他如何會這千鈞一髮之時出現？

徐仲宣緊張得渾身都緊繃起來，拿著馬鞭的手更是緊緊地握著，幾欲要將那紅木製成的鞭桿給硬生生地捏碎。

「是我，簡妍，我在這裡。」他生怕簡妍又做什麼傻事，一面將聲音放柔，一面緩緩地朝簡妍站著的地方移過去。直至離她幾步遠時，他閃電般地撲過去，一把握住她的右手，將那根玉蘭紅珊瑚簪子從她手中奪下來。

簪子尖利的那一頭還沾了一些血跡，而她脖子上猩紅的鮮血依然慢慢地往下流著，瞧著真是分外觸目驚心。

徐仲宣顫著手從懷裡掏出他一直隨身攜帶的，那塊淡綠色、一角繡著一叢高雅蘭花的手絹，摀在她的脖頸上，說出來的話語也是顫的。「妳怎麼這樣傻？妳死了，我怎麼辦？」

簡妍原本內心還是一種視死如歸的決絕之意，滿是沈著冷靜，可是這會兒一見到徐仲宣，聽著他這樣柔聲地責怪她，一時所有的沈著冷靜全都沒有了，整個人開始後知後覺地害怕起來。

就如同一艘在巨風巨浪中顛簸的小船，滿以為這次是必死無疑，也存了必死之心，可猛然間卻到了一處沒有一絲風浪、能給她無數安寧平靜的安全港灣，這種劫後餘生的放鬆感，足以使她先前凝聚起來的勇氣和決絕在頃刻間消失殆盡。

她身子輕晃，霎時只覺從頭到腳所有的力氣都像被人一下子給抽走，連手指尖都使不上半點力氣。

「徐仲宣、徐仲宣、徐仲宣……」她哽咽地一聲聲喚著他的名字，其他的什麼話都似不曉得說了一樣。

徐仲宣伸手攬她在懷，垂頭望著她，同樣一聲聲地回答她。「我在、我在，我在這裡。」

對面的周元正此時卻皺著眉頭望著他們。

方才簡妍抬手拿著簪子那般決絕地對自己的喉嚨要刺下去的時候，他的一顆心也高高地提了起來。他雖然想逼她就範，但並不想逼死她。

梅娘已然死了，他不想再讓一個與她如此相像的人也死了。

隨後，徐仲宣就衝了進來。

當看到徐仲宣伸手奪下簡妍手裡的簪子時，周元正也大大地鬆了一口氣，只是後來看著徐仲宣和簡妍的言語動作是那般親密，他便開始覺得心中極其不舒服，眉頭也緊緊地皺了起來。

看著簡妍倒在徐仲宣懷中的感覺，就如同親眼看著梅娘和其他男人抱在一起，這讓他如何能忍受得了？

「徐仲宣，」於是他慢慢開口，直截了當地問道：「你和簡妍，是什麼關係？」

徐仲宣自踹門進了屋子後，就被簡妍握著簪子欲自盡的場面給嚇得差點魂飛魄散，其後他又忙著給她搗脖頸上的傷口，又忙著安撫她，壓根兒就沒有注意到這屋子裡還有個周元正。

這會兒聽到周元正的聲音，他心裡立時就起了滔天恨意，差點就要淹沒他所有的理智和冷靜。簡妍究竟被周元正威逼到了什麼樣的地步，竟欲自盡在此？

只是當抬起頭的時候，他面上卻依然平靜，便是眼底的怒氣也被他硬生生地斂了下去，半點都沒有顯現出來。

「簡妍是下官未過門的妻子。」徐仲宣一手攬著簡妍纖細的腰肢，完完全全、明明白白地對周元正宣示他對簡妍的占有和所屬權。隨後他抬眼，平靜地對上周元正飽含怒氣的目光，聲音冷淡地問道：「不知周大人今日叫了下官的妻子來此，是有何事見教？」

「妻子？」周元正笑了。「仲宣，你可真是會說笑啊！」他斂了面上涼薄的兩分笑意，慢慢地說：「怎麼簡妍的母親沒對我提起，已將簡妍許配給仲宣你為妻的事了？」

徐仲宣聞言，心中微沈。

周元正此話分明表示他已和簡太太接觸過了。

他為了什麼去接觸簡太太？簡太太又和他提了什麼？還是，到底他和簡太太提了什麼？

徐仲宣心中其實已經隱約知道了答案，但他還是輕抿著唇，不願意承認。

簡妍的身子這時動了動，似是輕顫了一下，要從他的懷中抬起頭來一樣。徐仲宣察覺到了，攬著她纖細腰肢的胳膊立時便緊了兩分，重又將她按回自己懷中，另外一隻手也抬起來，寬大的袖子擋住了簡妍的頭，完完全全將她和周元正的目光阻隔開來。

這些事，他自然會解決的，簡妍只需要好好在他的懷裡就好。

察覺到他的舉動，周元正的目光也完完全全冷了下來，於是他冷道：「徐仲宣，簡妍的母親已經同意讓簡妍做我的侍妾了，今日我便是要帶她走的，你這樣抱著我的侍妾，只怕是於理不合的吧？」

徐仲宣的一顆心完完全全地沈了下去。

果然如此！

但他面上還是看不出半分情緒破綻，只是冷淡地說：「周大人此話說差了。現下正值國喪期間，你我身為臣子，理應分君之憂、哀君之傷才是，周大人又怎可在國喪期間納妾？皇上最重孝道，若是聽聞此事，只怕是會心中不喜的。」

周元正聞言，心中怒氣頓生，可是他竟然無法反駁徐仲宣的話。

徐仲宣又道：「時候不早，下官就先告辭。」說罷，握緊了簡妍的手，就要帶她離開。

「你可以離開，」此時卻聽周元正的聲音慢慢響起。「但是簡妍不能離開。」

「看來，周大人是想明日一早，就有一份關於大人於國孝期間納妾的奏章擺在皇上的龍案上了？」徐仲宣回頭，毫不畏懼地對上周元正的目光。

周元正聞言，緩緩地笑了笑，而後慢條斯理地道：「就算你寫了這樣一份奏章呈上去，也不見得就能到得了皇上的手中。」

徐仲宣面上微微變色。

周元正這意思，豈非是說他能掌控了這朝中的百官？所以但凡他不想讓皇上看到的奏章，自然會使人暗地裡將這份奏章給剔出去？他待要開口說話，這時卻聽得門外有一道渾厚的聲音響起來——

「什麼樣的奏章竟到不了皇上的手中？仲宣你但管寫，老夫替你呈上去，擔保能到得了皇上的手中！」

話音未落，這人已走入屋裡來。

剛毅威嚴的國字臉，濃眉大眼，一身浩然正氣，正是吏部尚書趙正奇。

徐仲宣對他躬身行禮，叫了一聲趙大人。

趙正奇身後跟了一位小廝，懷中抱著一領玄色絲絨鶴氅，手中拿著一頂烏紗帽。

趙正奇指著那小廝懷裡及手中的玄色絲絨鶴氅和烏紗帽，對徐仲宣笑道：「方才你走得急，竟忘了拿這鶴氅和烏紗帽，我少不得就給你送過來，不想一進來就聽到了周大人的這等言語。周大人，」他轉而面向周元正，面上笑意消散。「你方才的那番話，可是足夠老夫明日上一道奏章彈劾你了。」

周元正鼻中輕哼一聲。「老夫倒是不知，周大人身為吏部尚書，何時還兼任起了都察院的職務？」

都察院主掌監察、彈劾及建議，而趙正奇的吏部卻只掌管天下文官的任免、調動、考核等一應事務，所以周元正此語有嘲諷之意。

趙正奇聞言，卻正色道：「周大人此言差矣。為人臣子者，先天下之憂而憂，後天下之樂而樂，遇不對之事，就應矯正，與任何職位有何關係？」

周元正冷哼一聲，並沒有再作聲。

他現下雖然為內閣首輔，手中權勢甚大，可這趙正奇卻是吏部尚書。閣權與部權相制衡，互相傾軋，卻又不分高下。且這趙正奇以前曾做過帝師，極得皇帝信任，足可與他分庭抗禮，所以對著趙正奇，他即便心中有再大的意見，面上也不敢真的如何。

其實周元正一直都想要拉攏徐仲宣，待來日徐仲宣官職再上一步，若能閣權和部權不再相互制衡，他手中的權勢豈非更大？只是梅娘於他而言實在執念太深，所以縱然他明知道這樣做徐仲宣會站在他的反對面，從此與他勢如水火，可他還是沒有辦法對簡妍放手。

若只是其他一般女子，不說早就放手，只怕徐仲宣稍微多看一眼，他都會立時遣人給徐仲宣送過去。

只是簡妍在他的心中已是等同於梅娘了。當年的不可得，被梅娘父親嘲諷、奚落他無權無勢、無財無富、癩蝦蟆想吃天鵝肉的種種屈辱，勢必要現下在他有權有勢、有財有富的情況下悉數地一一洗刷掉。

這時趙正奇轉頭面向了簡妍，撫鬚微笑，問道：「妳就是簡姑娘？」

徐仲宣現下雖然沒有擁簡妍在懷，只是讓她站在自己身後，完完全全地遮擋著她，但他的右手還是緊緊握著簡妍的手，自始至終都沒有放開過，守護之意可見一斑。

簡妍聽得趙正奇的問話，便從徐仲宣的身後走出來，屈膝垂首對趙正奇行禮，甚是謙謹恭敬地說：「小女簡妍，見過趙大人。」

只是剛剛簪子傷了脖頸，聲音便不再如以往那般清潤，反倒是微微帶了一絲嘶啞。

趙正奇見她脖頸上紮著一塊手絹，有血跡滲透，暗紅洇濕一片；又見她雖然此刻面上是煞白一片，但對他行禮言語之時仍未見絲毫慌亂，心中不由得對她多了幾分讚賞之意。

是個堅貞的姑娘，難得的是還甚是穩重。一般姑娘遇到這樣的事，只怕早就軟如麵條、六神無主，只會哭了。

於是趙正奇就伸手虛扶了簡妍一下，笑道：「確然是個好姑娘，怪不得仲宣會對妳如此傾心，非卿不娶了。」頓了頓，又笑道：「仲宣已託了我為媒，明日去向妳母親提親了。」

簡妍待要開口道謝，這時卻只聽周元正的聲音極其森冷地響了起來——

「只怕趙大人的這杯媒人酒是喝不上了，因簡妍的母親前兩日已答應老夫，要將簡妍許給老夫為侍妾。」

簡妍的心中又沈了下去，面上一時更加煞白起來。

這時有溫暖的手伸過來，握住了她顫著的雙手。

「不要怕，沒事的。」徐仲宣低低的聲音在她身後響起。

趙正奇一聽周元正這樣說了，一時也是沒有法子的。

畢竟這樣的事，人家母親都同意了，他一個外人，還有什麼好插嘴的？

只是望著簡妍和徐仲宣兩個人緊握在一起的雙手，他到底還是忍不住對周元正道：「且不說君子有成人之美，周大人，你我的孫女兒都與這簡姑娘一般大了，你何必還要執著於納年紀這樣小的姑娘為侍妾？況且，看來這位姑娘心中也是不願與你為侍妾的，你又何必要逼迫她？」

周元正對此的回答，是從鼻子裡冷哼一聲，說：「這是老夫的私事，趙大人不必多說！」

趙正奇確實不好多說什麼，因為並沒有不允許年紀大的人納幼女為妾的規定。老夫少妾，古今都有，蘇東坡的「一樹梨花壓海棠」這樣的詩句，原就是用來嘲諷自己的一位好友在年老之時納幼女為妾的事。

這時就聽徐仲宣道：「縱然周大人已與簡妍的母親商議好此事，但國喪期間，周大人自然不能現下就將簡妍納入府中。既如此，簡妍原就是住在我通州的祖宅中，現下我卻是要帶她回去的。」

趙正奇此時也道：「周大人為官幾十年，對皇上的旨意素來便是遵從的，仲宣此話大是有理。既如此，你便先帶簡姑娘回去，順帶也找個醫館給她好好包紮一番她脖頸上的傷口。至於周大人，老夫也許久未同周大人一起把酒暢談了，相請不如偶遇，就現下吧！」說畢，呵呵笑著，就伸手請周元正落坐。「來、來，我們兩個老頭子今日好好地喝上幾杯！」

周元正待要再說，徐仲宣已趁著這個空隙，示意齊桑從趙正奇小廝的手中接過自己的鶴氅和烏紗帽，自己則轉身帶著簡妍迅速出了門。

簡妍一出這雅間，方才強撐著的一口氣立時就沒了，整個人開始後知後怕起來，身子也是軟如水，一雙腳如同踩在雲朵上，虛浮無力，壓根兒就不能往前走一步。

徐仲宣見狀，打橫將她抱起來，又從齊桑手中接過鶴氅蓋在她的身上，極快地下了樓。

到了樓下大堂，周盈盈和秦彥聽見樓上雅間裡的動靜，早就從旁側的屋裡出來了。

簡妍一見到秦彥，便讓徐仲宣停了下來，掙扎著從他的懷抱中下來，啞著聲音問秦彥。

「你有沒有事？」

她這身子一落地，蓋在她身上的鶴氅就微微滑落一截下來，露出了她脖頸間繫著的那塊淡綠色的手絹。

秦彥眼見那手絹上暗紅洇濕了一大塊，隱隱有鮮血的鐵腥味傳入他的鼻中，他心中大是震驚，一時整個人竟震顫得說不出話來。

方才他那般膽小，為了自己的前程和性命，明知道她在上面可能會受到周元正的脅迫，可他卻是不敢衝上去帶她離開，甚至連衝上去說一句話都不敢。可是她現下都這般了，方脫險境，竟是掛念著他，迫不及待地要問一問他有沒有事？

秦彥的一顆心顫如深秋冷風中的枝頭黃葉，半晌才搖搖頭，也是啞著聲音答了一句。

「我……我沒事。」

簡妍這才放下心來，又轉頭望著周盈盈，一張臉完全地拉下來，聲音也冷了下來，問道：「白薇在哪裡？」

周盈盈也在望著她脖頸上繫著的那塊手絹，同樣被上面那一大塊暗紅色的血跡給震撼到了。

這時聽得簡妍發問，她便揮了揮手，召了一名僕婦上前來，吩咐她去將白薇帶過來。

那僕婦答應著轉身去了。

周盈盈沈默片刻，最後還是啞然開口，對簡妍道：「簡姑娘，對不住得很，只是我也是身不由己，還請妳見諒。」

「妳身不由己，就可以趁我沒有防備的時候在我的背後插我一刀，伸手將我往火坑裡推嗎？」

簡妍的回答，是一語不發地扭過頭去，沒有理會她。

這樣的朋友，不要也罷。

徐仲宣卻是目光森冷地望了周盈盈一眼。

那目光如刀，縱然只是瞥了她一眼，可周盈盈還是感覺到了剮肉剔骨似的寒意。

白薇很快就被那僕婦帶過來，萬幸她並沒有受什麼傷，只是一雙眼哭得高高地腫了起來。

一見到簡妍，白薇立時就撲過來，哭叫著。「姑娘！姑娘，妳沒事吧？」一眼瞥到她脖頸上繫著的手絹上暗紅的血跡，眼淚一時就滾得越發多了，邊哭邊問道：「姑娘……姑娘，妳這是怎麼了？」

簡妍從鶴氅裡伸了一隻手出來，安撫似的拍拍她的手，微微笑道：「我沒事。妳看，我這不是好得很嗎？」

白薇只哭得說不出話來。

徐仲宣此時極快地吩咐齊桑。「速去吩咐原先跟隨簡姑娘來的車夫，將馬車趕到門口來。」

齊桑忙忙地答應了一聲，轉身飛跑著去了。

徐仲宣這時又對白薇道：「此地不宜久留，我們回去再說。」

白薇忙點頭，伸手抹了抹眼淚，一臉堅定地站在徐仲宣的身後。

徐仲宣抬手將方才滑落下來的鶴氅復又將簡妍給包裹得嚴嚴實實的，而後他俯首垂頭，一側臉頰輕輕地偎了偎簡妍蒼白冰冷的臉頰，柔聲安撫著她。「沒事了，我現下就帶妳回去。」

說罷，再次打橫抱起簡妍，轉身闊步地朝門外而去。

第七十章　奪妻之仇

冬日黃昏，殘陽已落，從天際襲來的黑暗空茫詭秘，漸漸籠罩遠山近處。有颯颯寒風自蕭瑟原野颳過，帶來冬日肅殺之氣，捲起路旁的落葉枯草，旋轉著一路直上寂寥半空。

薄暮冥冥中，有馬車沿著官道不疾不徐地駛過來。

馬車車廂裡，徐仲宣將簡妍整個抱在懷中，因怕她冷，又用鶴氅將她包裹得嚴嚴實實的。

可縱然如此，當他俯首將臉貼著她的臉頰時，還是覺得冰涼一片。

他垂頭望著她，見她面上蒼白一片。雖然剛剛找了大夫處理過脖頸上的傷，撒了藥粉止血，可纏繞著的素白布帶上依然還有幾點血跡滲出來。

想起剛剛揭開手絹的時候，她脖頸上猙獰的傷口和猩紅的鮮血，徐仲宣止不住就覺得心中一抽一抽的痛。

他俯身，雙唇溫柔地在她的額頭上輕觸了一下，隨後雙臂收緊，恨不能將她整個身子都嵌進自己的身體裡，這樣任是何人都不能從他的身邊奪走她了。

他垂頭貼著她的臉頰，柔聲問她。「妳在想什麼？」他總是隱隱地覺得心中有些不安。

先前他衝進醉月樓的二樓雅間，一眼看到簡妍正舉著簪子要刺進自己咽喉的畫面實在是驚嚇到他。

若是當時他再晚到一會兒，若是當時簡妍不是聽到他的喊叫而手抖了一下，現下他哪裡還能如這般地抱著她？

只要想到那幅畫面，便是現下他還是覺得心肝俱顫，於是抱著簡妍的雙臂一時更是收得越發緊了，似乎這樣便能讓自己安心一些。

簡妍自從醉月樓出來之後便一語不發。

先時是因為後怕，胸腔裡的一顆心顫如顛篩，壓根兒就不曉得該說什麼？後來則是徐仲宣壓根兒就沒有給她說話的機會。

她縮在他的懷裡，聽著他沈聲地、有條不紊地吩咐車夫駕車，讓齊桑找了醫館，包紮好後又將她抱進了這溫暖的車廂裡，緊緊地將她抱在自己的懷裡。

她恍似壓根兒就什麼事都不用去想，什麼心也不用去擔，只需這般安靜地躺在他的懷裡就好。

現下聽得徐仲宣問她，她有些飄遠的思緒方拉回了一些。

柔軟的身子在他的懷中蹭了蹭，找了個更舒服些的姿勢，重又窩在他的懷裡，簡妍才低聲答道：「我並沒有想什麼。」

只是徐仲宣始終還是覺得不安。

簡妍是這般寧為玉碎，不為瓦全的倔強性子，現下她卻明明白白地知道周元正已同她母親提了要納她為侍妾的事，她心裡怎麼可能會好受？先前在醉月樓的時候，她已舉著簪子欲自盡了，那往後呢？會不會一時心中想不開，又尋了個什麼法兒要自盡？

只要一想到這裡，徐仲宣心中湧上了一股極大的恐慌。

「簡妍、簡妍……」他一面低聲喚著她，一面就垂頭去親吻她的雙唇。

他親吻得急切又用力，雙唇緊緊地壓著她的雙唇，探舌入內，輾轉廝磨，不肯放開。

她嬌嬌軟軟的身子被他這般緊緊地圈在懷裡，粉粉嫩嫩的雙唇被他這般用力地反覆吸吮，鼻尖縈繞的都是她身上淡淡的幽香，似乎唯有這般才能安撫住他那顆害怕隨時會失去她的不安的心。

簡妍早先自醉月樓被徐仲宣抱出來之後，便覺得一輩子的力氣都用盡似的，渾身發痠，這會兒被他這般凶猛地親吻，更是覺得全身都無力了，連原先攀在他胳膊上的手也是無力支撐，軟軟地垂了下來。

徐仲宣被她這樣給嚇了一大跳，忙放開她，目光慌亂地盯著她看。

簡妍努力地對他露了一個笑容出來，安撫著他。「我沒有事，你不要怕。」

但徐仲宣如何會不怕？

他緊緊將她整個身子都擁在自己懷中，雙唇貼著她的耳邊，語帶懇求地低聲說：「簡妍，妳要答應我，往後再也不要做今日這般的傻事了。」

簡妍苦笑一聲。

如果可以，她自然也不願意做這樣的傻事，可是在那樣的境況下，她也不曉得為什麼，忽然心裡就湧上了一股孤憤決絕之意，竟是只想著要尋死。

徐仲宣親眼看到了那樣的場面，想必是嚇到他了吧？

於是她便抬了右手，在他的背上輕輕地拍了拍，柔聲說：「好，我答應你，往後我再也不會做這樣的傻事了。」

徐仲宣一剎那竟覺得眼角一陣酸澀。

他埋首在她瘦弱的肩頭，雙臂緊緊地箍著她的腰背，片刻之後才啞然地說了一句話。

「簡妍，妳要時刻記得一句話，妳在，我就在。」

簡妍微怔，過後心中大是感動。

周元正是權傾朝野的首輔啊！徐仲宣再是天縱英才，再是年輕有為，可是對上老辣狡詐的周元正，他的勝算還是很小的。可即便在這樣的境況下，方才他還是決然地站了出來，擋在她的身前。

於是她也伸了雙臂，環住他的腰背，在他的懷中無聲地點頭，笑著應了。「好，我記住你這句話了。」隨後她又笑道：「只是現下你的雙臂能不能鬆一鬆呢？我怕你再這樣緊緊勒下去，我整個人都會被你給勒細了。」

徐仲宣聞言，忙將雙臂放鬆一些。但他還是不願意簡妍離開他的懷中，於是他曲起一條腿，方便簡妍舒適地靠著，只是雙臂依然鬆鬆地圈著她的身子。

只有時刻擁她在懷，他方能略略心安一些。

簡妍也不拒絕他這樣，而且就勢將頭靠著他的胸口，身子斜斜地倚在他的腿上，雙臂鬆鬆地環著他的腰身。

兩人這般安靜地相擁了一會兒，簡妍就聽得徐仲宣的聲音在頭頂沈沈地響起——

「告訴我，今日到底發生了什麼事？為什麼周元正會忽然要納妳為侍妾？周盈盈又為什麼要誆騙妳去醉月樓與周元正會面？在雅間的時候，周元正又是如何逼迫妳的？一個字都不要漏，全都告訴我。」

簡妍的頭緊緊地靠在他的胸口，耳中可以聽到他胸腔裡心跳的聲音，一下一下的，沈穩有力。

她凝了凝神，然後慢慢自那日在周府中周元正見到她時是如何失態，喚她做梅娘時開始說起，隨後便是周盈盈給她下了帖子，四月又無意之中撞見了有陌生的僕婦和丫鬟自簡太太的屋裡出來、今早簡太太對她說的那番含糊的話語，以及到了醉月樓後，周盈盈和周元正對她說的所有的話，全都一字不漏地說給徐仲宣聽。

最後她緩緩地說：「想來周元正是將我當作了梅娘的替身，所以自那日在他府中見過我之後，便遣人去尋訪我的來歷，隨即便向我母親說了要讓我做他侍妾的事。只是一來我母親也有些知道我的性子，怕我不願意，所以一早就與周元正約好，藉著周盈盈給我下帖子，邀我今日出來一聚，卻不過是想讓周元正乘機將我擄走，安置於一處院落裡，到時生米煮成熟飯，想來我再反抗也是無用的。這二來，神不知鬼不覺的，便是有人想藉此彈劾周元正於國喪期間納妾室也是不成。這兩個人倒都是一副好謀算。」

「這樣的事妳母親竟然都不對妳說起一個字，反倒任由別人這樣對妳？」徐仲宣咬牙，語氣中滿是怒意。「她到底還是不是妳的親生母親？」

簡妍苦笑了一聲，簡太太原本就不是她的親生母親啊！

不過，這件事暫且還是不要對徐仲宣說的好。誰知道她這身子的親生父母到底是個什麼樣的呢？且那時抱著她的僕婦滿身是血地橫死在那裡，誰曉得當時到底是什麼樣的情況？若是背了個什麼謀逆罪犯之後的罪名，那可就越發不好辦了，現下的情況還不夠亂嗎？

所以她只是笑著搖搖頭，語氣有些自嘲地說：「誰知道呢。」

徐仲宣也沒有再說話，又伸手將她擁在懷中，慢慢地輕撫著她纖弱的背。

只是方才他心中所有的溫柔和不安，此刻全都褪得一乾二淨，取而代之的是徹骨的冰冷肅殺之意。

奪妻之仇，不共戴天。自現下開始，他與周元正自然是勢如水火，再也不用與他虛與委蛇了。

他腦中急速地分析著現下和往後的情況。

現下最不利的自然是周元正已和簡太太說好要納簡妍為妾的事了，這個已成定局，他暫且沒法去推翻；而最有利的事則是，現下正值國喪期間，即便周元正和簡太太已約定好，可在明年四月前，周元正是無法納簡妍進門的。

也就是說，現下還有四個多月的時間。

徐仲宣雙眼微微瞇起，眼尾處往上的弧線銳利冰冷。

四個多月的時間，他勢必要讓周元正從他內閣首輔的位置上滾下去，然後再乾淨俐落地弄死他。

但是如今最重要的，還是要好好地安撫簡妍。

「簡妍，」他低頭，下巴擱在她的頭上，聲音沈穩，有著令人心安的感覺。「妳放心，我是絕對不會讓妳給周元正做妾的。」

簡妍已經閉上了雙眼。

被厚實的鶴氅嚴嚴實實地裹著，又被徐仲宣牢牢地抱在懷裡，鼻中是他左手腕上戴著的迦南手串的淡淡香味，她只覺得心中很放鬆安寧，禁不住就有些昏昏欲睡的感覺。

耳中聽得徐仲宣沈穩的聲音，她淡淡地「嗯」了一聲，但還是沒有睜開雙眼。

徐仲宣尚且還在說著。「既然梅娘是周元正心中的執念，而妳又生得這般像那梅娘，周元正勢必不會對妳放手。現下妳雖然被我帶回來，又以著國喪之名，杜絕了他明年四月前納妳為妾的指望，但他如何會甘心？且現下他又知曉了妳我之間的親密關係，只怕明日就會遣人來威逼妳母親帶著妳搬離徐宅，遷到他所置辦的其他宅院裡去。但是簡妍，妳要記住，便是妳的母親同意了此事，妳也是萬萬不能同意的——若是妳住到了他所置辦的宅院裡，無疑就處在他的掌控中，到時凡事都不由得妳。

「現下梅娘已死，周元正既是將妳當作梅娘的替身，那他心中自然還是有幾分重視妳的。且今日妳在醉月樓的時候又當著他的面那般決絕地要自盡，想來他也不敢太逼迫於妳，所以明日妳只需在妳母親面前表明妳不離開徐宅，不住到周元正所置辦的宅院裡的決絕態度，妳母親和周元正自然會掂量一二，不敢再來逼迫妳。妳要記著，但凡只要妳一直在徐宅裡住著，周元正就不敢對妳怎麼樣。

「只是周元正此計不成，隨後應當又會遣了丫鬟、僕婦過來，名義上是為了服侍妳，其實是為了防範妳我再見面，同時也是戒備，監視著妳，這個只怕妳是推脫不掉的。接受了他遣過來的丫鬟、僕婦也罷，左右還能讓周元正心中暫時放鬆對妳我的警惕。至於他遣過來的丫鬟、僕婦，畢竟只是下人而已，她們並不敢對妳怎麼樣，妳不要怕她們，依然和平日一樣就好，若她們冒犯了妳，妳大可嚴加訓斥，其他的事，妳交由我去辦就好。」頓了頓，他又柔聲道：「簡妍，妳只需知道，妳這輩子只會是我的妻子，我會好好地守護妳，絕不會讓妳給任何人為妾室，所以這段時日妳不要多想什麼，如往常一般好好過妳的日子就好。」

簡妍此時正處在要睡著的邊緣，可她又強撐著想聽徐仲宣說話。迷迷糊糊中，他的聲音恍似天籟，既溫和又沈穩，讓她覺得極安心，一時睡意就越發濃了起來。

恍惚中，有溫熱的手輕輕地撫著她的臉頰，那道讓她覺得很安心的聲音又低聲說著——

「睡吧。妳放心，我會在妳身旁一直守著妳的。」

簡妍終於不再強撐著，任由自己睡了過去……

徐仲宣聽得她平緩輕柔的呼吸聲，怕她著涼，又細心地將鶴氅往上拉了拉，蓋住了她的整個身子，只露了一張小臉在外面。

她原就生得肌膚白皙如玉，今日受了這番驚嚇，縱然她沒有大哭大鬧，可心底自然也是怕的，是以雖然都這麼長時間過去了，可她的面上還是煞白一片。

徐仲宣見了，心中忍不住又開始覺得一陣陣抽痛。

他俯首低頭，雙唇輕輕在她柔軟冰涼的臉頰親吻著，旋即又忍不住地收攏胳膊，想將她抱得更緊些，可又怕勒到了她，讓她覺得不舒服，因此又放鬆了一些。

原本明日他就會上門提親，從此和簡妍日日相對的，怎會想到周元正竟然在這中間橫插了一槓！

腦中禁不住又想起了先前醉月樓裡的一幕，於是一剎那間，他眸光便又深深地沈了下去。

周元正敢這樣逼迫簡妍，自己是絕不會放過他的！

只是現下，他望著懷中簡妍的睡顏，心裡一陣陣發苦。

只怕過了今夜，在徹底扳倒周元正之前，他再想如此時這般將她親密無間地抱在懷中的機會是極少的了。

是以他尤為珍惜現下的這一刻，恨不能這條從京城到通州的路永遠都沒有盡頭，這樣他就可以一直將簡妍抱在懷中了。

只是，不到一頓飯的工夫，馬車便停了下來，齊桑試探的聲音在車簾外輕聲響了起來——

「公子？」

徐仲宣並沒有應答，他只是垂目望著依然熟睡的簡妍，眸中滿是不捨。竟是這麼快就到了嗎？

齊桑也沒有再出聲，只是垂手在馬車外面安靜地等著。

片刻之後，有修長白皙的手揭開了車簾。

齊桑趕忙上前欲幫忙，但徐仲宣卻繞過他，小心翼翼地護著懷裡抱著的人，將她的頭又往自己的懷裡撥了撥，又四處掖好了鶴氅，以防這冰冷的夜風吹到她。

他那樣珍惜鄭重的神情，就恍似他懷中抱的是這世上最珍貴的寶物一般，便是輕輕地呵一口氣，都要擔心會融化掉一樣。

齊桑偷偷瞥了一眼，就見簡妍整個人都被徐仲宣的鶴氅蓋得嚴嚴實實的，只露出半張臉，可以看到她緊緊合著的雙眼。

原來簡姑娘這是睡著了啊！齊桑又快速地垂下頭去，轉身去叫白薇過來伺候。

與白薇一起過來的，還有秦彥。

這一路上他都沒有開口說話，腦中反反覆覆的都是自己那時候的怯弱膽小，和簡妍方脫險境之時脖頸之中鮮血滲出，卻依然煞白著一張臉關切地問他有沒有事的情景。

他不曉得自己到底是從何時開始，竟淪落到了現下這樣為自己所不齒的、一個這般看重前程權勢的膽小鬼。

秦彥低頭定定地望著徐仲宣懷中正熟睡的簡妍。

他在想，簡妍在徐仲宣的身邊應該是心中覺得很有安全感吧？不然她也不會愛上他，那般一臉幸福地和他說著，她高興的原由是因為快要見到徐仲宣了。

而徐仲宣也確實是能給她安全感的人。

先前那樣的情況下，他竟然能趕過來，威武不屈，不顧與他對立的人是當朝首輔，毅然地就衝了過去，將簡妍護在他的身後。

秦彥就覺得，他輸了，無論是從哪方面來說，他都是比不上徐仲宣的。

目光從簡妍的身上收回，他淡淡地望了徐仲宣一眼，而後平靜地說：「簡妍在這裡活得不容易，往後你要好好地照看著她，不要讓她再受什麼委屈。」

徐仲宣對他的這句話有些敵意，於是他抬眼直視著秦彥，同樣平靜地答道：「自然。簡妍是我所愛之人，我自然會誓死嬌寵，一輩子好好地照看著她，必然不會讓她受半點委屈。」

秦彥點點頭，沒有再說話，轉身進了大門。

站立在旁側的白薇此時有些為難地低聲詢問著。「大公子，要不要將姑娘喚醒？」若是不將簡妍叫醒，難不成就任由徐仲宣這樣將她抱進去？人言可畏啊！

徐仲宣垂頭望著簡妍，見她睡顏安詳平靜，實在是不忍心喚醒她，可是勢必還是得喚醒她的。

雖然自己已與周元正撕破了臉皮，並不懼怕他會怎樣，可是若此事傳到了周元正的耳中，他一怒之下，難保不會藉此為由，勒逼簡太太帶著簡妍離開徐宅，遷到他所置辦的宅院裡去，到時反而不好了。

於是徐仲宣便低頭用鼻尖輕輕地偎了偎簡妍的臉頰，輕聲道：「簡妍，醒一醒……」如此叫喚了幾遍之後，簡妍才悠悠轉醒過來。

簡妍目光有些茫然地望著徐仲宣，伸手扶額，而後有些不確定地叫了一聲。「徐仲宣？」

聲音一出口，方覺嘶啞，脖頸被簪子刺中的那裡也被牽扯得痛了起來。

睡夢裡總是容易忘記那些不好的事，可是這一醒來，脖頸上的疼痛就在那裡，提醒她先前所發生的那不堪的一幕。簡妍面上勃然變色，剛剛恢復了些紅暈的面容立刻就又白了幾分。

徐仲宣見狀，知道她又想起了方才的事，心中一時大痛，忙將她的身子往自己的懷裡又按了按，急切地道：「不要怕，我在這裡。而且妳看，我已經帶妳回來了。」

簡妍轉頭一看，見這裡是徐宅的大門，廊簷下的兩盞明角燈正明晃晃地亮著，上面各寫了一個斗大的「徐」字。

簡妍擂鼓似亂跳的心才略略地平穩了一些。

掙扎著從徐仲宣的懷中下來後，她腳步猶有些不穩。

徐仲宣忙扶住她的胳膊，讓她站穩了，才問道：「方才我在馬車上對妳說的要注意的那些事，妳可還記得？」

簡妍凝神想了想。

方才她雖然倦意極濃，止不住地就想睡，可徐仲宣說的那些話，她還是都聽清了，於是便點點頭，道：「嗯，我都記得。」

但徐仲宣還是不放心。他最怕的是簡妍想不開，一衝動之下又做了什麼傻事。

「簡妍，」他雙手捧著她的臉，讓她抬頭看著他，勢必還要她再對他保證一次。「答應我，往後再也不能做今日這樣的傻事了。」

他的目光中有慌亂、有急切，再沒了平日裡一貫的沈穩淡定。

簡妍心中軟了軟，便點點頭，甚是鄭重地道：「好，我答應你。往後無論如何，哪怕就是山窮水盡了，我都不會再做今日這樣的傻事。」

徐仲宣的一顆心才稍稍地安穩一些。

「我也答應妳，」他的面上同樣鄭重，眸光微沈。「有我在，無論是妳，還是我，都必不會有走到山窮水盡的那一天。簡妍，妳要相信我。」

他勢必會護她一生周全，誓死嬌寵，絕不會讓任何人從他的身邊將她奪走！

第七十一章　對陣簡母

如徐仲宣所料想的一般，次日一早周元正便遣了一個僕婦並著兩個丫鬟過來，對簡太太說，他已在京裡的繁華地段置辦了一所三進三出的院落，讓簡太太帶了簡妍住進去，這樣就不用總是客居在徐家之類的話。

簡太太對此自然是願意的，只是她沒想到，簡妍昨夜竟然回來了。

先時周元正遣人來對她說，他想讓簡妍做他的外室，又問簡太太可是有什麼要求？簡太太當時大喜，除要了一筆不菲的銀錢外，最主要的就是想讓周元正安排簡清入仕途，周元正悉數應允了。於是隨後當周元正說到會尋了個日子接簡妍過去，並囑咐她暫且不要將此事對簡妍說起時，簡太太也是允了的。

可是，怎麼昨夜簡妍又回來了？這中間到底發生了什麼事？

簡太太問著那位前來傳話的僕婦，可是這僕婦也說不清，只說她也不知道。又說她過來之前周大人曾特地囑咐過她，請簡太太和簡姑娘移足他置辦的那處別院的事，務必要告知簡姑娘。

周元正自然不想真的逼死了簡妍，那樣他到何處再去尋一個和梅娘長得一模一樣的女子？

簡太太聽了這僕婦的話，心中大是不解。這樣的事何必要告知簡妍呢？她這個做母親的決定就可以了。

只是那僕婦依然堅持，簡太太無法，只能讓珍珠去請簡妍過來。

簡妍此時正在白薇和四月的服侍下拆開脖頸上原先包紮的紗布，用溫熱的手巾擦了擦傷口周邊，又撒了些藥粉上去。

珍珠這時正好過來傳簡太太的話，簡妍也沒避諱她，直接讓她進了臥房。

珍珠一眼就看到簡妍脖頸上的那處傷口，饒是她也算得上是個冷靜沈穩的人，可這會兒也被嚇得往後倒退了兩步，面上也是變了色。

簡妍分明瞧見了，但她只當沒有看到，只是清清淡淡地問她。「母親叫妳過來有什麼事？」

「回、回姑娘，」珍珠的聲音有些飄。「太、太太讓奴、奴婢過來請您過去。」

簡妍便問著。「可是母親那裡有客人在？」

珍珠白著一張臉，點點頭。「是。」

簡妍心下便了然了。

果不其然，叫徐仲宣給說中了。

白薇此時拿了乾淨的紗布過來，要給簡妍重新包紮傷口，但簡妍卻抬手制止了她。

「就這樣吧，」她說著。「我就這樣去見一見母親。」

若是包紮起來了，簡太太看到的也不過就是一圈白色的紗布而已，哪裡有直接給她看這樣猙獰的傷口來得震撼刺激呢？

白薇也曉得簡妍心裡的打算，於是默不作聲地放下手裡的紗布，轉身去箱櫃裡尋了一件青碧色素面的杭綢小襖出來給簡妍換了。

現下簡妍身上穿的暗紅縷金提花緞面的對襟襖是立領的，正好可以遮擋住她脖頸上的傷口；而這件青碧色素面的杭綢小襖是圓領的，待會兒正好可以讓簡太太對她脖頸上的傷口一覽無遺。

簡妍換好了這件小襖，吩咐四月看屋子，自己則帶著白薇，隨同珍珠一起去了簡太太住的廂房。

珍珠在前面推開了厚重的夾簾，簡妍略一低頭，帶著白薇走了進去。

簡太太正坐在明間的羅漢床上，一隻胳膊倚在秋香色的大迎枕上，氣色瞧著還不錯，旁邊只有沈嬤嬤伺候，並沒有其他丫鬟。至於周元正遣過來的人，現下也不在這屋裡，想來是被簡太太吩咐丫鬟請到了其他屋裡先行歇息去了。

簡妍的目光在屋裡快速掃了一遍，心下了然，但是她並沒有作聲，也沒有對簡太太行禮，直接就在左手邊第一張玫瑰椅中坐了，然後抬眼問簡太太。「母親叫我過來有事？」反正簡太太已這般輕易就將她給賣了，且說都不對她說一聲，事已成定局，她還有什麼好對簡太太虛以委蛇的呢？索性便大家當面鑼、對面鼓的都說清算了。

簡妍的態度這樣傲慢，簡太太心中自然不大舒服，畢竟簡妍以往在她面前從來都是溫順和善，說話也是細聲細氣的，何曾如現下這般，進了屋子禮都不對她行一個，直接就自顧自地坐到椅子中？便是和她說話的時候雖然是在詢問，但聽著語氣卻像是命令一般。

簡太太有心想訓斥簡妍兩句，卻猛然看到了她脖頸上的那處傷口。

簡妍原就生得肌膚白皙，便是脖頸上有一處極小的污點都能看得很清楚，更何況現下那傷口確實還很猙獰，邊緣之處還有些泛白，又有些地方生了暗紅色的痂，可不是一覽無遺？

簡太太面上就變了色，忙問著。「妳這傷口是怎麼來的？」

簡妍聞言，抬手摸了摸脖頸上的傷口，然後她沒有回答，反倒笑盈盈地問簡太太。「這處傷口，母親看著可還嚇人？」不等簡太太回答，她又慢慢笑道：「其實今日這傷口看著還算好的，昨日那才叫嚇人呢！」

她抬手在自己的脖頸那裡比劃了一下，又笑道：「這樣深的一處窟窿，邊緣之處又擦破了好大一塊，皮肉都翻了起來，猩紅的血就這麼淋淋漓漓的一直沿著我的脖頸灑下來，把我昨日穿的那件蜜合色縷金撒花緞面對襟長襖前襟弄得全都是斑駁的血跡。白薇今早原本還想要將那件長襖上的血跡洗掉，只是泡在了盆裡，原是一盆清水，最後竟硬生生泡成了一盆暗褐色的血水。啊，我記得母親日常經常吃五紅湯的，用紅棗、紅豆、枸杞、帶了紅衣的花生，連著紅糖一塊兒燉出來的？是了，那件長襖泡在盆裡時的血水顏色，倒跟母親平日常喝的五紅湯顏色是一模一樣的呢！」

簡太太每個月來小日子的那幾天總是會腹痛，平日也是氣血較虛，所以經常讓丫鬟燉了五紅湯來喝，可以補血養氣。

只是現下聽簡妍這般帶著笑意、慢慢說著這樣的話，她腦中立時就聯想到了那五紅湯暗紅色的湯水，並自動腦補出了一大盆紅汪汪的、不住晃動著的血水，緊接著她竟然覺得口鼻中滿滿的都是血液的腥鏽味，而這腥鏽味又是一路向下，直入她的胃腹中，只攪得她整個胃裡都翻滾不已。於是她再也忍不住，整個人白著一張臉，彎著身子就不住地乾嘔著。

站在她旁側的沈嬤嬤嚇了一大跳，忙吩咐珍珠拿盆盂過來接著。

簡妍此時背往後仰，身子懶散地斜坐在椅中，面上帶著淺淡的笑意，閒閒地望著正不住乾嘔的簡太太。只怕自今日開始，簡太太再也不會去喝什麼五紅湯了吧？

沈嬤嬤這時面色怪異地瞥了簡妍一眼。她素來便覺得簡妍是個城府深沈的人，平日面上的溫婉和順不過是裝出來的而已，但她這也是第一次看到簡妍露出這樣銳利的一面來。

單單這幾句話，只怕簡太太這幾日都會吃不下任何東西，更別說什麼五紅湯了，往後只怕是提都不能在她面前提了。

目光又瞥到了簡妍脖頸上的傷口，沈嬤嬤不由得暗自嘆了一口氣。

先時她就曾委婉地勸說過簡太太，即便將姑娘許給周大人做外室的事已定下來，可好歹也要和姑娘說一聲，簡太太卻不聽她的勸，由得周元正昨日就想直接在外面把姑娘擄走。姑娘當時肯定是反抗了的，只怕還甚是激烈，不然這脖頸上的傷口是怎麼來的？

這脖頸上的傷口一看就是用極尖銳的利器所刺的，且位置又是那樣的險，只怕若是再歪個一些，這窟窿可就是在喉嚨上了。

都在生死關頭走過一遭的人，還怕什麼呢？難怪今日姑娘會一反常態，再也不韜光養晦了。

沈嬤嬤收回了目光，轉而上前兩步，伸手輕輕地拍了拍簡太太的背。

簡太太早上吃的是豆腐皮的包子、銀絲卷、香糯米粥，並著幾樣小菜，只不過這會兒全都吐了出來；而且這還不算夠，最後便連胃酸都吐了出來，喉嚨裡火辣辣的痛。

簡妍自始至終都只是閒閒地斜倚在椅中，笑吟吟地望著吐得眼淚都流出來的簡太太。

待簡太太終於吐完了，珍珠雙手捧了一張填漆小茶盤過來，上面放了雨過天青色的茶盅，裡面是溫熱的水，給簡太太漱口用的。

簡太太微微直起身來，伸手想拿茶盅，眼角餘光卻瞥到了簡妍坐在椅中，面上一片笑意盈盈，想著方才正是簡妍說的那番話讓她吐得這樣天昏地暗，她不由得心中大怒，拿了手裡的茶盅，欲向簡妍狠狠地砸去。

簡妍看得分明，身子卻依然穩穩地坐在椅中，沒有移動分毫，面上的笑意也沒有退卻，笑吟吟地說：「母親可要仔細，周元正看中的就是我這張臉，若是母親這一茶盅扔過來，不慎砸中了我這張臉，給我毀了容，那周元正只怕就不會要我了，到時您兒子的前程可就一併毀了啊！」

她都這般說了，簡太太手裡的這只茶盅怎麼還砸得出去？又怎麼敢砸出去？茶盅裡的水雖然是溫熱的，並不會燙到簡太太，可是方才她大怒之下是伸開五指抓住整個茶盅舉起來的，這會兒並沒有順勢摜出去，茶盅裡的水就流了下來，淋淋漓漓地灑了她一衣裙的水。

最後她也只得十分氣惱地將茶盅又扔回了珍珠端著的填漆茶盤裡，鼻中重重地哼了一聲。「妳現下倒是膽子越發大了，對我這做母親的竟然敢這般忤逆！」

「母親這話可就說差了，」簡妍唇角笑意不減。「我的膽子向來就是這般大，只是以往從未在您面前表現出來罷了。只不過現下，女兒覺得這般藏著、掖著自己的真性情並不大好，所以母親您往後可要仔細了。」

簡太太有些不敢相信這樣的話會從簡妍的口中說出來。

這還是那個無論她說什麼，哪怕就是再羞辱時都只會垂頭斂目、細聲細氣和她說話的簡妍嗎？現下她聽著簡妍說話可是極為銳利，且簡妍面上那幾分笑意，不曉得為何，總讓她有種脊背發涼、心中發寒的感覺。

不過她轉念一想，這簡妍已許給周元正為外室了，周元正既給了她銀子，又許諾了簡清將來的仕途，養了簡妍這麼些年，簡妍的價值也利用完了，還怕簡妍什麼呢？頂多也不過是說幾句這樣的話洩洩心裡的憤罷了。

想到這裡，簡太太也不想和簡妍計較什麼，便道：「想來妳和周大人的事昨日也是知曉了。剛剛周大人遣人過來，對我說了一聲，意思是想讓我們兩個搬到他在京城裡置辦的一處別院，我讓珍珠叫妳過來，就是想對妳說一說這件事。現下既然妳知道了，待會兒妳回去，讓白薇和四月將妳的東西整理整理，這兩日就隨我搬過去。」

完完全全就是一副命令的口氣，一點兒商量的餘地都沒有。

簡妍聞言只是笑了笑，垂頭望著自己湖藍色馬面裙上的折枝梅花刺繡，右手隨意地放在膝上。

簡太太此時不耐地揮揮手，說：「行了，妳下去收拾吧。」竟是直接開口攆她走了。今日簡妍的這副倨傲態度，還有那些話語實在是氣到她了，她眼下很不想看到簡妍面帶笑意地坐在這裡，恍似一副勝券在握，料定她不得不聽簡妍的話一般。

簡妍聞言卻沒有回去，依然八風不動地坐在椅中，甚至還有閒情逸致地抿了一口方才小丫鬟端過來的茶水。

待將手中的茶盅放到手側的几案上後，簡妍才抬眼望著簡太太，笑道：「若母親想去周元正的那處別院住著，妳自己隨時可以過去，我卻是不去的。」

簡太太原本已經斜靠在大迎枕上，閉著雙目準備歇息了，可這會兒猛然聽到簡妍說的話，立刻就睜開雙眼，坐直了身子，一臉怒氣地望著簡妍。

「簡妍！」她的聲音較剛剛提高了不止一點。「為人子女者應該孝順，我是妳的母親，妳這樣忤逆我的意思，那就是不孝！」
簡妍挑了挑一雙纖細的遠山眉。怎麼，這是打算用不孝的罪名來壓她了嗎？於是她便笑道：「是呢，我就是不孝，就是不曉得母親打算將我怎麼辦呢？家法處置？還是報官，讓官差遣人來抓我去蹲牢獄？」
簡太太的一張臉這會兒真的是全都冷了下來，待要開口說什麼，簡妍這時卻搶在她的前面，伸手指了指自己脖頸上的傷口，目光望定簡太太，慢條斯理地說著——
「母親，妳可看清楚了，這處窟窿眼是昨日在醉月樓的時候我自己拿簪子刺的，若不是當時大公子趕到，我已是血濺當場了。」說罷，她放下手來，唇角緩緩地勾了一個弧度出來，慢慢道：「一個連死都不怕的人，還怕什麼擔了不孝的罪名呢？真逼急了我，再拿根簪子對準自己的喉嚨刺一下也不是什麼難事。只是母親妳可要想好了，若是我死了，妳兒子的什麼前程可都沒了，指不定周元正一生氣，還得尋妳和妳兒子的麻煩呢！妳說，是不是這個理？」
「妳、妳……」簡太太被她氣得面上「唰」地一下全白了，連兩條胳膊都癱軟無力，手指尖都沒法動彈。簡妍竟然敢這樣威脅她！
簡妍原本就是在威脅她，她還嫌方才的威脅不夠似的，唇角勾了一抹淺笑，慢慢道：「其實母親妳實在是不聰明，妳想讓我給周元正做外室，以此來換取妳下半輩子的榮華富貴和妳兒子的仕途順當，可妳就沒有想過一件事嗎？妳惹惱了我，若是我日日在周元正的枕邊吹著耳旁風，說妳和兄長待我是如何如何不好，讓他出手懲治你們倆，妳說，他會不會聽我的話呢？」

簡太太面上勃然變色。

說實話，她倒是從來沒有想過這方面的事。她向來覺得，雖然簡妍並不是她親生的，但簡妍自己並不知道這件事，所以無論她如何對待簡妍，簡妍一個做女兒的，難不成還會害她這個做母親的和簡清這個做兄長的不成？更何況簡妍以往在她面前表現出來的又是那般溫婉和順的性子。

她到底還是小看簡妍了。簡太太狠狠地想著。沒想到簡妍撕掉面上那層溫婉和順的面具，內裡竟然是這樣蛇蠍心腸的女人。

簡妍竟然敢這樣威脅她！

可是這樣的威脅，簡太太又不得不重視，畢竟若簡妍到時真的這般做了，那非但是不指望她能幫上簡清，反倒會害到簡清啊！

只要一想到這裡，哪怕簡太太明明是胸腔裡的一口氣憋得都快要把自己給爆掉了，可她面上還得面露和善，溫和地對簡妍說：「母親曉得這事沒有提前告知妳是母親的不對，只是這天底下哪裡有做娘的不為自己的兒女考慮的？其實母親這樣做也是為妳好，畢竟咱們家現下說起來雖然有些銀子，可畢竟是商賈之家出身，妳又能挑到一個什麼樣的好姑爺呢？妳這樣的相貌才情，難不成要嫁給那小門小戶出來的人家，日日為生計發愁？周大人雖然年紀大了些，但母親瞧著他生得甚是清雅，又是當朝首輔，手中權勢滔天，妳跟著他，縱然只是個外室，但不比跟著那小門小戶出來的人好？他又這般看重妳，這普天之下的東西，但凡妳開了口，要什麼沒有？往後盡是好日子等著妳呢！」頓了頓，簡太太又加了一句。「為娘的這片苦心，妳可要理會才是，不要聽信了別人的挑撥，疏離了妳我母女之間的感情。」

簡太太以為簡妍之所以現下如此激烈地反抗她，是背後有什麼人挑撥離間的緣故，不然依簡妍素來在她面前溫順膽小的性子，何至於敢如現下這般膽大妄為了？

沈嬤嬤卻在旁邊暗暗地搖搖頭，只想著：說什麼有人在這中間挑撥離間呢？只怕這才是簡妍原本的性子呢！

簡妍此時忍不住就想笑。

威逼不成，簡太太這是轉而要給她打親情牌了嗎？既然如此，她便暫且先接著就是。畢竟她還有事要簡太太去做，若是現下就完全跟簡太太撕破臉皮也是不好的。

於是簡妍便笑道：「若是母親一早就和我將此事說開了，也就沒有今日這一齣了。」

簡太太聞言，只心裡恨簡妍恨得跟什麼似的。

簡妍這就是得了便宜還賣乖，倒將所有罪責都推到她身上來了！

但就算簡太太心裡再恨簡妍，面上還得表現溫和，陪笑道：「是母親疏忽了，此事應當一早就對妳言明才是。」

沈嬤嬤在一旁旁觀者清，明白現下簡太太的氣焰已完全被簡妍壓了下去，只怕接下來，簡太太定然要被簡妍牽著鼻子走了。

果然，簡妍立即就開始來牽簡太太的鼻子了。

「女兒有幾件事還要求一求母親呢！」

「什麼事？妳儘管說就是！」簡太太忙道：「但凡母親辦得來的，必然會替妳去辦。」

她一來是怕簡妍尋死，到時她這麼多年的籌劃可全都雞飛蛋打一場空了；二來她也實在怕簡妍給周元正做了外室後，不時在他枕邊吹著耳旁風，讓他出手懲治她和簡清；而這三來，她現下只求簡妍願意隨了她去周元正的別院裡住著，千萬不能在這關鍵時刻給她出什麼么蛾子。所以不管簡妍現下提什麼要求，但凡是她能力所及的範圍內，她都是會滿足的。

簡妍自然也明白簡太太現下在害怕什麼，所以她才會肆無忌憚地和簡太太提出她的要求。

「這第一件事，白薇和四月跟了我有些年頭了，苦勞、功勞都有，我就代她們求一求母親的恩典，給她們兩人脫了奴籍吧。」

簡太太瞥了站在簡妍身後的白薇一眼。

簡妍這是要放白薇和四月離開她的身邊？白薇和四月可以稱得上是簡妍的心腹，這樣放她們兩人離開了，簡妍就相當於失去了左膀右臂，往後豈不是更加翻不起什麼浪來？於是簡太太忙答應下來。「這個原也不是什麼難事。」隨後她便低聲吩咐沈嬤嬤幾句。

沈嬤嬤望了簡妍一眼，隨後轉身自去了，片刻之後手中便拿了兩張紙轉了回來。

簡太太示意沈嬤嬤將這兩張紙交給簡妍，同時又道：「這兩張便是白薇和四月的賣身契，現下她們這賣身契便交到妳的手裡，怎樣處置就是妳的事了。」

簡妍伸手接過了沈嬤嬤手裡的兩張紙，逐一細細地看了，確認這確實是白薇和四月的賣身契後，她便仔細地摺疊好收起，籠入了自己的袖子裡。

隨後簡妍又笑道：「這第二件事，這徐家小廚房裡的夏嬤嬤想必母親也是認識的吧？她有個兒子，人品很是不錯，夏嬤嬤曾求了我，讓我將白薇嫁給她兒子，我想了想，這倒是門好親事，我便私自作主應了下來，母親應該沒什麼意見吧？」

簡太太心裡自然是有意見的。

白薇雖然是簡妍身邊的丫鬟，可說到底也是她簡家的下人，婚事自然應當由她說了算，可是現下簡妍卻越過了她，直接就將白薇的婚事給定下來，這將她的臉面往哪裡放呢？只是現下一來她不敢惹惱簡妍，二來這白薇的賣身契都已經落在簡妍的手裡，她縱然心裡再是氣惱不甘，可又能怎麼樣呢？少不得也只能打落牙齒和血吞，做個順水人情了。

於是簡太太便僵著一張臉笑道：「這個我自然是沒有意見的。」頓了頓，又道：「白薇好歹伺候了妳這麼些年，極是用心，我都是看在眼裡的。現下她既然已許了人家，沈嬤嬤，妳拿五十兩銀子出來，再拿幾根簪子來，給白薇添妝吧！」

沈嬤嬤答應著去了，不一會兒工夫便捧了個木匣過來。

白薇望著簡妍，詢問她的意思。

簡妍對她微笑頷首，示意她接著。

白薇這才屈膝謝了簡太太，隨後從沈嬤嬤的手裡接過了木匣子。

簡妍這時換了個更舒服些的坐姿，慢慢地說：「還有這最後一件事，母親，」她抬眼望著簡太太，眉眼間的笑意越發濃了起來。「我覺得在這徐家住著就挺好的，周元正的那處別院，我還是不想去住了。」

簡太太猛然從羅漢床上站起來，一時面色都氣得有些變了。

她跟自己提的那兩個條件自己可都是答應的，又是拿白薇和四月的賣身契給她，又是拿銀子、首飾給白薇添妝，還面上陪著笑，好聲好氣地和她說了這麼長時間的話，只指望著能順了她的意，這兩日就隨自己一起去周元正的別院，可末了她還是和自己來了一句，她不想去周元正的別院？

合著方才簡妍都是在玩她呢！

簡太太面色鐵青，看著簡妍的目光如刀，恨不能就這麼用眼光將她給千刀萬剮了似的。

簡妍毫不畏懼地與簡太太對視著，甚至她唇邊的淺笑還在，眉眼之間也是笑盈盈的，渾身傳遞出來的就是一副「有種妳就過來打我啊，本姑娘不怕妳這個老巫婆」這樣的訊息。

但是老巫婆的目光在她脖頸上的傷口上轉了一圈後，最終還是頹喪地敗下陣去。

既然簡妍現下膽敢這樣高調無懼地在她面前行事說話，想必已是豁了出去，若是自己惹惱了她，指不定她就又去尋死了，或者在周元正的面前胡說八道些什麼，那自己到時可就真的是偷雞不著蝕把米了。

簡太太只得忍氣吞聲地坐下去，深深地吸了幾口氣，勉強壓下心裡的暴怒之氣，冷著聲音道：「先前我讓丫鬟將周大人遣過來的人請到其他屋裡歇息去了，妳既然不願意去周大人置辦的那處別院，我就讓珍珠去喚她們過來，這話妳自己對她們說。」

簡妍卻笑道：「母親當初和周元正商議要我給他做外室，定了昨日讓他趁我外出，借機直接擄走我的時候，可是什麼都沒對我說過，現下做什麼還要我去對那些僕婦、丫鬟說這樣的話呢？左右我的意思就是這樣了，至於如何對周元正說，那是母親的事，我可是管不著的。」話落，她便從椅中站起來，笑道：「出來得有些時候，我也乏了，要回去歇息著，改日再來向母親請安問好吧。」說畢，轉身帶著白薇就搖搖擺擺地出了門。

簡太太被她氣得瞪直眼，全身打擺子似的顫個不住，然後她忽然胳膊一掃，將炕桌上那些零零碎碎的器具全都掃到了地上去！

第七十二章　身世謎團

剛剛和白薇一起出門的簡妍自然聽到了屋裡那一陣凌亂的釘鈴鐺鋃的聲音，心中也甚是明白，簡太太這是在砸東西洩憤呢！

於是她不由得心情大好，竟有一種揚眉吐氣的感覺。

這些年自己在簡太太的面前一直裝著溫婉和順的樣兒，便是她再折辱到自己頭上來了，也得咬著牙默默地受著。但簡妍覺得，她這麼些年實在是隱忍得夠了，所以往後她勢必沒事的時候就要過來給簡太太添添堵。

要不好過，大家都不好過啊，憑什麼就她一個人不好過呢？

白薇此時卻在一旁擔憂地問著。「姑娘，您方才那樣氣太太真的沒事嗎？奴婢怕您現下雖然痛快了，可只怕日後太太會對您使絆子呢！」

簡妍轉頭望著她，笑道：「怕什麼？從前我對她那樣和順客氣，只指望著她心裡到底還能對我有幾分母女的情意，多少能顧惜我一些，我也自然會恪守孝道，好好地孝順她。可到頭來又怎麼樣呢？她不還是對我一些憐惜之心都沒有，這樣輕易就將我許給了周元正做外室。白薇，妳放心，她現下既怕我真的尋死，又怕我往後跟了周元正後在他面前說他們的壞話，必然是不敢惹惱我的，她還得求著我呢，畢竟她這輩子的榮華富貴和她兒子的仕途都握在我的手裡。」

兩個人一面說著話，一面就回了東跨院。

簡妍吩咐關上屏門，落了門閂，便笑著和白薇一起要回屋子。

不過才剛剛走到院中，腳還沒有踏上臺階呢，四月已經從裡屋掀開簾子跑出來，著急地問著。

「姑娘，您沒事吧？」

「我好著呢，能有什麼事呢？」簡妍面上笑容明媚。她從袖子裡將白薇和四月的賣身契都拿出來，笑道：「白薇、四月，妳們快進來，我有話要和妳們說。」

四月不曉得簡妍手上拿的是什麼東西，只轉頭狐疑地望著白薇。

白薇卻隱隱約約猜到了什麼，面上的神情有些變了，一雙唇也是緊緊地抿起來。

簡妍進了明間，在椅中坐下來，而後便揚了揚手裡的紙，對白薇和四月笑道：「這是妳們兩個的賣身契，我已經找母親要了過來。」說罷便傾身將白薇和四月的賣身契各自給了她們，隨後笑道：「好了，妳們的賣身契都在妳們自己的手上了，從現下開始，妳們就不再是奴婢，而是個自由自在的人了。」

四月這些日子隨著簡妍也認了一些字，她低頭仔細地看了看手裡拿著的紙，然後就撲通一聲對簡妍跪了下去。

「姑娘！」四月感激得流淚了。「您這是……」雖然只是一張薄薄的紙，可是拿在手裡卻是感覺重逾千斤啊！

簡妍忙示意白薇將四月扶起來，笑道：「這樣好的事，妳倒是哭什麼呢？好了，快將面上的眼淚擦乾，我還有話要說呢！」

四月聞言，也顧不得許多，直接就抬了右手，用衣袖胡亂地擦了擦面上的淚水，隨即恭敬地道：「姑娘有什麼事？您儘管吩咐！」

簡妍的目光望向了白薇。

白薇方才在簡太太的廂房裡聽著簡妍索要她和四月的賣身契時，就覺得姑娘心裡肯定已有什麼打算，而現下，就聽得簡妍在對她說——

「再半個多月就是除夕了，白薇，我想在年前就將妳和夏嬤嬤兒子的婚事給辦了，然後妳就不用在我身邊伺候，離了這裡，隨著周林好生地過你們的日子吧！」

周林是夏嬤嬤的兒子。自來了徐宅之後，白薇受簡妍的吩咐，經常去小廚房找夏嬤嬤開小灶，曾在那裡見過周林。周林是個實誠的人，對白薇頗多照顧，兩人彼此之間都是有意的，對這一切簡妍自然是看在眼裡，且現下白薇也十八歲了，怎能讓她一直跟在自己身邊，耽誤了她的前程呢？所以簡妍早就存了要早日讓白薇和周林成婚的心思，可巧現下就遇到了這樣的事，倒是及早讓他們兩個成婚的好。

白薇聞言就跪了下去。

「姑娘……」她的眼圈發紅，聲音也有些不穩。「奴婢不想離開您！更何況，現今又是這樣的情況，您怎麼還能讓奴婢走呢？」

簡妍嘆了一口氣，起身彎腰扶起白薇。

「正因為現下是這樣的情況，才要往外摘出去一個是一個啊！」眼見白薇又要開口說話，她忙道：「妳且先聽我說完！我昨晚仔細想過了，徐仲宣說得對，昨日雖然他將我從周元正的手裡暫時解救了出來，但周元正如何會甘心？剛剛妳也看到了，周元正已遣人來同我母親說讓我去他置辦的別院住，這事我雖然拒絕了，但按照徐仲宣所說，下一步周元正只怕會遣了丫鬟、僕婦來我身邊，明面上說是服侍我，但實則為監視我，這個我只怕是沒法推脫的。有了周元正的人在我身邊，咱們三個的一舉一動都會被她們看在眼裡，只怕往後外面的事咱們也會兩眼一抹黑，想做什麼都不能做了。所以我便想著趁著這機會，讓妳嫁了周林，離了這裡，外頭若有什麼事的時候，妳就可以託著來看我的名頭，悄悄地告知我。便是我真的有什麼事了，想讓妳或徐仲宣去辦，我也可以讓四月去和夏嬤嬤說一聲，只說想妳了，讓妳回來看看我，其他人必不會疑心到其他上頭去。」

白薇想了想，覺得簡妍說得確實是對的。與其三人都被周元正的人給監視起來，往後再不能與徐仲宣聯繫，還不如現下就摘了她出去，也能幫簡妍和徐仲宣傳個口信什麼的。

但白薇到底還是不捨得離開簡妍，便又哭道：「姑娘，若那周元正當真遣了丫鬟、僕婦在您身邊日夜監視著您，奴婢又不在您身邊，您怎麼辦呢？可不是任由她們捏扁搓圓了嗎？您身邊還沒個說話的人，也沒個能事事幫著您的人，奴婢實在是不放心啊！」

「這個我自有分寸。」簡妍伸手握了她的手，輕輕地拍她的手背，又轉頭望著四月，笑道：「四月，雖然如今若認真說起來，妳已是個自由的人了，想去哪裡都沒有人能管束妳，只是，暫且還希望妳留在我身邊幫幫我，等這件事了了，我勢必不會虧待妳。」

四月聽了這樣的話，忙屈膝跪下來，隨即正色道：「姑娘，您這話說差了。四月雖然年紀不大，但也曉得『知恩圖報』這四個字。自奴婢跟了您，從來沒受過您的責罰不說，您和白薇姊姊還一直對我如親人一樣的看待，有什麼好吃的、好喝的、好玩的都會想著奴婢，給奴婢留一份，還教奴婢認字讀書，跟奴婢講一些為人處世的道理，這些奴婢都是記在心裡的。此時您遇到了這樣的坎，奴婢若是只管自己，離了您，那奴婢可真是豬狗不如了！」說到這裡，她又雙手將手裡拿的那張賣身契高高地舉到簡妍的面前，道：「奴婢的這張賣身契還請姑娘繼續收著，奴婢永遠都是您的奴婢！」

簡妍伸手接過了她手中的賣身契。

只聽得幾聲「嗤嗤」的聲音響起，四月和白薇望過去時，就見簡妍竟動手將四月的那張賣身契給撕了個粉碎！

「四月，妳記著，往後妳再也不是什麼奴婢了，妳是個自由自在的人。」簡妍將掌心裡那團碎碎的紙屑捧給四月看，又道：「便是我現下想讓妳暫且留在我身邊，那也是因為我需要妳的幫忙，在請求著妳，而不是在命令著妳。」

四月說不出來此刻心中到底是什麼樣的感覺？

其實她從來沒有想過自己會有脫了奴籍的這一天，便是以往有時候簡妍說起，說往後一定會讓她和白薇脫了奴籍，她也只不過是聽了笑一笑罷了，並沒有認真地將這話放在心上。姑娘自己的前程都捏在太太的手裡呢，泥菩薩過江，都自身難保了，還能顧得了她們嗎？但不想姑娘在這樣的境況下，竟還顧及著向太太要來了她們的賣身契，並且還當著她的面撕碎了她這張賣身契。

往後她就再也不是什麼奴婢了，而是一個良民，走出去時，脊背都能挺直了啊！可姑娘的這份恩情，她必須得報答，否則她就真的是豬狗不如了。

四月對簡妍深深地伏下了身子，磕了三個響頭，然後鄭重地說：「姑娘，奴婢願意一輩子都留在您身邊侍奉您！」

簡妍彎腰伸手扶起了她，拿了自己的手絹給她擦去面上感動的淚水，隨後道：「哭什麼呢？還不趕緊幫妳白薇姊姊整理整理，出嫁可是一輩子的大事呢！」

隨即她又吩咐白薇趁著現下周元正遣來的人還沒有過來的時候，趕緊去找夏嬤嬤，約了周林見面，對他說一說這事，讓他那邊趕快準備起來，最好是後日便能讓白薇出嫁。

臨近傍晚的時候，北風越發凜冽起來，吹在人臉上，刀子刮似的痛。

珍珠吩咐小丫鬟們好好伺候簡太太，自己則帶了個小丫鬟，去西北角的小廚房裡取簡太太和簡妍的晚膳。

待提了兩只食盒回來，經過凝翠軒門口的時候，卻見到徐仲宣正背著雙手站在院門前的雨簷下。

他著了紺青色素面的綾緞袍子，玄色的絲絨鶴氅，微微地抬了頭，似是在望著院門前栽的那棵銀杏樹一般。

見到珍珠和小丫鬟走過來，他目光淡淡地在她們面上瞥了一下，也沒有說話，然後轉身就直接進了院裡。

小丫鬟見狀，就靠近了珍珠一些，壓低聲音說：「珍珠姊姊，奴婢這些日子聽這徐宅裡的其他丫鬟、僕婦們說，這大公子對咱們姑娘有意呢，且似是對咱們太太透露了想納咱們姑娘為妾的意思，只是沒想到臨了卻被那個什麼周大人給插了一腳，難怪現下這大公子見著咱們是這般冷淡呢！怕不是他心裡有些怨恨咱們太太的意思？」

「不要胡說八道！」珍珠忙低聲喝斥她。「仔細這話叫人聽了去，到時成個什麼樣子？」

小丫鬟縮了縮脖子，再是不敢說了。

兩人又提著食盒走了一段路後，珍珠忽然彎了腰，伸手撫了肚子，面上也是極為不適的表情。

小丫鬟連忙問道：「珍珠姊姊，妳這是怎麼了？」

珍珠搖搖頭，咬唇說著：「方才出來的時候我貪嘴，吃了一塊馬蹄糕，並沒有喝茶水，剛剛被這冷風灌了一嘴，早就覺得肚子痛了，原以為忍一忍就好，不想現下更是痛得厲害。」又「哎喲哎喲」地叫喚兩聲，隨即道：「不成了，妳先提了這兩只食盒回去交給太太和姑娘屋裡的丫鬟，我得找個地方先方便一下才成。若是太太問起，妳只說我一會兒就來。」

小丫鬟還沒來得及答應，珍珠已經撫著肚子，朝著旁側一處專門用來供人方便的小屋去了。

小丫鬟無法，只得一手提了一只食盒，慢慢地朝荷香院的方向去。

片刻之後，珍珠從小屋裡探頭出來，謹慎地望了望四周。

見那小丫鬟去得遠了，旁側也沒有半個人影的樣子，她忙出了小屋，飛快地朝凝翠軒的方向跑過去。凝翠軒的院門沒有關，她便徑直走進去，等到她一進了院子後，守候在一旁的杏兒忙砰的一聲將兩扇院門關了，又落了門閂。

杏兒低聲對珍珠說：「公子正在屋裡等著妳呢。」

珍珠點點頭，便跟隨杏兒進了屋子。

徐仲宣正端坐在明間的主位上，旁側八仙桌上放了青花折枝花卉八方燭臺，上面點了一枝紅豔豔的蠟燭。

杏兒推開門口厚重夾簾時，有風從縫隙裡鑽了進來，燭光左右晃了晃，屋裡瞬間就暗下來不少。

徐仲宣的目光望了過來。

珍珠只覺得徐仲宣的一雙眸子幽深冷淡得緊，便連這暖橙色的燭光都溫暖不了。見她一直盯著他看卻沒有說話，徐仲宣的目光就有些冷了下來。

珍珠忙收回自己的目光，低下頭去，又屈膝行了個禮，輕聲地說：「奴婢見過大公子。」

徐仲宣「嗯」了一聲，隨即問道：「簡太太那裡今日有什麼事？」

早先他就讓齊桑去問過門房，知道今日是有外客來訪，且指名道姓說要找簡太太，於是他便知道自己所料不差。周元正果然心急，遣人過來想立即就將簡妍挪出徐宅，納入他的掌控範圍。

珍珠定了定神，隨即將今日簡太太那裡發生的事一五一十都細細地說給徐仲宣聽，末了又道：「當時太太對周府那僕婦說，咱們姑娘以死相逼，決計不去周大人置辦好的別院時，那僕婦的臉色雖然不大好看，但也沒有說什麼，隨即便走了，奴婢也不曉得這事後面會是個什麼樣？」

徐仲宣聽了，半晌沒有言語。

雖然昨日是他授意簡妍，關鍵時刻可以做出以死相逼的樣子來逼迫簡太太和周元正，以此來暫時脫離周元正的掌控，可是這會兒從珍珠的口中聽到簡妍今日說的那番話，他依然覺得心裡悶悶地發疼。

當她說這些話的時候，心裡在想什麼呢？他極不想讓她獨自面對任何困境，可是現下他卻沒有法子不管不顧地衝過去，將她抱在懷裡柔聲地安撫她。

「她脖頸上的傷口現下如何了？」與方才冷淡的聲音不同，徐仲宣這會兒的聲音甚是低啞，還隱隱帶著一絲壓抑過的心疼。

珍珠依然沒有抬頭，甚至連眼皮都沒有掀一下，只是垂著眼，望著地上鋪著的牡丹富貴雲紋羊毛毯，實話實說地回答：「這個奴婢也說不準。只是奴婢一開始瞧見姑娘脖頸上的傷口時，很是嚇了一跳，太太當時見了，也是嚇了一大跳的。」

既然珍珠和簡太太都嚇到了，那定然是說，那傷口瞧著還是很猙獰的。

徐仲宣一想到這裡，只覺得自己的心似是有萬千鋼針同時在扎一般，密密麻麻的痛。接著又問：「她今日的晚膳是些什麼菜式？」

「糯米藕、玫瑰豆腐、清蒸肉，並著一碗三鮮湯。」

徐仲宣聽了，一雙長眉就緊緊地擰起來。

還是太素了。

明日得讓青竹去對夏嬤嬤說上一聲，讓她這些日子多給簡妍做些能補血的菜式才是。

目光瞥向了依然垂頭斂目站在那裡的珍珠，徐仲宣緩緩道：「隆州的知縣這兩日有書信過來，妳兄長的事他已妥善解決，早已無罪釋放歸家了。」

珍珠一聽，忙雙膝跪了下去，對徐仲宣重重地磕了個頭，滿是感激地說：「多謝大公子施以援手！」

珍珠是十來歲時被賣到簡宅為奴的，年初她雖然隨簡太太來了通州，可隆州的老家那裡還有老子娘和兄長。月前的時候，她父母託人捎來一封書信，說是家裡有兩處田地被一個惡霸看上，竟想著要用極低的價錢奪過去。她兄長心中不忿，於是拿了鋤頭就要去跟那惡霸理論，不想一個失手，那鋤頭竟然掄斷了那惡霸的腿。那惡霸如何肯甘休？當即就讓小廝捆綁她兄長，押去了衙門，又上上下下地使銀子，說是一定要弄死她兄長才罷手！她爹娘都是老實巴交的農民，能有什麼門路呢？只在家裡急得如同熱鍋上的螞蟻，團團轉的。後來想起她是跟著簡太太來了通州，還客居在一個什麼侍郎的家裡，總之就是個挺大的官兒，莫不如就讓她去求一求那個侍郎，但凡那侍郎能寫封書信過來，天大的事也是可以解決的。

當時珍珠對她爹娘託人捎來的那封信，心裡整整掙扎了兩日，最後還是沒奈何，趁著徐仲宣休沐的日子就過來求他了。

她原本是想著，這不過是她的癡心妄想罷了，徐仲宣這樣清廉的人，她素來又沒有怎麼接觸過，他又怎麼肯紆尊降貴地幫她呢？只是不想她一說，徐仲宣馬上就應下來，且當著她的面就寫了一封給隆州知縣的書信，讓齊桑立時就發了出去！

只不過，自然是有條件的。這條件就是，往後若是簡太太那裡有什麼事，她得即刻過來告知他。

珍珠想了想，便應了下來。

父母年邁，她就只有這麼一個兄長，若是出了什麼事，可怎麼是好呢？說不得也就只能背叛簡太太了。

徐仲宣看著跪在地上的珍珠，從袖中摸了兩張銀票出來，遞給一旁站立著的杏兒，示意她交給珍珠。

杏兒伸手接了，隨後便走到珍珠的面前，一語不發地將這兩張銀票遞給她。

「這是二百兩銀票。妳拿著這銀票幫襯家裡也好，為妳自己贖身，回隆州與妳父母共享天倫也好，都隨妳，若是不夠，妳大可以再跟我開口。」徐仲宣的聲音這時不緊不慢地響了起來。「但凡妳盡心盡力為我辦事，我總是不會虧待了妳。」

珍珠顫著手接過了這兩張銀票。

她身為簡太太的大丫鬟，每個月的月例銀子也就只有一兩，這二百兩的銀子，可是她十六、七年的月例銀子了！

她想了想，最後還是一狠心，身子又跪伏下去，道：「有一件事，奴婢不曉得該不該對大公子說……」

但凡是這樣說的，定然就不會是什麼簡單的事。

徐仲宣的雙眼微微瞇了起來，一剎那，渾身竟有一種懾人的感覺。便是珍珠現下上半身是跪伏在毛毯上，看不到他冷肅的面容，可她還是無來由就覺得背脊一陣發涼，心中也是一陣發寒。

「說！」徐仲宣的聲音驟冷，聽在耳中實在比大冬天吃了一根冰凌子還來得凍人。

珍珠禁不住就抖了抖身子，隨後顫聲道：「中秋那日，奴婢整治了一桌酒席請太太身旁的沈嬤嬤吃酒，那時沈嬤嬤喝得有了幾分醉意，一不留神就說漏了兩句嘴。雖然隨後她極力想將那話給圓過去，可奴婢當時還是聽得真真的。」說到這裡，珍珠艱難地嚥了一口唾沫，隨後才又接著說下去。「奴婢當時聽沈嬤嬤那話裡話外的意思，恍似……恍似咱們姑娘其實並不是咱們太太親生的。」

聞言，徐仲宣心中瞬息幾變，但面上還是不顯。

第七十三章　敲山震虎

徐仲宣不緊不慢地吩咐著。「繼續說。」

他知道揚州那裡有那一等人，專門花銀子買了貧苦家庭中面貌姣好的女孩回來教習，而後再轉手，或是賣與權勢之人為妾，或是賣入秦樓楚館。先時他就隱約覺得簡太太對簡妍壓根兒就不像是母親對女兒的那種情感，現下聽珍珠這樣說，就更加證實了他心中的猜測。

所以說，簡妍其實也是某個貧苦家庭出身的孩子？

珍珠小心翼翼地繼續說：「其實若不是那日沈嬤嬤無意之間說漏了兩句嘴，奴婢再不敢想此事的。畢竟奴婢在簡宅也待了七、八年，這七、八年中，奴婢不止一次聽其他下人提起過，說太太懷姑娘的時候是如何吐得厲害，生姑娘的時候是如何凶險，姑娘生下來頭幾日又是如何徹夜啼哭，大家話裡話外的，誰不是說姑娘是太太親生的？便是我們公子，提起來的時候也是說只有姑娘這麼一個親妹妹之類的話，所以沈嬤嬤這話，奴婢也不曉得到底應當不應當信的？」

徐仲宣的一雙長眉微微地皺起來，腦中只覺得迷霧一團。

也就是說，簡宅的所有下人，甚至包括簡清，都以為簡妍是簡太太親生的？且依這珍珠的話來說，至少簡太太當年在外人眼中，包括從她自己親生兒子眼中看來，確然是曾經懷過一個孩子的。

若說簡太太是為了自己在簡家的地位更牢固，所以才想著要假裝懷孕，然後抱了一個孩子來充當自己的養，可一來她當時已經有了簡清這個兒子，還怕什麼？這二來，據他讓齊桑查探來的消息，簡老爺父母已逝，一個弟弟也是分了家另過的，簡老爺又是長年不著家，簡家基本就是簡太太一個人說了算，簡太太還怕什麼地位牢固不牢固的事？

若說簡太太當年只想買個貧苦人家的女孩回來教習，等大了再為自己謀利，直接買回來養著就是；再不濟就認個乾女兒或是親戚家的孩子，何必要如此大費周折地假裝懷孕，受那樣的一茬罪呢？

他緊緊地皺著眉，右手大拇指無意識地、慢慢地撥弄著左手腕上的迦南手串。

珍珠自是跪伏在地上不敢出聲，杏兒也是垂手站在旁側，屏息凝氣的，大氣都不敢出。一時屋中極為安靜，只有偶爾燭花爆發出來的一聲噼啪輕響。

片刻之後，徐仲宣撥弄著迦南手串的大拇指忽然頓住了。

如果簡太太當時確然是懷了孕，然後也確實生了一個孩子下來呢？只是，若那孩子生下來就死了，然後因為某種原因，她又不得不抱養了簡妍呢？這樣機密的事，她定然不會對外說的，也就只有她身邊幾個心腹親近之人才會知道。

若是這樣說來，這一切就都解釋得通了。

於是他便問道：「簡太太生完孩子的那段時日裡，簡家可有什麼外人來過？」

珍珠也蹙了眉。

那時候她還沒有被賣到簡宅，所以關於簡太太生孩子那時候的事，她也只是聽宅子裡的下人偶爾說起過。

她想了想之後，有些不太肯定地回道：「奴婢好似曾聽一位僕婦提起過，說是太太坐月子的那段時日裡，曾經有一位姑子來過，那位姑子好像是咱們隆州觀音庵裡的姑子……」說到這裡，她蹙著的眉舒展開來，極快說道：「是了！奴婢記得，咱們太太要離開隆州來通州的前兩日，這個姑子，對，她的法號是靜遠師太，她曾經來過咱們簡宅。當時奴婢正在太太身邊伺候，這靜遠師太見完了咱們太太之後，說也想見一見咱們姑娘。等姑娘來了，她還給了咱們姑娘一個盒子，裡面裝的是一道平安符和一只銀子做的長命鎖。」

「這靜遠師太平日與簡太太來往可頻繁？以前可有見過你們姑娘？」徐仲宣忙追問。

珍珠搖了搖頭。「至少奴婢在太太院裡待的那七、八年都不曾見過這靜遠師太來見過咱們太太，更沒有聽說過這期間她曾經見過姑娘。」

徐仲宣沈吟片刻之後，揮了揮手，示意珍珠可以回去了。

珍珠便對他磕了個頭，隨後站起來，由杏兒引著出了凝翠軒。

徐妙錦這時從東次間走出來。

方才徐仲宣和珍珠的那番話，她在臥房裡都聽到了。

她見徐仲宣正手肘撐在桌上，手撐著額頭，閉著眼睛在想事，便沒有開口打擾他，只是在左手邊第一張椅子裡坐了。

片刻之後，徐仲宣睜開眼來，目光望向徐妙錦。

徐妙錦就問著。「大哥是想查一查妍姊姊的身世？」

只是，她實在覺得沒有什麼好查的。貧苦人家賣兒賣女的不少，便是真的查了妍姊姊的親生父母出來，若只是家境貧困的人家，又有什麼用呢？難不成還讓他們領了妍姊姊回去？簡太太想必不會放手的。

只是，徐仲宣卻覺得這事遠遠沒有這麼簡單。

按珍珠的話來說，簡妍來通州之前靜遠師太曾給了她一只銀鎖。靜遠師太只是個姑子，有多少銀錢傍身？且這麼多年都沒有見過簡妍，得知她要離開隆州，為什麼要特地過去給她一只銀鎖呢？只能說，這銀鎖原就是簡妍之物，後來一直收在靜遠師太的手裡，現下得知簡妍要離開了，她便拿出來還給簡妍而已。

置辦得起銀鎖的人家，又怎麼可能是貧困到需要賣兒賣女度日的人家？所以這簡妍的身世，個中也許有什麼內情也不一定。

還是得遣了齊暉去一趟隆州，見一見那位靜遠師太，好生詢問一番才是。

徐仲宣心中作了決定，卻也沒有對徐妙錦明說，只是抬頭很平靜地說：「這些日子我會很忙，也許休沐的日子不一定能回來。簡妍那邊，沒事妳多去走動走動，陪她說說話也是好的。若她有任何事，立即就要遣人來告知我。」

徐妙錦嘆了一口氣。

周元正要納簡妍為外室，簡宅裡早就傳了個遍，徐妙錦如何會不知？她原先只以為大哥知道了這事之後就會對簡妍放手，可是方才聽他那樣盤問珍珠有關簡太太的事，現下又囑咐她這樣的話，很明顯地就不是要對簡妍放手，反倒還要和周元正對上的意思。

「大哥，你瘋了？」徐妙錦的聲音有些許責備的語氣。「那可是當朝首輔啊！朝中有多少大臣對他唯命是從？你這樣和他對上，你仕途要不要了？性命要不要了？」

若是坐視簡妍給周元正為外室，甚至被周元正逼迫至死，那他還要這仕途和性命做什麼？可這樣的話他沒有對徐妙錦明說，只是簡單俐落地說：「我自有分寸。」

有分寸個屁！徐妙錦忍不住在心裡罵了一句粗話。但凡只要碰到簡妍的事，你就什麼分寸都沒有了！

可到底她還是什麼話都沒有說出來，只是長嘆一聲，道：「妍姊姊這裡你就放心吧。往後若是你有什麼話要對她說，或是妍姊姊有什麼話要對你說，我都會在中間替你們傳達的。」

徐仲宣點點頭，隨即便起身出了門。

他要做的事還有很多。

周元正在朝中苦心經營這麼多年，想在四個多月的時間裡扳倒他，實在不是件簡單的事。

但即便再難，他都要試一試。

這日一早，簡妍坐在臨窗大炕上看書。

自過了除夕之後，天就一直陰沈著，這兩日更是朔風緊起，夜間睡覺時，耳中聽到的都是外面嗚嗚的風聲。

四月提了熱水進來，面上帶著雀躍的笑意，道：「姑娘，下了好大的雪，外面哪裡都是一片白呢！」

簡妍正扣著長襖上的琵琶扣，聞言點了點頭，道：「我曉得。這雪是從昨晚後半夜時分開始下起的。」

四月一聽，面上的笑意就凍住了似的，只僵在那裡，心裡也不大自在起來。

姑娘竟能一下子就說出來這雪是從何時開始下的，不也就是說，姑娘昨晚到了後半夜時分還沒有睡著？

姑娘心裡這到底是裝了多少事呢？

四月暗暗地嘆了一口氣，很是心疼簡妍。但她並沒有說什麼，只是手腳麻利地伺候簡妍梳洗。

待她伺候簡妍梳洗完，碧紗櫥上的碧青軟綢簾子就被掀開了，有個丫鬟走了進來。

這丫鬟十六、七歲的年紀，生得甚為細巧乾淨。

她手中提了一只竹雕大漆描金的食盒，進來後對簡妍屈膝行了個禮。

「姑娘，這只食盒是方才太太屋裡的珍珠姑娘送過來的，說是姑娘今兒的早膳。」

這丫鬟名叫碧雲。那日簡妍同簡太太說了她不去周元正別院住的事之後，次日周元正就打發一個丫鬟和一個嬤嬤過來，說是要讓她們兩個近身服侍簡妍。

簡妍也沒有推卻，一人給了一個裝了一兩銀子的荷包，隨即便讓她們留下來。

這碧雲倒是個話不多的，簡妍吩咐她做事，她就悶頭做事，也不問緣由。若是簡妍不同她說話，她就垂手站在一旁，再沒有一句話，倒和這屋裡的一件擺設一般，很是省心。

當下簡妍就點點頭，說了一句。「煩勞妳了。」

對著周元正遣過來的人，她雖然心中不喜，但若是她們沒有觸碰到她的底線，她暫且也不想和她們撕破臉皮。

「姑娘真是折煞奴婢了。」碧雲又行了個禮，隨即將食盒裡的飯菜都拿到臨窗的炕桌上擺好，說：「請姑娘過來用膳。」

等簡妍坐到了炕上，望著炕桌上的飯菜，見是一碟的蝴蝶卷子、一碟鵝油蒸的香菇豬肉燒麥；小菜則是一碟花筍乾、一碟糟魚；另外則是一大碗的阿膠粥。

旁的倒也還罷了，簡妍見著那碗粥，卻是有些哭笑不得。

因這道粥雖然用了紅糖調味，可味道真的是不怎麼樣啊！

縱然如此，她還是坐下來，慢慢將這一大碗阿膠粥都給喝完了。

這些日子以來，她每頓飯菜大多為補血的，便是米飯稀粥也多是諸如加了黃耆、當歸之類的補血飯，或是加了黑米、紅棗的補血粥。

這樣關心她的人，她如何會不知道是誰呢？所以便是這阿膠粥再難喝，她也會全都喝完的。

待用完早膳，碧雲手腳麻利地收拾好炕桌，簡妍便自旁側的小書架上拿了一本書，靠在靠背上看著。

四月抱了一張毯子來給她蓋在腿上，又拿了裝滿各色蜜餞的黑漆描金攢盒放在她手側的炕桌上。

簡太太這些日子是萬不敢再得罪她的，一應吃喝都緊著最好的給她。

簡妍也沒有客氣，一一地照單全收了。

屋外的雪還在下著，若真的凝神靜心去聽，可以聽到細微的、如同螃蟹在沙地上爬行的沙沙聲。雪光隔著白色的窗戶紙透了進來，映得屋子裡較往日亮堂許多。

簡妍的目光雖然望著手裡的書，神思卻早就飄得遠了。

她在想徐仲宣。

自從那日一別之後，她就沒有再見過他。

這一來，是周元正遣了碧雲和崔嬤嬤過來，平日但凡她出了這東跨院的屏門，她們兩個至少都會有一個寸步不離地跟在她身旁，她便是想和徐仲宣相見也要顧忌許多；這二來，徐妙錦來過幾次，雖然徐仲宣託她對自己傳話，說他一切安好，請她安心，但簡妍還是知道，他定然不會那麼好的。

周元正浸淫官場幾十年，如今又是處在首輔的位置，他在朝中的勢力定然是盤根錯節，錯綜複雜，他若是真的有心要打擊徐仲宣，只怕並不是什麼難事。

這樣的一個人，可徐仲宣卻還想著要扳倒他，其中之難，可想而知。

簡妍有時想一想，甚至會覺得自己拖累了徐仲宣。

若不是因為她，依徐仲宣和光同塵的處事原則，他大可以慢慢地、一步步地往上，最後定然能位極人臣，可是現下，他卻被逼著要立刻就對上周元正。依周元正狠辣的性子，只怕但凡得了機會，他一定會讓徐仲宣永世不得翻身。

偏偏她處在這宅子裡，進出都有人跟隨著，徐仲宣如今到底是個什麼情況，她是一概不知。雖然有徐妙錦可以代為在她和徐仲宣之間傳話，可是徐妙錦每次也只說徐仲宣好得很，讓她放心，便是她再如何套話，也從徐妙錦的口中套不出半個字來。

簡妍知道，這定然是徐仲宣再三囑咐徐妙錦這樣說的。他不想讓她擔心。

可是在兩眼一抹黑，什麼都不知道的情況下，她反而會更加擔心他啊！

簡妍暗暗地嘆了一口氣，放下手裡的書，伸手按了按自己的眉心。

這時候，她聽到院子裡傳來咯吱咯吱的踩雪聲。

她睜開眼，偏頭望了過去。

窗子開了半扇，可以看到院子裡的一切。

於是她便見到四月正拉著一個人的手，滿面笑容地向屋子走來。

待看清那人的面孔時，簡妍急忙坐直了身子。

是白薇。

這時四月已經拉著白薇，掀開簾子，進了簡妍的臥房了。

「姑娘！」四月的聲音是雀躍的，面上也滿滿的都是笑意。「白薇姊姊來瞧您了！」

見簡妍要起身，白薇忙道：「天冷，姑娘您坐著。」

簡妍望著白薇，水紅色菊花紋樣的對襟長襖、牙色百褶裙，頭上梳了出嫁之後的婦人髮髻，上面略略地簪了兩根銀簪子，整個人還是如同以往一般沈靜柔和。

白薇此時已將手裡拿著的包裹遞給了一旁站著的四月，隨即便對簡妍跪了下去，上半身更是深深地伏了下去。

「姑娘……」白薇的眼中有淚，聲音也是顫的。「奴婢想您了……」

簡妍的眼中也有了淚水。

這還是白薇自年前出嫁後，第一次回來看她。

一旁的四月此時也拿了手絹擦著面上的淚水。

簡妍見狀，就忍了淚水，笑著對四月道：「妳白薇姊姊難得過來一趟，妳還不快扶她起來。」

四月忙答應一聲，隨後就彎腰扶白薇起來。

白薇站了起來，又雙眼含淚地問候著。「姑娘這些日子可好？脖頸上的傷口可大好了？日常都吃些什麼？這樣冷的日子，可有覺得手腳經常發涼？」一面問，一面見簡妍坐在炕上，身後的窗子開了半扇，有冷風吹進來，她便嗔著四月，說這樣下雪的天，為什麼不關窗子？凍到了姑娘可怎麼好？

簡妍忙道：「這不怪四月。是我想看外面的雪景，自己開了的。」

白薇聽了，只得作罷，但到底還是去拿了一只手爐過來，裝了炭，遞給簡妍。

簡妍順從地接過來，抱在懷裡，又讓白薇坐，問著她好、周大哥好之類的話，四月也在一旁湊趣。

三人這般說了一會兒話之後，白薇忽然就想起什麼來似的，讓四月將她帶過來的包裹取過來，放在炕桌上。

白薇一面伸手打開包袱，一面笑道：「這是奴婢這些日子學著做的一些糕點，面上看著不大好看，原本是不想帶來給姑娘嚐的，怕姑娘笑話，但周大哥嚐了，只說好，一定要奴婢帶來給姑娘嚐嚐。」

白薇這些年都是近身伺候著她，於這廚藝上還真是不怎麼精通。

簡妍和四月望著炕桌上的芙蓉糕、山藥棗泥糕等好幾樣糕點，不可置信地看著白薇。

「這都是妳做的？」

白薇面帶赧色地點頭。

簡妍立時就伸手拿了一塊山藥棗泥糕想要嚐一嚐。

只是這塊山藥棗泥糕還沒有送到嘴邊，就見碧紗櫥上的門簾一掀，有個僕婦快步走了進來。

這僕婦穿著紅棕色的緞面襖子、黑色的馬面裙，頭上簪了支一點金的簪子、一支銀掠兒，耳朵上戴了一對銀丁香。生得倒也平常，只是一雙眼看著就是精明至極。

這便是奉了周元正的命令，和碧雲一起過來的崔嬤嬤。

崔嬤嬤兩步走到了簡妍的面前來，一把就搶過了簡妍手中拿著的棗泥山藥糕，聲色之間很是嚴厲。

「姑娘，外面的東西怎麼能隨便就吃呢？不乾不淨的，沒地倒吃壞了姑娘的身子！」

四月睜大雙眼，不可置信地望著崔嬤嬤，而白薇的一張臉則慢慢地紅了起來，不安地絞著手絹。

簡妍慢慢地將原本拿著山藥棗泥糕的手放到手爐上，然後緩緩地摸著爐蓋上雕刻著的鏤空海棠銅錢花紋，抬起頭，平靜地開口叫了一聲。「崔嬤嬤。」

崔嬤嬤雖然面上看著恭敬地答應了一聲，其實內心還是不以為意。

只不過是個還未及笄的小姑娘罷了，又是給她家老爺做個外室的，能怎麼樣呢？

這時就又聽簡妍似漫不經心地問著。「崔嬤嬤家裡都有些什麼人呢？」

崔嬤嬤並不明白簡妍問她這樣的話是什麼意思，反倒有些得意洋洋地道：「奴婢的丈夫和一雙兒女現下都在周宅裡當差，丈夫管著馬廄，兒子和女兒分別跟隨宅子裡的公子和姑娘。」

「這樣啊……」簡妍點點頭，而後抬起頭來，面上帶了笑意地望著崔嬤嬤，慢慢地說：「如若我現下寫了一封書信給周元正，說妳忤逆我，讓他將妳的丈夫和一雙兒女治罪，妳說他會不會聽我的話呢？」

崔嬤嬤的瞳孔微微張大，不錯眼地望著簡妍。

簡妍面上依然有著一抹淺笑。

她一面慢慢地摩挲著手爐蓋上雕刻的精細紋路，一面說：「想必妳也是多少有些聽聞的，我這張臉長得與周元正年輕時最在意的女子甚為相像，就為著這，周元正也甚為在意，遣了妳和碧雲來這徐宅服侍我，不也正是因他在意我的緣故？那麼妳倒是說說，在他的心裡，是我重要一些呢，還是妳丈夫和妳的一雙兒女重要一些呢？」

崔嬤嬤瞬間就煞白了一張臉。

他們一家都只是周府的下人罷了，在周元正的心裡，自然是簡妍更為重要一些的。

簡妍這時已定定地望著她，聲音甚為冷淡地說：「要麼是我現下就寫一封書信給周元正——妳在周府想必也是待了有些年頭的，周元正是個什麼樣的人，會有什麼樣的手段，妳也清楚——讓他出手懲治妳的丈夫和妳的一雙兒女；要麼就是妳現下跟白薇道歉，然後到屋外院子裡去跪半個時辰，那此事我就可以既往不咎。妳自己看著選吧。」

崔嬤嬤的選擇，是彎腰傾身，對白薇說：「對不住，是老奴豬油蒙了心，不該管著姑娘，不讓她吃妳做的糕點！」

白薇有些不知所措，偏頭望著簡妍。

簡妍對崔嬤嬤點點頭，而後淡淡地道：「到外面跪著去吧。」

崔嬤嬤屈膝對她行了禮，而後一語不發地掀開簾子出了臥房。

簡妍轉過頭，透過旁側半開的那扇窗子，可以看到崔嬤嬤走到雪地裡跪了下來。鵝毛似的大雪不一會兒工夫就將她的頭上和肩膀上都落了厚厚的一層。

白薇有些擔心地說：「姑娘，雖然是這崔嬤嬤有錯在先，但您這樣罰著她，若是她心裡記恨了您，往後暗地裡給您使絆子，可怎麼辦呢？」

「妳放心，我自有分寸。」簡妍笑著安撫她。「我自然不會真的讓她跪半個時辰，不過是做做樣子，敲山震虎，讓她知道要謹守自己的本分，不該管的事就不要管罷了。待會兒我就會讓四月叫她起來的。」

這事固然是用來震崔嬤嬤這隻「虎」，其實也是用來震碧雲這隻「虎」。

碧雲自始至終都站在屋裡，也是明明白白地看清了這一幕。

白薇這才略略地放下心來，又目光極快地一溜始終站在一旁沒有出過半句聲的碧雲一眼。

簡妍心中馬上會意了，過了片刻之後，她伸手摸了手側的茶盅一下，對四月道：「茶水冷了，去給我換一盅來吧。」隨後又對碧雲說：「妳也隨四月過去，給白薇也倒一盅茶過來。」

四月和碧雲都答應了一聲，轉身掀開簾子自去了。

時間緊迫，白薇這時極快地將一直藏在袖子裡的一封書信遞過來，低聲地說：「這是沈綽沈公子讓奴婢轉交給您的。現下外面是什麼樣的境況、往後應當怎麼辦，沈公子這信裡都有寫，姑娘您看了就都明白了。」

沈綽？他做什麼給她寫信？簡妍心中狐疑，待要問，可眼角餘光瞥到碧雲已經端了茶盤過來，只得作罷，快速將手裡拿著的這封信塞到自己的袖子裡去，轉而隨意地又和白薇聊了一些閒話。

第七十四章　策劃跑路

夜深人靜之時，簡妍就著屋內微弱的燭火看沈綽寫給她的信。

沈綽擅會洞察人心，所以在信的開頭，他首先就表明了醉月樓是他的產業，那日是他見情形不對，立時就遣了人去向徐仲宣求救。這樣既可以表明他是沒有惡意，也是真心為著簡妍著想；二來也可以最大程度地讓簡妍相信他接下來要說的話。

而接下來，他所說的都是近期朝中發生的一些大事。

生意做到了沈綽這個程度，自然要對朝廷之事也要有所瞭解才行。

據沈綽所言，年前西南地動，鎮守西北的藩王興平王蠢蠢欲動，不斷挑事。朝中大臣有支持主戰的，也有支持主和拉攏的，莫衷一是，而周元正趁此機會上書皇帝，請求遣一大臣去往西北招撫。

簡妍看到這裡的時候就心中一緊，果然，沈綽隨即就說，周元正建議的這位大臣正是吏部左侍郎徐仲宣，只是這提議被皇帝給否決了，另遣了一位大臣去西北招撫。但周元正不死心，遂又提議讓徐仲宣去往西南，安撫百姓。

沈綽在信中說的是，他猜測周元正之所以千方百計想要讓徐仲宣離開京城，固然是因徐仲宣離開京城後，再無人可以庇護簡妍，最重要的就是，但凡只要徐仲宣離開了京城，周元正就可以遣人在路途中對徐仲宣不利，隨後捏造個什麼意外的藉口，別人頂多也只會嘆息一句徐仲宣英年早逝，決計不會想到這背後是有人做了手腳的緣故！

然後他又直言，他雖然瞭解徐仲宣急切想要扳倒周元正的心情，但是周元正為人狡詐，且在朝中經營多年，勢力盤根錯節，只怕短期之內難度極大。且現下周元正背後還有寧王，徐仲宣卻是個孤臣，他若想扳倒周元正，勢必要投靠梁王一黨。但據他所瞭解，當今皇帝對朋黨之爭厭惡已久，這些年皇帝之所以一直提拔徐仲宣，正因他是孤臣清流的緣故，若徐仲宣陷入兩王相爭儲君之事，皇帝心中會如何看待他？當初自己一心提拔上來的人，想著要用他來對抗其他朋黨，不想最後這個人卻是深陷泥潭，自己也成了其中一員，皇帝勢必不會輕易放過徐仲宣的。到時又有周元正在一旁不斷進言，只怕徐仲宣定然是凶多吉少。所以為今之計，想救徐仲宣，也就唯有一個法子，就是簡妍離開這裡。

只有簡妍離開，這一來周元正和徐仲宣彼此之間再沒有什麼可爭奪的，正所謂沒有永久的敵人，周元正這樣精明的人，犯不著要繼續和徐仲宣鬥下去，至少短時間內明面上不會；而這二來，只要簡妍離開，徐仲宣就不必因為想在短時間之內扳倒周元正而去投靠梁王一黨。他可以慢慢來，依舊保持他孤臣清流的身分，這樣幾年之後他勢必會在六部中有一番作為，屆時以部權對抗閣權，周元正或許就不會是徐仲宣的對手。

最後沈綽則直接言明，其實徐仲宣是死是活他作為一個外人是完全不關心的，之所以現下會對簡妍說這些，那是因為他關心她的緣故。

自桃園一見，他便已暗中對她在意，隨後玉皇廟再見，更是越發對她上心了，所以並不希望她給周元正為外室。因這些年他同周元正打交道，明明白白地曉得周元正是個怎樣狠辣貪婪之人，若簡妍一輩子被他禁錮，那會是她一生的悲劇。沈綽坦言，他心悅簡妍，很希望她能給自己一個機會，不過他必不會強迫她做任何事，反而會先護送她離開這是非之地，還希望她能放心。

信的最後說的是，他已打探到，上元節正月十一日至二十日，朝中官員都有節假，周元正會趁這幾日回鄉祭祖，若簡妍有意離開，最好是上元節那日假託要上京城看燈，從而出門離開徐宅，屆時他自會安排好一切，保證神不知鬼不覺，定會將簡妍安然送離京城，再不為任何人察覺到。

簡妍看完這封信之後，便將這薄薄的兩頁信紙湊到了燭火旁。

火舌頃刻之間捲起，火光中可見簡妍的面上一片平靜。

她靜靜地看著手裡這兩頁信紙一寸寸地化為黑灰，落到了炕桌上，到最後將欲燃盡時，她便扔到腳邊的炭盆裡，垂頭盯著那簇火苗慢慢減弱，直至最後完全燃盡，再無一絲火光後，才轉身上床歇息。

其實這些日子她也想過沈綽信中所說的那些事。

她知道徐仲宣現下是如何艱難，也知道自己留在這裡會掣肘到徐仲宣；她也想過要離開，找個安全的地方先躲藏一陣子，這樣至少能給徐仲宣爭取一些時間，而不用急著非要在四月之前扳倒周元正。

恰恰在此時，沈綽有這樣的一封書信來。

原本簡妍是有些不大信任沈綽的，覺得他為人過於機敏圓滑，可是現下，她好像除了相信他也沒有其他選擇了。

她不能成為徐仲宣的累贅。

一夜雪落無聲。

次日，便是正月十四了。簡妍用完午膳，讓四月去請了徐妙錦過來說話。

外面的雪雖然已停，但風卻是越發大了，吹在人身上，硬生生就要把人吹成冰棒一樣。

徐妙錦進了東次間後，簡妍忙招呼她到臨窗的大炕上坐了，隨即又吩咐四月拿了腳爐過來，放在徐妙錦的腳下讓她暖著。

徐妙錦見簡妍手中拿著一只小繡繃，上面墨綠色緞面上繡的是蘭花雙飛蝶。

細細的繡花針被她撚在指間，杏黃的絲線被慢慢拉長。不過片刻的工夫，蘭花的花蕊部分便繡了出來，接著便是翠綠細長的葉片、兩隻翩翩起舞的蝴蝶。

徐妙錦手中端了碧雲奉上來的茶盅，扭頭一面看著她這般垂頭專注地在繡繃上繡著蘭花蝴蝶，一面又問道：「妍姊姊，妳繡這個是要做什麼？」

簡妍抬頭對她微微一笑。「我想做一只香囊。」

這樣墨綠色的香囊，想來應當不會是她自己用的吧？徐妙錦一面默默地喝著茶盅裡的茶水，一面心裡就在想著，看來這香囊應該是給大哥做的。

簡妍繡了一會兒後，伸手小心、仔細地把緞面有些皺褶的地方撫平整了，隨即又垂頭一針一線地繡起來，一面慢慢地和徐妙錦說些閒話。

徐妙錦知道她想問徐仲宣的情況，想了想，便含含糊糊地說：「大哥近來好像很忙，便是節假的時候也沒有回來，只是在京裡，我也好些時候都沒有好好見過他了。」

撚著繡花針的手一頓，隨即便聽簡妍有些發澀的聲音問著。「他近來……一切都好嗎？」

怎麼會好呢？徐妙錦心中默默地想那周元正千方百計地利用西南地動的理由，想讓大哥離開京城去西南，最後大哥實在沒有辦法，只能讓自己生了一場重病，藉此推託。

而他如何讓自己得了那場重病呢？據齊桑說，先是在屋裡籠了幾個旺旺的火盆，披了一身厚厚的棉被坐在裡面，滿身大汗，隨即又赤身在裝滿冰水的浴桶中泡了好長時間。先是大熱，後是大冷，如此往復幾次，如何會不得重病？所以最後太醫署的太醫都親自過來了，證實他確實得了極嚴重的傷寒，暫且不宜出門，周元正才沒有話說。

這也是為什麼現下正是節假之時，徐仲宣卻沒有回來的緣故。只怕他現下還在床上躺著呢，如何能回來？徐妙錦暗暗地嘆了一口氣。但是這樣的事，大哥是嚴禁她與簡妍說的，大哥總是怕簡妍會擔心他，所以徐妙錦也只能說：「妳放心，我大哥他一切都好。」

簡妍這時已繡好了最後一朵蘭花的所有花瓣，於是便將繡繃拆開來，拿了剪刀，垂著頭開始做香囊。

做出來的香囊是葫蘆樣的，墨綠色的綢緞上面，蘭花高潔，蝴蝶翩躚。

簡妍又伸手撫平了香囊上一處細微的皺褶，隨後便抬頭吩咐四月，讓她將她前些日子繡的那幅荷葉錦鯉圖拿過來。

四月答應了一聲，片刻之後便雙手捧了那幅摺疊好的荷葉錦鯉圖到徐妙錦的面前來。

簡妍又伸手將自己拿著的那枚葫蘆形香囊一併遞過來，面上帶著微微的笑意，說：「這是前些日子答應妳，要給妳繡的屏風和香囊。既然妳今日過來了，就一併交給妳帶回去吧，倒省得我讓丫鬟特地跑一趟腿了。」碧雲一直垂手站在旁側，崔嬤嬤不定也是在哪裡彎著腰聽著壁腳呢，所以有些話她不能說得太詳細。

徐妙錦也明白，所以當下沒有再多說什麼，只是讓青竹接了香囊和那幅荷葉錦鯉圖過來，笑道：「那我就多謝妍姊姊了！」

兩個人再說了一會兒閒話，眼見天慢慢就要黑了，徐妙錦便起身告辭。

簡妍也沒有留她，只是起身握了她的手，低聲說：「你們要好好地照顧自己，這樣我才能放心。」

這個「你們」，自然是包括徐仲宣的。

徐妙錦點點頭，反手回握住簡妍的手，一臉鄭重地回答：「妍姊姊，我都明白的。」

簡妍也不再多說什麼，只是吩咐碧雲代她送了徐妙錦和她的丫鬟出去。

待碧雲回來了，簡妍又吩咐她。「煩勞妳和崔嬤嬤去我母親那裡走一趟，只說這些日子我在這宅子裡待得實在是膩煩了，明日上元節，聽說京城裡會有好看的煙火，我意欲帶妳們一起去走一走、看一看，所以讓妳們去對她說一聲。」

碧雲答應著和崔嬤嬤一起去了。

這邊簡妍便低聲對四月說了明日要離開的事，囑咐她明日無論何時都不能離開她身邊之類的話。

四月嚇了一大跳，待要說什麼，可到底也還是什麼都沒有說，只是低聲問著。「要不要奴婢收拾些什麼帶在身上？」

簡妍搖搖頭，語氣中有一絲悵惘落寞之意。「什麼都不必帶。就咱們兩個，乾乾淨淨地離這裡。」

白薇出嫁的那日，她已將這些時候積攢下來的銀票和銀子都讓她乘機帶走了。

現下這樣的情況，周元正遣來的人時刻在自己身邊，那些銀票和銀子放在白薇身邊總是比放在自己身邊安全，等到了外面，白薇自然會尋了時機來和她們會合的。

雖然沈綽說會幫她離開京城，但是她並不想往後隨著沈綽安排她在哪裡。誰知道沈綽到底是個什麼樣的人呢？誰又知道他這樣做的真實意圖到底是什麼？她只需要沈綽幫她離開京城就好，隨後她自然會有自己想去的地方可去。

京城上元之夜，燈燭燦然，遊人仕女，往來如織，說不盡的熱鬧繁華景象。

簡妍帶著四月，慢慢在人群中走著，身後碧雲和崔嬤嬤亦步亦趨，一步不落地跟隨著。

簡妍沒有理會她們兩個，遇到好玩的攤子就會停下來，隨手買一些新奇精巧的玩意兒。於是不一會兒工夫，她的手中就提了一盞繡球燈，四月的手裡則提了一盞荷花燈，懷中還抱了許多零碎的小玩意兒。

眼見前面攤子上有賣面具的，簡妍就上前，挑挑揀揀了一會兒，選中了兩只面具。她示意四月付錢之後，抬手便將其中一只面具罩到了四月的臉上，自己則罩上了另外一隻。

此時大街上也多有戴面具的人，來來往往的，一時難以分清誰是誰。

碧雲就上前來，站在簡妍的面前，一臉正色地說：「此處人多，三教九流都有，若是姑娘不慎走散，後果不堪設想，還請姑娘取下臉上的面具。」她面上雖然看著恭敬，但是這語氣裡可就不是恭敬了，反倒有那麼幾分命令的意思。

簡妍抬頭望著碧雲。

碧雲並沒有收回目光，依然平靜地和她對視著。

面具下的唇角微微地揚了起來。這些日子簡妍就一直覺得，崔嬤嬤雖然做事毛躁衝動，但這樣的人其實是個好拿捏的；倒是這碧雲，整日不聲不響，心裡想些什麼再是看不出來，這才是最難拿捏的。

果然，今晚崔嬤嬤被她和四月這麼帶著在人群裡來來回回地亂走了這麼一氣，早就有些暈頭轉向，而碧雲自始至終都甚為冷靜地跟在她的身邊，目光沒從她的身上移開過，現下看著她面上戴了這個面具，還特地上前來說了這樣的話。

於是簡妍便從善如流地將面具摘下來，然後索性將這面具遞給碧雲，笑道：「好，那我就不戴。賞妳了。」

碧雲接過了面具，屈身道謝。

簡妍也不再理會她，轉而拉著四月繼續到處逛。

前面右手邊的小巷子擺了一個小吃攤子，賣著水晶膾、桂花蜜藕和玫瑰元宵之類的吃食。簡妍見了，便拉了四月過去，一樣叫了幾碗，招呼著四月、碧雲和崔嬤嬤一起吃。

走了這麼些時候，崔嬤嬤也是餓了，對簡妍道了聲謝，然後就打算坐到桌旁去吃，但是碧雲卻厲聲叫住了她。「崔嬤嬤！」

簡妍就笑道：「怎麼，妳是怕我串通了這小吃攤的老闆，在這些吃食裡面撒藥粉，迷暈妳們，然後乘機逃走是不是？」

「姑娘說笑了。」碧雲一臉平靜，聲音更是波瀾不興。「奴婢只是覺得，您是主，我們是僕，哪有跟您一起坐的道理呢？」

簡妍笑了笑，也不再理會她，只是和四月兩人坐在桌子旁，等著老闆給她們上吃食，而後一邊吃，一邊又說些閒話，笑聲不斷。

崔嬤嬤見了，斜瞥了碧雲一眼，目光中未免有些埋怨她的意思。姑娘和那小丫鬟一塊兒吃得這樣香甜，她們兩個倒是站在這裡喝冷風！做什麼要這樣謹慎小心呢？不過是個弱女子罷了，還真能怕她跑了？倒是能跑到哪裡去呢？

碧雲卻不理會崔嬤嬤，只是謹慎地打量著這小吃攤上的人。

老闆自然是前前後後地忙活著，旁邊幫忙的女人應該就是他的媳婦兒，此外就是三張桌子旁坐著的客人了。

只是一眼望過去，這些客人都在埋頭吃著自己面前的吃食，沒有一個朝簡妍這裡看一眼的，且依著這些人身上所穿的衣服來看，倒也都是些尋常百姓罷了。

於是碧雲便略略放了些心下來，隨後便收回目光，只是專注地盯著簡妍。

就在碧雲打量這小吃攤旁的人時，簡妍也不動聲色地用眼角餘光打量著這些人，然後她就看到了沈進。

她見過沈進兩次，一次是在玉皇廟，一次是在沈綽的那處針線鋪子裡。在玉皇廟的時候，沈進那般箝制著白薇的喉嚨，所以縱然他長得再其貌不揚，扔在人堆裡也不會多看兩眼，可簡妍依然認得他。

沈進現下穿了一身半新不舊的青布棉袍，恍似不認得簡妍似的，只垂著頭專注地吃著他面前的玫瑰餡元宵。待吃完之後，他喚了老闆過來，付了銀錢，轉身就朝巷子外面走去。經過簡妍身邊的時候更是目不斜視。

簡妍心中略略地放了些心下來。

今晚這一路行來，她都沒有看到沈綽，正不曉得是什麼緣故時，卻忽然在這裡看到了沈進。

想必現下沈進定然會去對沈綽說她在這裡的。

於是簡妍和四月吃完了面前的吃食後，便喚了老闆過來，付了銀錢。隨即她提起了先前放在桌上的繡球燈，拉了四月的手，輕聲地說：「咱們走吧。」

出了巷子，可以看到沈進正站在人群中。

似是察覺到簡妍她們出來了，沈進便抬腳往前走。簡妍見了，便也跟在他的身後往前走。

這般走了一程之後，周邊的人便越發少了起來，到了後來，更是只見周邊蕭瑟樹木，不見一個人影。

碧雲心中警覺頓生，忙上前兩步攔在簡妍的面前，低聲說：「還請姑娘轉回去。」

簡妍有些不悅地抬頭看她。

碧雲卻是堅持著。「夜深了，姑娘應當回去了。」

簡妍抿著唇，身旁的四月這時則緊緊抓住她的胳膊，睜著一雙圓圓的眼，身子有些發抖。

就在此時，旁側的陰影裡轉了兩個人出來。

當先一人著了絳紫色的圓領錦袍，玉色的出風毛緞面斗篷，面容俊美，身姿瀟灑，正是沈綽，他身後跟著的則是沈進。

「簡姑娘。」他的聲音清清朗朗的，帶了幾分笑意在內。「許久不見了。」

簡妍默然。因為她不曉得沈綽這到底唱的是哪齣戲，這般簡單容易地就在碧雲和崔嬤嬤面前現身？怎麼，他是不怕日後碧雲和崔嬤嬤指認他嗎？又或者是，他覺得碧雲和崔嬤嬤壓根兒就沒有辦法指認他？那也就是說，他根本就沒打算讓碧雲和崔嬤嬤活著？

簡妍心中微沈。

碧雲猛然轉過身去，隨後欺身擋在簡妍的前面，戒備地問著：「你是什麼人？」

沈綽上下打量了她一番，然後便嗤笑一聲。「不自量力！憑妳也配問我是什麼人？」隨即便對身後的沈進揮了揮手。

接下來的一幕，讓簡妍有點目眩神搖。

她曉得沈進應當是有功夫在身的，畢竟那日在玉皇廟的時候，看他出手如電，身形轉換極快，可是，她不曉得碧雲竟然也是有功夫在身的！

這兩人之間的纏鬥，看得真是讓人有點眼花撩亂啊！

很顯然，沈綽並不止帶了沈進一個人過來，因為隨後，旁側的陰影裡又有十來個人出現了。崔嬤嬤很不堪一擊地被一個人反扭住了胳膊，她待要尖叫，但聲音還沒有發出來，那人已狠狠的一個手刀劈在了她的脖頸上，於是她就跟一灘爛泥似的軟了下去。

這時沈進也制住了碧雲，同樣一個手刀狠狠地劈了下去，碧雲很快也就沒有了知覺。

「……」原本以為會是很複雜的一件事，最後卻如此簡單粗暴地就完成了。

沈綽這時已緩步地朝她走了過來。

其時月華似水，地面上如積水空明，澄澈明亮。

恍惚之間，沈綽似是踏著這滿地月光而來。

他在簡妍的身前站定，俯首垂頭，唇角微翹，一雙鳳眼之中水光瀲灩。

「簡妍，」他聲音裡的笑意明顯，眸光微亮，似是今夜這所有星月光輝都倒映在他的眼中一般。「妳受驚了。」

簡妍直覺有哪裡不對，但她暫且也沒有作聲，只是望著旁側垂手站著的十幾個人，以及已經沒有知覺的碧雲和崔嬤嬤，問：「你這是要做什麼？」

沈綽輕笑一聲，有些散漫地說：「蝦有蝦道，蟹有蟹道。周元正和徐仲宣文人之間的爭鬥，只會在朝堂鬥爭中解決，但是我卻自有我的門路。」然後他微揚下巴，示意簡妍看向旁側的那些人，神情之間睥睨之意微現。「沈某不才，和江湖上的一些朋友還是有些交情的。」

簡妍的一顆心就有些沈了下去。

不曉得為什麼，她忽然就有了一種剛出虎口，又入狼穴的感覺……

第七十五章　徐大之怒

簡妍徹夜未歸的消息，次日上午便傳到了徐仲宣的耳中。

原本依著簡太太的意思，她是不想將這件事聲張出去的。

雖然先前簡妍曾以死相逼，不去周元正的別院，但周元正到底還是存了想讓她及早去他那處別院的意思。徐宅畢竟是徐仲宣的祖宅，這樣一來簡妍總是處在徐仲宣的庇護之下，他不好強行搶人；而這二來，簡妍和徐仲宣畢竟是同處在一個屋簷之下，雖然有碧雲和崔嬤嬤在旁邊看視著，但保不齊他二人就尋了時機偷偷見面呢？所以周元正也曾暗中囑咐過碧雲和崔嬤嬤，若是得了機會，最好就將簡妍擄到他置辦的那處別院去，到時木已成舟，諒他徐仲宣也不能如何。所以那日簡妍說上元節那日想要帶碧雲和崔嬤嬤去京城中看煙火，碧雲和崔嬤嬤才沒有說什麼。便是她二人去對簡太太說起這事的時候，也是含糊隱約地提了，明日她們陪同簡妍出去後就不會再回來之類的話。

簡太太當即就聽明白了，同時也默認了她們兩個這樣的做法，所以對於簡妍徹夜未歸的事，她並沒有放在心上，也不想聲張出去，反倒是想著她自己也要拾掇拾掇行囊，過了兩日便離了徐宅，搬到周元正的那處別院去住。

最後還是珍珠偷偷地跑到凝翠軒，將這事告知了徐妙錦。

徐妙錦一聽，大吃了一驚，然後她立刻吩咐青竹，讓她出去叫了小廝套車，她要去徐仲宣那裡。

臨要出發的時候，她想了想，又讓青竹將前日簡妍交給她的那枚香囊和那幅荷葉錦鯉圖找出來，一併帶上。

等她一路匆忙地到了徐仲宣這裡時，徐仲宣尚且還在臥床休息。

這次他自己弄出來的風寒，嚴重程度超出了他的預計，高熱總是一直不見退，便是偶爾退了一些下去，到次日勢必又會再升上去。

聽徐妙錦說了簡妍徹夜未歸的話之後，他即刻就驚坐起來，然後掀開被子就要下床。

只是他的頭原本就是暈的，這會兒又猛然地起來，禁不住就覺得一陣頭暈目眩，身形晃了幾晃後，到底還是支撐不住，手扶著床欄跌坐在床沿上。

徐妙錦急得不知如何是好，但她也只能溫言勸著。「大哥，你要保重自己的身體啊！妍姊姊……妍姊姊她也許只是看到了什麼新奇好玩的東西，一時看住了，所以昨晚才沒有回來，說不定她現下已經到家裡了呢……」但這樣的話，不說哄騙徐仲宣了，便是連她自己都是不信的，所以到最後她也不再開口說什麼了。

徐仲宣此時只覺得頭痛欲裂，又是心急如焚，不曉得簡妍現下到底在哪裡？有沒有危險？

他閉著雙目，一面伸手按著自己的右側太陽穴，腦中一面飛快地想著事情。

是周元正指使碧雲和崔嬤嬤擄走簡妍嗎？不然如何解釋簡太太完全不想聲張簡妍昨晚徹夜未歸的事？但這只能說明簡太太其實是知道這事的，而且也默認了這事。可是簡妍的性子那樣謹慎，她原就知道周元正對她居心不良，碧雲和崔嬤嬤又是周元正遣來的人，即便她們兩人再如何建議她於昨日到京城來看煙火，簡妍又怎麼可能會同意？更何況，自己那時也對她千叮嚀、萬囑咐過，讓她無論如何都不要邁出徐宅一步，她也是答應的，昨日又如何會這樣做？

徐仲宣直覺這事應該與周元正無關。他沈吟片刻後便睜開雙眼，抬頭問徐妙錦。「簡妍這兩日可有什麼異常？」

「啊？」徐妙錦一時沒有跟上他的思路，有些茫然地望著他。

自聽到徐妙錦說簡妍徹夜未歸時，徐仲宣的眉頭就一直緊緊地擰著，這會兒更是擰得緊了。「妳最後一次見簡妍是什麼時候？她有沒有對妳說什麼？」

徐妙錦恍然大悟，然後轉頭喚著青竹，讓她將那只香囊和那幅荷葉錦鯉圖拿過來。「我最後一次見妍姊姊是在前日，那時她給了我這只香囊，還有這幅荷葉錦鯉圖。當時碧雲在屋子裡，她明面上說是給我的，但我知道其實是給你的，所以我今日也將這兩樣東西給你帶了過來。」

徐仲宣從青竹的手裡接過了香囊和荷葉錦鯉圖，伸了右手慢慢地摩挲著。

她為何這時候要給他這些？

「那日她對妳說了什麼？」徐仲宣的聲音沈了下去。「一個字都不要漏地告訴我。」

徐妙錦想了想，隨後便細細地將簡妍那日所說的話全都複述了一遍。

什麼叫你們要好好地照顧自己，這樣她才能放心？徐仲宣心中一刺，猛地捏緊了手裡的香囊。

她這分明就是存了要逃離這裡的念頭，所以昨日才會將計就計地來這京城看煙火，其實就是為了逃離！

自然，她一個人是無法做到這樣的，那外面勢必還要有人接引才行。

很好，他有些咬牙切齒地想著，那夜她還那般信誓旦旦地答應過他，除非她死，否則她是絕對不會離開他半步的，可是現下她竟然就這樣食言了。

徐仲宣只覺得自己捏著香囊的手都不住地顫著。他知道簡妍也確然是有逃離這裡的能力，可是他卻偏生不會如她的願。

那日他就同她說過，既然他接受了她的心意，那即便是死，他都不會對她放手的。

「齊桑！」徐仲宣忽然站起來，大聲地喝叫了一聲。

因徐妙錦在屋子裡，齊桑為了避嫌，一直站在廊外伺候著，這時聽徐仲宣暴怒的聲音，他渾身一個激靈，忙垂手走了進來，單膝跪了下去，恭敬地喚著。「公子。」

「速去將白薇給我找來！若是她已離開京城，你也務必要在今日日落之前將她給我找來，否則你便提頭來見！」

雖然是這樣大冷的天，可齊桑還是覺得「唰」地一下，背上全都是冷汗了。

「是！」他不敢違逆，只能沈聲道：「屬下這就去尋白薇。」但心裡想的卻是：老天保佑，希望白薇現下還沒有離開京城啊，不然我的這條小命就算是交代在今日了！

好在老天爺還是挺保佑他的，因他到了白薇的家裡後，發現白薇和她的丈夫周林正好端端地在家裡坐著。

齊桑出現在周林和白薇面前，周林尚且不認識他，白薇卻是認識的。

白薇便起身，屈膝向齊桑行了個禮，問道：「您怎麼會知道我住在這裡？」

齊桑心想：我怎麼不知道妳住在這裡了？夏嬤嬤原就是徐家的下人，我稍微打探一下就曉得了！

但他也沒有說什麼，只是木著一張臉，成功地裝了一回莫測高深的樣子，說：「公子讓妳過去一趟，他有話要問妳。」

白薇的一顆心緊緊地提了起來，欲開口套話，問徐仲宣到底叫她過去做什麼？可瞧著齊桑一臉生人勿近的冷肅樣，到底還是什麼話都沒敢問。

待白薇到了徐仲宣那裡，就見徐仲宣正坐在明間客廳正面的圈椅上，縱然他現下閉了雙目，可還是迎面就給人一種深深的壓迫感。

白薇的心顫了一下，待要朝徐仲宣行禮，不過才剛屈膝，那邊徐仲宣就已經睜開了雙眼。

白薇接觸到他的視線，只覺他目光如電，森冷異常，不由得在心中打了一個突，垂在身側的手一下子就緊緊地抓住了衣襬。

「簡妍不見了。」徐仲宣也沒打算和她廢話，直接就開口簡潔地問道：「她去了哪裡？」

「奴、奴婢不知……」白薇的聲音有些發抖，面上也白了幾分。

徐仲宣聞言，目光便越發森冷銳利起來，渾身的氣勢更是凌人。

「白薇，」徐仲宣這時冷聲地開了口。「妳原為曲江縣人氏，後因家鄉大旱，遂無奈與父母家人一起逃荒。逃荒路途中父母、家人盡皆餓死，妳自己為錢氏所救，隨後妳二人迫於生計，皆自賣入簡宅為奴，錢氏為簡妍奶娘，妳為簡妍身旁丫鬟。這些年妳精心服侍簡妍，為她心腹之人，也曉得她暗中存了要逃離簡太太身邊的心思，是不是簡妍還同妳說過，要帶了妳和四月一起走之類的話，所以妳們兩個也一直盡心盡力地幫她做這件事？昨日之事，原就是妳們想將計就計，趁亂讓簡妍和四月離開吧？當時有周元正的人跟隨在簡妍身邊，她之所以還敢出來，不怕被周元正的人乘機擄走，是不是因為外面還有其他接應她的人？這個人是誰？是怎麼與簡妍接上頭的？白薇，這些事，妳還打算瞞我到幾時？」

白薇聽徐仲宣這般冷靜地一句句說著這樣的話，倏地面色大變。

他如何會知道這些？倒恍似這些都是他親眼所見的一般！可是不能夠啊，這些她們都做得足夠隱秘了啊！

白薇抿著唇沒有作聲。

徐仲宣見狀，握著圈椅扶手的雙手就漸漸收緊。面上因著高熱，也是因著激動，微微有些發紅。

一旁的徐妙錦見了，心裡很著急。她大哥這會兒還病得這樣嚴重呢！

於是她便轉過頭，面對著白薇，語帶責備地說：「白薇，妳跟隨在妍姊姊身邊這麼長時候了，我大哥是如何對待妍姊姊，妳也是看在眼裡的，那真真是捧在手裡怕摔著，含在口中怕化了。現下又出了周元正這樣的事，我大哥日日在朝堂中與他爭鬥，為了躲避他的迫害，這樣大冷的天，不惜將整個身子泡在冰水裡，讓自己得了這樣重的風寒，就是不想讓妍姊姊給周元正為外室。我大哥的這番苦心，妳會不知？可是現下妍姊姊又出了這樣的情況，徹夜未歸，這到底是怎麼一回事？她到底是被周元正擄走，還是出了什麼意外？哪怕就是如同方才所說，妍姊姊是自己想要逃走的，妳倒也對我大哥交個底啊！我大哥是這世上最關心妍姊姊的人了，難不成他還會害她？妳說出來，好歹也能讓我大哥安心一些啊！」

但白薇只是垂了頭，不說話。

「簡妍一開始也許是想逃走，」徐仲宣的聲音這時卻又冷冰冰地響起來。「但只怕她現下已被人給看管起來，再也走不了了。而看管她的那個人，定然就是先前承諾要在外接應她的人。」

白薇猛然抬頭看他，一臉的錯愕。

徐仲宣見狀，便繼續下猛藥。「若是她現下真的能自己逃離這裡，又怎麼可能不來通知妳？雖說妳現下已然和周林成親，不大可能再隨簡妍一塊兒離開這裡，但如若我所料不錯，簡妍這些年積攢下來的金銀細軟，必然是預先就放在妳身邊了。她和四月要去外地生活，如何不需要銀子？沒有銀子寸步難行。但凡她能逃得出來，必然已來找妳了，可是她和四月是不是還沒有過來找妳？這中間定然出了什麼差錯，而最有可能的，便是那個說會幫她的人軟禁了她，讓她無法自由行走。」

「你……你如何知道會有人在外面接應姑娘？」白薇的聲音發顫，幾不成聲。

徐仲宣這樣擲地有聲的話，讓她不得不相信。

對此，徐仲宣則是輕哼一聲，道：「現下簡妍在周元正的人監視下，僅憑妳一個人自然無法成功地接引她出來，必然會有另外一個人。白薇，到底是誰承諾會幫妳在外面接應簡妍，而且妳們還這樣相信他？」

白薇面上的神色越來越慌張，袖中的雙手也慢慢地抖了起來。

若真如徐仲宣所說的這樣，那也就是說，沈綽之所以會說要幫她們，壓根兒就不是出於什麼他心悅簡妍，不想見她一輩子如此痛苦的話，他其實是別有用心？

徐仲宣一直緊盯著白薇面上細微的表情變化。這時他見白薇的面上發白，眼神發飄，便曉得她心中其實是鬆動的，於是又接著道：「白薇，妳想一想，給妳和簡妍出這個主意的人，他就真的值得妳們這樣相信？他為什麼會無緣無故這樣幫助簡妍？要知道，他現下這樣幫助簡妍，無疑就是同時和我、周元正對上了，他就有這樣大的膽，這樣大的神通？」

其實徐仲宣這會兒已經隱約猜測到這個人是誰了。畢竟簡妍平日很少出門，而且認識的人也不多，更何況還是這樣膽敢和他與周元正同時對上的人。

白薇此時渾身顫如顛篩，一雙唇也是不住哆嗦著。

徐仲宣的目光依然緊緊地盯著她。

「白薇，告訴我。」他的聲音這時候放緩了一下，帶著一些溫和。「是誰讓妳這樣做的？簡妍現下又在哪裡？妳陪伴她這麼多年，妳也不想她出事的，對不對？只要妳告訴我是誰在背後出這個主意，我現下就能去將簡妍找出來。」

「是……是沈綽。」在徐仲宣這樣先緊後鬆的審問之下，白薇的心理防線終於全面崩塌了。「前幾日沈綽讓我帶了一封信給姑娘，至於信裡寫的是什麼內容，我卻沒有看過。」

果然是他！

徐仲宣長長地吁了一口氣，一直緊緊繃著的身子有些支撐不住，往後仰靠到了椅背上。

徐妙錦此時就在旁邊著急地問著。「大哥，那現下你要怎麼辦呢？是不是要直接去找那個沈綽要人？」

直接要人？沈綽那樣狡猾圓滑的人，即便自己上門找他要人又能怎麼樣呢？沈綽大可以說這事他是不知情的，甚至說他壓根兒就不認得什麼簡妍，讓自己拿證據出來，不要隨便誣衊他。更有甚者，他現下又豈會待在家中？隨意讓個小廝出來說一聲他去了外地就好，又怎麼可能會直接與自己正面對上？

因著高熱而有些發顫的雙手，猛然緊緊地握住了手側的圈椅扶手。

徐仲宣微揚著下巴，心裡想著，他是不會上門去找沈綽的，那樣過於被動。相反地，他要沈綽上門來求他，而到那時，沈綽勢必會乖乖地將簡妍交出來。

他正要開口喚齊桑進來，吩咐齊桑要如何做的時候，猛然間就見齊桑從外面奔了進來。

「公子！」齊桑一臉欣喜的表情，極快就通報著。「齊暉從隆州回來了！他現下就在門外求見公子，說是有關簡姑娘身世的事要回稟您！」

第七十六章 沈綽之情

先前沈綽的人乾淨俐落地敲暈碧雲和崔嬤嬤之後，他便在沈進的耳邊低語了幾聲，也不曉得說了什麼，隨即沈進便揮手讓人帶走了碧雲和崔嬤嬤。

簡妍望著已經毫無知覺的碧雲和崔嬤嬤，到底還是忍不住，轉頭對沈綽低聲請求道：「請你不要傷了她二人的性命。」

雖然碧雲和崔嬤嬤是周元正遣來的人，這些日子她其實也曾百般看她二人不順眼，但無論如何，她們兩人都是罪不至死的。

這世上還有什麼事能大得過生命呢？一個人又有什麼權力去決定另外一個人的生死呢？即便對方做了什麼十惡不赦的事，自然也會有律法來公正裁決。

沈綽聞言，輕聲一笑。然後他忽然彎腰傾身，一張俊臉更是湊近過去，笑道：「如果妳答應嫁給我，我就放了她們兩人，妳覺得如何？」

他溫熱的氣息灑在她的面上，離得這樣近，可以看到他漆黑雙眸中帶著的笑意。

簡妍猛然往後退了兩步，拉開與他之間的距離，同時一張臉完全冷了下來，冷聲道：「沈公子自重。」

沈綽唇角微勾，但到底還是沒有繼續逗她，只是直起了身子，漫不經心地說：「我會如何處置她們二人，妳是不用操心的。」

簡妍臉一沈，待要再說話，沈綽卻及時打斷了她將要出口的話，笑道：「外面冷，妳還是先到馬車裡去吧。」

不知何時，有一輛馬車已經停在身後不遠處。

簡妍緊抿著唇沒有動，她在想，該怎麼對沈綽說讓他放她走的話？只是看目前這個情形，這樣的話說出來估計也只會白白浪費她的口水。

沈綽既然這樣安排了，想必是不會輕易放她走的吧？但她就是不明白，沈綽這是什麼意思？軟禁她？他這樣豈非相當於同徐仲宣和周元正兩人正面對上了？他有這樣大的膽量？就為了自己，他至於這樣做嗎？簡妍不由得就暗自苦笑了一下。

沈綽見她沒動，挑眉笑道：「怎麼，是要我扶妳上車嗎？」說罷，作勢就伸手出來要扶她。

簡妍又後退兩步，然後她也不理會沈綽，拉著站在一旁一直全身顫如顛篩的四月，轉身就上了馬車。

路旁站了十來個人，那看不分明的陰影裡影影綽綽的也有人影，她若是想現下拉著四月跑路，只怕太不切合實際了。暫且還是先上車，後面看情況再說吧。

她和四月上了馬車分別坐好之後，四月就吞嚥了一口口水，然後帶著哭音，低聲地說著。「姑娘，奴、奴婢害怕……」

簡妍沈默了片刻，伸手握住她的手，輕聲安撫著她。「不要怕，沈綽應該對我們沒有惡意的。」

「可是碧雲和崔嬤嬤……」四月猶豫了一下，最終還是抖著聲音道：「沈、沈公子會如何處置她們？」她沒問出來的話是——沈公子會不會也像處置碧雲和崔嬤嬤那樣地處置她們？

簡妍握著四月的手緊了緊，片刻之後才搖搖頭，低聲說：「我不知道。」

現下想來，她還是太自以為是了。她怎麼就覺得她能將計就計，借著沈綽的手先逃離碧雲和崔嬤嬤的視線，然後再趁著沈綽和碧雲、崔嬤嬤纏鬥的時候借機逃離沈綽的視線呢？

沈綽他壓根兒就不走尋常路，一出場直接就粗暴簡單地解決掉了碧雲和崔嬤嬤，然後還壓根兒不給她脫離他視線的機會。

那後面會怎麼樣呢？簡妍雖然面上不顯，心中其實很是忐忑。

這時就見面前厚重的猩紅折枝花卉車簾一掀，沈綽已彎腰低頭進了馬車廂裡面。

四月見他進來，當即嚇得面上煞白，一下子就伸手抓住了簡妍的胳膊，身子更是瑟縮著想往簡妍的身後躲。

簡妍其實也嚇了一跳，但她面上還是努力保持鎮定的樣子，只是沈著一張臉問：「你進來做什麼？」

馬車廂裡甚是寬闊，縱然裡面已經坐了簡妍和四月兩人，可這會兒沈綽進來之後，坐在旁側鋪著軟墊的凳子上，剩下的空間依然可以讓他懶散地伸直一雙長腿。

「外面太冷，」沈綽側頭望向簡妍，眼尾細長的一雙眼在燭光中顯得尤為撩人。「讓我在外面吹冷風，妳不心疼嗎？」

簡妍對此的回答是——

「滾下去。」

沈綽的目光在她的面上繞了一圈，然後停留在她的脖頸上。猙獰的傷口雖然已經好了，可若是細看，還是能看到那處皮膚呈現微微的淡紅色。

沈綽笑了笑，隨後便從善如流地彎腰出了車廂，跑到外面去騎馬相隨了。

「……」簡妍沒想到竟然如此輕易就將沈綽給趕下了馬車。

只是沈綽人雖然是下去了，一路上他還是不時用手裡的馬鞭輕敲著車壁，跟她說一些有的沒的閒話，對此簡妍總是不理會。

也不曉得行了多長時間，簡妍就聽得有人說——

「公子，到了。」

簡妍按捺不住心中好奇，到底還是偷偷地撩開了車簾朝外面望出去。近郊的這處莊子，想來是沈綽偶爾閒暇之時用來遊玩休憩的所在，只見房舍精緻小巧，入目景色幽靜別致，鼻中隱隱有梅花幽香，應當是近處栽種梅花的緣故。

結果這一揭開簾子，即刻就被沈綽察覺到了。

沈綽此時打馬跟在馬車旁，見她挑簾觀看車外，便微微地挑了挑眉，笑問道：「如何？我這處莊子可還入得妳的眼？」

簡妍沒有理會他，冷著臉，「唰」地一下就放下了手裡的車簾。

沈綽也不以為意，逕自翻身下馬，將手中拿著的馬鞭隔空拋給了一旁的沈進，隨即走到馬車前面，伸手揭開了車簾，探頭對簡妍笑道：「要不要我扶妳下車？」

簡妍恨不能提腳就直接踹到他這張欠揍的臉上去，可到底還是竭力忍住了，雖然嘴角還是忍不住地抽了兩抽。

她發現，但凡每次她遇到沈綽的時候，總是很輕易就能被他給撩起心裡的火氣。實在是這個人和她說話的時候從來就不按常理出牌，而且臉皮也夠厚，無論她冷面以對也好，或是直接開口拒絕也好，都不能阻止他單方面火熱地想要說話氣她的心。

所以簡妍決定，面對沈綽的時候，她還是能少說話就少說話，反正說多了只會被他給氣死。於是她便冷著一張臉，讓四月先下了馬車，隨即自己也緊跟著下去。

腳下是鵝卵石鑲嵌的青石板路，兩側栽種著翠雲草。雖然仍是春寒料峭，但這些姿態秀麗的翠雲草依然不見半點枯黃，反倒在沿路張掛著的燈籠燭光映照之下泛出了藍寶石般的光澤。

沈綽欠揍的笑聲這時又在後面響起——

「今日是上元佳節，方才妳在京城裡並沒有好好地賞燈，現下我賠妳一個上元佳節。」

說罷，他輕輕地側了側頭，示意簡妍跟著他走。見簡妍並沒有動彈，沈綽又笑道：「難不成是要我來牽著妳？」話畢，竟真的伸出手來，作勢就要拉簡妍的手。

簡妍忙將兩隻手都背在身後，同時沈著臉道：「前頭帶路。」

沈綽輕笑一聲，果然轉過身去，同樣也背了雙手在身後，慢慢在前面一步一步地踱著。

簡妍無法，也只得跟在沈綽身後。

四月待要跟上前去，但沈進早就身形一晃，寬大的身子恰恰擋住了她的去路，低著頭，極具壓迫性地盯著她。

四月何曾見過這樣的陣仗？當下一張臉「唰」地一下就全白了，抖著聲音叫了一聲「姑娘」。

簡妍聞聲回頭，然後皺眉看向沈綽，不悅地問：「你這到底是要做什麼？」

「今晚月光甚好，又適逢佳節，我只是想請妳看燈賞月罷了，並不喜歡有其他人跟著。」見簡妍又冷下臉去要發火的樣兒，他便笑道：「妳放心，我不會對妳怎麼樣，也不會對妳的丫鬟怎麼樣，妳大可不必對我如此戒備。」說罷又側了側頭，示意簡妍繼續跟著他。

簡妍一雙纖細的眉皺得死緊，可想著現下到底是在沈綽的地盤上，由不得她不低頭，於是她一狠心，輕輕地跺了一下腳，最後還是跟在了沈綽的身後，隨著他往前走。

簡妍原本是想和沈綽這樣一前一後的走著就好，但是不想沈綽卻是越走越慢，到最後幾乎是與她並肩而行了。

她也是沒法再放慢腳步，若是再慢的話，大概蝸牛爬得都比她快了，因此只好偏過頭去看沿路的樹木花草。

其實已是初春寒冷，這時候的樹木花草還有什麼好看的呢？除了路兩側的幾棵冬青樹，上面結著紅紅的果子，珊瑚豆子一般的可愛，映著上頭尚未融盡的白雪，越發玲瓏剔透了。

沈綽見她的目光只是望著冬青樹，便偏了偏頭，問著她。「妳喜歡這樣紅色的豆子？那改日我送妳一串珊瑚手串。」

「不用了。」簡妍面無表情地回答。「我不喜歡這些。」

沈綽對她的冷言冷語也不以為意，只是笑了笑，隨即便引著她轉過了一道月洞門。佳人在側，只要假以時日，他相信他總是會捂熱她的一顆心的。

轉過了月洞門之後，如果說先前尚且只是暗香浮動，現下猛然就是幽香陣陣了。

簡妍震驚地望著眼前這一幕——

近百株的臘梅樹，每一株上面都懸了一盞式樣各異的燈，裡面燭火搖曳。從這裡望過去，蔓延如千點明珠一般，只照耀得那枝幹上的白雪晶瑩一片，黃色的臘梅花如蜜蠟一般的透明。

沈綽微微側頭，很滿意地看著現下簡妍面上的震驚之色。

「這是我賠妳的上元佳節，百盞明燈。妳可喜歡？」

簡妍被眼前這一幕美景給震撼到了，壓根兒就沒有注意到沈綽不知何時已靠近過來。

他低了頭，距離她的臉頰僅半指距離而已，薄唇開啟間，醇厚而低沈的聲音泉水一般地流淌出來，溫熱的氣息在她的耳邊、頰邊縈繞。

簡妍恍然回神，心中一凜，忙向旁側移了幾步，同時一臉戒備地望著他。

沈綽面上難掩失望落寞之色。

他生得俊美，往常出去，路上的女子總會回頭多看他兩眼，而現下他這般用了心，布置了眼前這一切，只為討簡妍歡心，可是她卻依然這般戒備冷漠地與他疏離。

徐仲宣就那樣好？她就那般對他死心塌地？

沈綽覺得這一刻他真的是嫉妒徐仲宣。

簡妍這時卻甚為警戒地問他。「沈綽，你今夜這般強制地將我挾持到這裡來，到底意欲何為？與其這般藏著掖著，索性不如直說了。」

沈綽偏頭望著她。

今夜月光甚好，照著她的一張臉，如玉般的剔透。

明明是生得這樣單薄纖弱的一個小姑娘，為何能這樣倔強？面對周元正這樣身居高位的人，逼急了她照樣會不管不顧地拿著簪子要自盡。可是那日在玉皇廟，閉著雙眼跪在菩薩面前的時候，她也會滿面淚痕，如情竇初開的小女兒一般，喃喃說著她心中所有的患得患失，不曉得到底該如何對待徐仲宣的那片深情？

為什麼會是徐仲宣呢？為什麼就不能是他沈綽呢？

沈綽忽然轉身，欺身逼近了幾分過去，居高臨下地俯首望著簡妍，面上再沒有平日的不正經，反倒是極為認真地說著話。「簡妍，為什麼妳就不相信我說的話呢？」

簡妍先是後退兩步，然後才抬頭看他，目光冷靜，聲音清冷。「什麼話？」

「簡妍……」沈綽嘆息著。她面對著他的時候從來都是這樣一副冷靜戒備的神情，可是他多想，她也會如同對待徐仲宣一樣，在他面前會患得患失、會肆無忌憚地使著她的小性子。「我喜歡妳。因著喜歡，所以不想妳落在周元正的手裡被他糟蹋，所以就算是為了妳與他正面對上，我也是不懼的。我這樣對妳，簡妍，那妳能不能喜歡我呢？」他垂著頭望向她，目光柔和，神情專注，這樣輕聲說著，帶著微微的請求之意。

簡妍一下子睜大了雙眼，面上滿是不可置信的神情。

第七十七章 蠱惑人心

簡妍這一晚上翻來覆去的都睡不著，最後她索性爬起來，抱著被子倚在床欄上，蹙著一雙纖細的眉，望著桌上微弱的燭火出神，默默地想心事。

她想起先前沈綽說他喜歡她，又問自己能不能喜歡他的時候，她當時雖然很震驚，可反應過來後立刻就回答他了——

不能。

而且她還很明白地同他說了，她之所以會依照他信中所說行事，並非是因為對他有意，只不過是想將計就計，趁亂離開所有人的視線，然後逃離這裡罷了，她壓根兒就沒有想過要見他。

她很明顯地看到沈綽面上的神情立時就黯淡下去，但隨即又恢復了以往的模樣，原就微翹的唇角更是勾起了一個弧度，笑得極是欠揍地說：沒有關係，就算妳這樣對我也沒有關係。來日方長，我有的是耐心等著妳喜歡上我的那一刻。

這個來日方長，那就有點麻煩了啊……簡妍咬著自己的大拇指，頗為煩惱地想著，沈綽這言下之意豈非就是要這樣一直將她關在這裡，不放她走？

她又想了想，下了床，赤腳走到窗子前。

屋子裡燒了地龍，便是赤腳踏在地板上也不會覺得冷。只是當她伸手推開窗子後，立即有一股冷風直灌了進來，凍得她全身都起了雞皮疙瘩，差點沒直接凍成屋簷下掛著的冰溜子。但她顧不得冷，仔仔細細地打量著外面。

這是一個小院落，她現下住了正房，東西兩側廂房，沈綽就住在東廂房；庭院裡種了海棠芭蕉，窗前有太湖石堆砌而成的玲瓏山子，牆角修竹青翠，極是幽靜。

只是院門那裡卻是有人守著的，雖說那兩人只是僕婦，但外面定然也有小廝看守，而且沈綽現下就住在東廂房……

簡妍暗暗地嘆了一口氣，伸手又將窗子闔上，轉身沈默地走到床邊爬上去。

沈綽為人實在是太精明，只怕這個莊子他已讓人守得水泄不通，想從這裡逃走的難度實在太大。

她雙手環著膝，頭輕輕擱在膝蓋上，腦子裡開始想著徐仲宣。

也不知道他在做什麼？只怕到了明日，他就會知道自己徹夜未歸的事了吧？他會不會以為是周元正指使碧雲和崔嬤嬤擄走了她？而等到周元正回鄉祭祖回來之後，察覺到她不見了，會不會以為是徐仲宣將她藏了起來？到時原本就劍拔弩張的兩人，是不是會更加容不下彼此？

原本她是想著要給徐仲宣爭取時間的，想著等她逃了之後，過些日子就會遣人暗暗地對徐仲宣說明她的去向，讓他不要擔心；而周元正那邊，只要她不見了，碧雲和崔嬤嬤自會去稟報周元正，到時有碧雲和崔嬤嬤兩人作證是她自己私自逃的，想必周元正也怪不到徐仲宣頭上去。可是哪裡曉得，現下沈綽卻打亂了她的一切計畫。

簡妍閉了閉眼，心裡不由得有些恨沈綽。

他倒是好謀劃。他這樣將碧雲和崔嬤嬤都處置了，就沒有其他人知道她的去向，到時只會讓徐仲宣和周元正都以為是對方擄了她或藏了她，再是疑心不到他的身上來。等到徐仲宣和周元正兩人之間鷸蚌相爭，落個各自傷了元氣的下場後，他倒是在這裡坐收漁翁之利了。

可說到底，最應該恨的還是她自己啊！她怎麼就這樣蠢呢？這下子非但幫不到徐仲宣，反倒還會讓他擔心，同時承受周元正更大的迫害。

簡妍自責得忍不住伸手狠狠地捶了自己的頭好幾下。

沈綽那邊，這時也悄悄地關了窗子。

其實他一直都在關注正屋的動靜，簡妍開窗子的時候雖然小心翼翼，儘量沒有發出聲音，可他還是察覺到了。

見她謹慎地四處打量，他就曉得，她定然是想乘機逃跑的。

只是莊子四處他都已經布下了人手，她想要從這裡逃走，實在是難如登天。

見她一臉失望、懊惱地關了窗子，沈綽隨即也關了窗，走到桌旁坐下，拎起茶桶裡的茶吊子給自己倒了一杯水。

溫熱的水順著喉嚨慢慢地滑下去，可依然熨不平他心底的那些漣漪。
他沒想到簡妍會那般直接明瞭地拒絕他。
「不能」這兩個字自她口中說出來時，便化為一把尖利的匕首，狠狠地扎在他的心上。
自小到大，他第一次有這樣挫敗疼痛的感覺。
然而，他是不會對她放手的，但他同樣也不會強迫她。來日方長，他有的是時間。

次日，簡妍醒過來的時候，眼底下有淡淡的青色。
四月小心翼翼地問她。「姑娘，妳沒有睡好？」
簡妍伸手指了指她眼底下同樣的青色。「妳不也是沒有睡好？」
四月便沈默無語了。
是啊！若是在這樣的情況下還能睡好的人，縱然不是個傻子，只怕也是差不離的了。
有丫鬟掀簾子進來，屈膝向簡妍行禮，恭敬地說：「公子請姑娘到明間裡用早膳。」
四月看著簡妍。
簡妍卻看著梳妝桌上放著的官窯甜白釉玉壺春瓶，瓶裡插了兩枝臘梅花，疏影橫斜，暗香浮動。
其實她心裡很煩躁。任憑是誰，被人這樣當作貨物一般擄來擄去，然後不顧她的意願把她關在這樣一個地方，縱然這莊子再清幽雅致，屋裡再是什麼都齊全，那又怎麼樣？

簡妍現在心底隱隱有一股衝動，想伸手拿了面前這瓶子，然後朝沈綽的頭就直接來那麼一下……可是不能衝動啊！她可以在徐仲宣面前隨意使著她的小性子，可是在沈綽面前卻是不能的。

他不可能如徐仲宣那般包容她。

於是簡妍就閉了眼，深深地呼吸了幾口，待到再睜開眼時，雙目之中再沒有了煩躁之意，轉為一片清明之色。

她站起來，隨著那個丫鬟出了屋子。

明間裡，沈綽已坐在了桌旁。

見著她出來，他便抬眼望過去。

她身上穿的還是昨日那件煙霞粉縷金撒花緞面的對襟長襖、杏黃棉綾裙。頭上的首飾也沒有變，依然是一支點翠鳳凰展翅步搖、半月形的金墜腳扁梳，並著兩朵淡藍色的堆紗絹花而已。

沈綽便微微地皺了皺眉，問道：「屋子裡的那些衣裙和首飾妳都不喜歡？」

她就這麼不想用他給她置辦的東西？

簡妍早就發現了。衣櫃裡滿滿的都是各種奢華的服飾，梳妝桌上的兩只花梨木匣子裡也是各樣時新的首飾，想必都是沈綽提前預備好的。

可是那又怎樣？她就是不喜歡。

簡妍一語不發地坐在桌旁，沒有回答。

桌上裡外靠花的青瓷小碟子裡，擺放的是各種精緻的糕點，有好些都是她叫不上名字來的。

有丫鬟上前，盛了一碗碧粳粥放在簡妍的面前。

簡妍拿了筷子，垂頭開始吃了起來。

從沈綽這裡望過去，可以看到她垂下頭之後露出的一截細膩白皙的脖頸，還有幾縷碎髮柔柔地搭在上面。

縱然她現下對他很冷淡，可是這樣與她坐在同一張桌旁一起用早膳的感覺，也還是很不錯啊！於是沈綽便也心情愉悅地低頭用著早飯。等到他放下筷子的時候，就見對面的簡妍早放下了筷子，正靜靜地看著他。

「沈綽，」見沈綽也用完了早飯，簡妍便冷靜地開口。「我們來好好地談一談吧。」

「談什麼？讓妳離開這裡？」沈綽挑了挑眉梢，問道：「妳就這樣不想同我在一起？」

簡妍平靜冷漠地點頭。「是。」

「為什麼？」沈綽追問：「難道我不夠好？」

「這與你夠不夠好無關。這世上夠好的人多了去了，我也不能一一的同他們在一起啊！」

「那徐仲宣呢？」沈綽繼續追問著。「妳為什麼願意同他在一起？其實像他這樣位高權重的人，也就是面上看著光風霽月罷了，背地裡有多少是妳不知道的血腥齷齪事。若是妳真的知道了他內裡做過的那些事，妳還會願意同他在一起？」

簡妍被他這話給說得怔了怔。

其實她也不曉得。

沈綽見她不說話，便又接著道：「徐仲宣能給妳的，我都能給妳，甚至他不能給妳的，我也能給妳。我是個商人，身上沒有那麼多約束，也不要求妳要多三從四德，而且我還可以帶著妳四處遊山玩水，妳這輩子不用只侷限在一個地方，老死於閨閣內宅中。」

簡妍抿著唇沒有說話，目光有些閃爍。

她確實不想一輩子都只是這樣待在內宅裡，侷限於那一小塊天地。其實如果可以，她也想大江南北的四處走走逛逛。

世界這樣大，四處的風景那樣美，她也很想出去看一看。

沈綽見她面上有動搖的意思，於是便乘勝追擊地道：「如果妳願意同我在一起，我自然不會如現下這般拘著妳在這一塊地方。相反地，我會帶著妳走遍南北直隸、中原十三省，甚至我們還可以出海，去其他的國家看一看。但是如果妳同徐仲宣在一起，簡妍，妳自己想一想，徐仲宣有他所捨棄不掉的權勢，他可會這樣帶著妳走遍這世間所有的山山水水？」

簡妍放在膝上的兩隻手緊緊地握在一起。

不得不承認，沈綽實在是太會說話了，他現下所說的每一句話都直指她的內心，一如那日他讓白薇轉交給她的那封信一樣。

他總是知道她心中所想，知道她在擔憂什麼、想要什麼。

這樣的人實在是太可怕了，如果再聽他說下去，只怕自己說不定腦子一熱，就會順著他的思路走。

於是簡妍一語不發地站了起來，轉身回了臥房。

沈綽的唇角緩緩地勾了起來，一雙細長的鳳眼中也帶了笑意。

簡妍被他說得有些動搖了。

這是個好現象，再過些日子，簡妍一定會願意同他在一起的。

即便到那時她心中還有徐仲宣，並沒有真正接納他，可那又怎麼樣呢？天闊雲高，山高水長，他可以帶她走遍所有地方，最後她總是會接納他，忘掉徐仲宣的。

沈綽覺得一切都向著好的方向發展，於是他的心情就越發愉悅起來。

只是這份愉悅的心情並沒有持續多久，因沈進垂手走了進來，稟報了一件事——

「公子，咱們在京城裡的綢緞鋪子被五城兵馬司的人給查封了。」

今日日光甚好，沈綽讓人搬了黃花梨圈椅到院中，鋪了白狐椅墊，正懶散地閉眼倚坐著曬太陽。

聞言，他睜開雙眼，坐直了身子，微皺了眉頭，問：「年前五城兵馬司吳指揮的銀子我們沒有給到？」
「給到了。」沈進恭敬地回答。
沈綽又問：「那五城兵馬司查封我們綢緞鋪子的緣由是什麼？可曾說了？」
「說是昨夜上元佳節有小孩走失，疑心是一夥拐子所為，之所以查封我們的綢緞鋪子，是昨夜他們追尋那夥拐子的蹤跡時，追到我們的鋪子附近就不見了，疑心那夥拐子會借機藏在我們的鋪子裡，所以就暫且封了我們的鋪子，配合他們五城兵馬司調查。」
沈綽冷笑兩聲。這可真是莫須有的罪名了。
他想了想，說：「拿了五百兩銀票前去送給五城兵馬司的吳指揮，只說是這大節下的，我請他喝酒。」
沈進答應著去了，只是他人還沒走出院門，又有一位家人慌裡慌張地進來稟報——
「公子，咱們在京城的茶葉鋪子也教五城兵馬司的人給查封了！」
沈綽問了一番，查封的理由依然是那夥拐子有可能會藏在他們的鋪子裡，所以暫且先封起來調查一番，等到捕捉了那夥拐子之後再說。
沈綽的一雙長眉緊緊地擰了起來。
他懷疑，這是有人故意要整他。
於是他便冷肅著一張面容，吩咐沈進。「快馬加鞭趕至京中，上下打點銀子，查探一番到底是誰在背後搞鬼？」

沈進答應著去了。

接下來，不時又有家人進來稟報，或是說古董鋪子被查封，或是說米鋪被查封，到最後，眼看沈家在京城裡的鋪子都快要被查封完了。

這很顯然就是有人故意整他了，而且沈綽懷疑這個人就是徐仲宣。因五城兵馬司的正副指揮他早就用銀子打點好了，日常他們對自己的鋪子也很照顧，怎麼會忽然這樣？

若這個人是徐仲宣，難不成是因為他察覺到自己擄走了簡妍？可是，他是如何察覺到的？明明他覺得自己做得滴水不漏，碧雲和崔嬤嬤已處置了，徐仲宣和周元正彼此都只會以為是對方擄走、藏起了簡妍，如何會疑心到他身上？

沈綽心念急轉，然後他就知道紕漏出在哪裡——

白薇！

徐仲宣定然已掌控了白薇，從而知道他給簡妍寫過一封信。只是他一直以為白薇畢竟已是嫁出去的丫鬟，其他人不會疑心到她什麼。早知道如此，他應當連白薇也一併處置掉才是。

不過對於徐仲宣並沒有被他誤導，以為是周元正指使碧雲和崔嬤嬤擄走了簡妍，而是在這樣極短的時間內就判斷擄走簡妍的另有他人，他倒不得不真心佩服。

依然不斷有家人進來通報，說某某鋪子被查封了。

了。

沈綽嘆了一口氣。徐仲宣這是在逼自己去找他。

但凡只要他邁出這一步，那無疑徐仲宣就站在了主動的位置上，他就只有被動的分兒了。

可是有時候商人就是這樣無奈，縱然他能將沈家的生意做遍大江南北，但依然禁不住官府的折騰。

沈綽心中猶豫不決，這時沈進回來了。沈綽細問了一番才知道，這次是巡城御史直接給五城兵馬司下的令，吳指揮壓根兒就不敢違抗。

沈綽知道，都察院裡的巡城御史姓鄭，是前不久剛從山西監察御史的職位上提調上來的，而舉薦他的人正是徐仲宣。

又有小廝進來通報，說是玉器鋪子也被查封了。

至此，沈家在京城裡的所有鋪子全被查封了。

沈綽回頭望了一眼正房的東次間，那裡的窗子雖然是關起來的，但透過窗紙，依然可見那道纖細的身影。

她正坐在臨窗的木炕上，垂著頭，也不曉得在做什麼？

沈綽閉了閉眼，片刻之後他睜開雙眼，轉過頭，一臉平靜地吩咐沈進。「套馬車，我們去找徐仲宣。」

第七十八章 兩兩交鋒

徐仲宣正坐在明間的圈椅中，一面伸手按著眉心，緩解著因風寒帶來的頭痛欲裂，一面等待沈綽上門。

沈綽過來的時候，就見到徐仲宣身旁的長隨齊桑正站在院門口，對他拱手行禮。

「沈公子。」

齊桑身後的院門大開，一看就知道徐仲宣這是料定了他會過來。

下一刻，他果然就聽齊桑說：「沈公子請進，我們公子正在裡面等您。」

沈綽輕裘錦靴，緩緩地踩著滿地白雪，跟隨在齊桑的身後，繞過了院門口的青磚照壁，然後他一眼就看到面前的廳門大開，徐仲宣正端坐在正面的圈椅中。

他倒是早就擺好了等自己過來的架勢啊！沈綽哂笑一聲，還是抬腳上了青石臺階，走到了正廳中，然後在左手邊第一張椅中坐下來。

「看來徐侍郎早就知道沈某會過來啊，」沈綽輕笑出聲，漫不經心地說著。「倒是一早就在這裡等著我了。」

相較他的漫不經心，徐仲宣面上就有些晦暗不明的意味。

「魚餌撒了下去，魚兒總是會上鉤的。」徐仲宣慢慢地說著，望著沈綽的目光銳利。

沈綽唇角微翹，似笑非笑地對上徐仲宣的目光，慢悠悠地說：「徐侍郎這樣濫用職權的手段可不怎麼光明磊落啊！」

「沈公子隨意劫持人的手段也不怎麼光明磊落。」徐仲宣冷聲地反唇相譏。

沈綽便笑了笑，伸手捋了捋自己繡著吉祥雲紋的袖口。「我聽不明白徐侍郎這話是什麼意思？」

「明人不說暗話，又或者，你想沈家在京城所有的店面鋪子都沒有再開門的那一天？」徐仲宣的目光銳利冰冷，如毒蛇鎖定自己的獵物一般，看著就讓人覺得不寒而慄。

捋著袖口的手一頓，沈綽面上的笑意終於沒有了。「我是不會將簡妍交給你的。沒有證據的事，你再如何脅迫都沒有用。」

這次換徐仲宣面上帶有笑意了。他輕笑一聲，漫不經心地道：「如果你真的不想交出簡妍，那你現下就不會坐在這裡了。」

沈綽的一張臉終於完全地沈了下來。

「徐侍郎，我沈某雖然只是區區一介商人，但與朝中多位官員交情頗厚，便是周元正，你也是知道的，我喚他一聲世伯，你就不怕我和周元正聯手對付你？」

「無論你們出什麼招，我接著便是。」徐仲宣的聲音淡淡的，忽而又輕笑一聲，瞥了沈綽一眼。「若是周元正知道你暗中劫持了簡妍，妄想讓我和他鷸蚌相爭，你這個漁翁從中得利，你說，他還會不會認你這個世姪？只怕你就是再給他送無數的金銀之物，那也是沒用的吧？」

捋著袖口的手輕輕地顫了顫，隨即又若無其事地放下來。

「徐仲宣，」沈綽抬眼，望著徐仲宣，面上的表情鄭重。「拋開你為官、我為商的身分，我們用男人的身分來一場公平的對決，如何？」

徐仲宣輕笑一聲。「你見過老虎拋開自己利爪堅齒的優勢，而去同一隻小貓比賽爬樹的嗎？」言下之意就是：我有優勢我為什麼要拋棄不用？我就是要用我的優勢碾壓死你！

沈綽額角的青筋隱隱跳動，面上怒意頓現。

徐仲宣卻是好整以暇地望著他。

從沈綽踏進這院子開始，他就輸了，現下，只不過是強弩之末罷了。

「沈綽，」徐仲宣的目光望定沈綽，說話的語調雖平緩，但依然隱隱有著威壓在內。

「簡妍在哪裡？」

沈綽抿唇不答。

徐仲宣也沒有再催促，因為他知道沈綽終究會回答的。

「徐仲宣，你知道簡妍要的是什麼嗎？」沈綽不答，而是轉移話題。「你給得了她想要的東西嗎？」

徐仲宣面上的神情冷了下來。

他並不喜歡有人對他和簡妍之間的感情指手畫腳，而且，他也不喜歡有人覬覦簡妍。

「她想要什麼、我給不給得了她，那都是我和她之間的事，不用外人操心。」

沈綽失笑。「簡妍並不同於一般的閨閣女子，於她而言，讓她一輩子只能待在閨閣內宅中，就相當折斷了鳥兒的翅膀一般，只是將她困死在籠子裡而已，縱然那籠子再精緻、再華美，哪怕就是以愛的名義，你覺得時間長了，她會不厭煩嗎？她嚮往的是寬廣藍天，自由翱翔。可是徐仲宣，你捫心自問，你給得了她這些嗎？你會放下手中的權勢，陪她一起遨遊山水嗎？徐仲宣，你做不到，但我做得到。我可以給她無限廣闊的空間，讓她盡情去做一切想做的事，所以你為什麼不願意放手？為什麼你寧願眼睜睜地看著她待在你名為愛的籠子裡，用感情束縛著她，看她一日日枯萎，而不願意放她離開，讓她自由自在、快快樂樂地活著？徐仲宣，你這樣的愛實在是太狹隘了。如果你真的愛她，你就應當放手，讓她活得肆意高興才對。」

徐仲宣面上的神情這會兒是真的完全冷了下來。

「沈綽，」他冷道：「不要將你自己拔高到了那樣的高度，然後反過來還要指責我。若你真的愛簡妍勝過一切，現下你又怎麼可能會坐在這裡同我談條件？說到底，你還不是捨不得你沈家的基業？從你決定來見我的時候，在簡妍和沈家的基業間，你就已經作出了抉擇。你若是真的願意拋下一切，帶著簡妍遠走高飛，我一時半會兒的又怎麼會尋得到你們？既然如此，你又憑什麼來指責我？況且簡妍愛的是我，只這一條，那就足夠了。」

沈綽不甘示弱。「你只不過是比我早些結識簡妍罷了，若是假以時日，簡妍定然也會忘掉你，愛上我！」

「所以我不會給你這些時日。」徐仲宣目光甚為冰冷地掃了沈綽一眼。「又或者，你覺得你護得住簡妍？沈綽，我告訴你，銀子和權勢這種東西很重要。若是沒有銀子，你是打算和簡妍一路乞討著遨遊山水嗎？貧賤夫妻百事哀，沒過過貧窮日子的人是體會不到其中艱辛的。你很明白銀子的重要，這也是你為什麼不斷擴展你沈家生意的緣故。可是權勢呢？權勢難道就不重要？權勢更重要，不然為什麼當初周元正在醉月樓逼迫簡妍的時候你不敢出面，反而是讓人來找我出面？因為你知道縱然你手中的銀錢再多，你依然鬥不過周元正的，可是我可以。仕途縱然再骯髒，可若是一路往前，等手中握有無邊權勢後，至少無論何時都能護得住自己想護的人。到那時，簡妍想去哪裡遨遊，她都可以不用擔心任何事，抬腳想去就去，因為我會盡我所能給她保駕護航，讓這世上不會有任何事或人能威脅到她。可是，沈綽，告訴我，你能做到這一切嗎？」

沈綽久久的沈默無語。

他承認，他做不到。士農工商，即便是他手中的財富再多，再是日子豪奢，可說到底，商人的地位是這樣低。比如說從前，沈萬三再是如何豪富，哪怕就是捐錢修了三分之一的南京城牆，可到底也只落了個發配雲南，客死異鄉的下場；再比如說現下，徐仲宣只不過是用了「疑似」兩個字，便足以讓五城兵馬司將他京城裡所有的店面商鋪全都查封起來。

這就是商人的悲哀。

「徐仲宣，」沈綽面帶苦笑。「若是你我生在一個商人的地位不是如此低下的時代，孰高孰低，你我或可公平一戰。」

徐仲宣微挑眉梢，正色道：「若是人有來世，或許你我可以期待再遇。」

沈綽笑了笑，眉目之間有些舒展開來，隨即便轉頭吩咐沈進。「帶了徐侍郎去京郊的莊子。」

簡妍帶著四月，正在沈綽的這處莊子裡四處走著。

她不能氣餒，總歸得先熟悉這裡的地形環境，然後見機行事才是。

她在莊子裡隨意哪裡走的時候都不會有人出來阻攔，可但凡她走近莊子的出口時，勢必就會有僕婦出來攔阻她，請她回去。

這和軟禁有什麼區別？所以，縱然沈綽先前說得再冠冕堂皇又有什麼用呢？

簡妍甩了甩袖子，有些憤憤地回了院子。

午時已過，日光雖然漸漸減弱了，可總是比待在屋子裡好。

簡妍便也沒有回屋子，只是讓四月叫了兩個僕婦過來，搬了一張短榻到庭院裡有日光的地方，然後她就踢掉鞋，爬到短榻上面坐好，曲起雙膝，隨意將榻上放置的秋香色引枕抱在懷裡，垂著頭，蹙了眉，一面啃著自己右手的大拇指，一面想著要用什麼法子才能逃離這裡？縱然是再難，那她也得試一試啊！

先前沈綽雖然曾對她說了那樣一番話，讓她內心暫且有了一點兒動搖，可是後來仔細地想了想，她還是愛徐仲宣的。

至於徐仲宣，若他確實在她不知道的地方是個手段卑劣、狠辣的人，那也沒有法子，她就是愛他。

所以她得想法兒逃出去找徐仲宣才是，再不濟就該想個什麼法子，傳遞個消息出去給徐仲宣，讓他知道她在這裡，然後趕過來解救她才是啊！

她想得太專注，壓根兒就沒有注意到有人進了院子。

原本照在身上的日光猛然就全都沒有了，冷風一吹，讓她覺得身上有了幾分寒意，一雙纖細的眉於是越發蹙了起來。

冬日的日光竟然這樣短，就這麼沒有了嗎？

於是她便抬了頭，打算下榻回屋裡去。

只是這一抬頭，便看到面前站了一個人。面容俊逸，雅致出塵，極是出色的面貌。只是冷肅著一張臉，看起來實在是氣勢迫人得很。

簡妍疑心自己在作夢，只能抬頭呆呆地望著眼前這個人，半晌才找回自己的聲音，顫著聲喚道：「……徐仲宣？」

徐仲宣現下有一種想將她翻過身子來，高高揚起手，狠狠地打她屁股幾下的衝動。

他那樣的憂心如焚，不曉得她這一日一夜到底發生了什麼事，恨不能將這京城內外都掘地三尺，可是她卻坐在這裡一邊啃著手指、一邊曬著太陽，瞧著倒是愜意得很！

不是答應過他不會離開他身邊的嗎？不是說過會相信他的嗎？那為什麼還要逃跑？而且還是跟沈綽聯手一起逃跑？她就寧願相信沈綽也不願意相信他？

徐仲宣只要一想到這個，便氣得後槽牙都有些發酸，原本因風寒就又暈又痛的頭也更加暈痛了。

於是他便冷著臉，一語不發地彎腰傾身，將簡妍打橫抱在懷裡，然後轉身就闊步往外走。

雖然這會兒他身上的氣勢過於逼人，外人見了皆是不寒而慄，但簡妍卻沒這樣覺得。與見到他的激動驚喜相比，其他的她都是可以忽略不計的。

她抬手摸著他的臉，又驚又喜地問：「徐仲宣，你怎麼知道我在這裡？你來救我了？」

他總是會在她最危急關頭時前來解救她，這讓她不得不相信，他其實就是她身邊最堅實、無時無刻不在的守護神。

徐仲宣不答，依然冷著一張臉，一語不發地抱著她朝莊子外面的馬車走去。

守候在馬車外面的齊暉連忙掀開車簾。

徐仲宣伸長手臂，先將簡妍放到車裡，然後回頭望了一眼，只見身後的齊桑已帶著拿了簡妍鞋子的四月快步趕上前來。

於是他轉過頭，彎腰矮身進了車裡。

簡妍正想開口問他是如何知道她在這裡的？但車簾落下的一剎那，徐仲宣便極快地欺身過來，將她抵在車廂壁上，右手緊緊地扣住她的下巴，一雙眼中似是有火山爆發一樣，閃著讓簡妍看了就害怕的怒氣，她便瑟縮著身子想往後躲。

徐仲宣察覺到了她的意圖，一點兒退路都沒有給她，直接垂下頭，狠狠地咬住了她的雙唇。

雖然以往徐仲宣也曾親吻過她，卻從來沒有這樣用力地咬過她。簡妍有些吃痛，心中也有些懼怕，便伸了雙手去推徐仲宣，身子也開始不安地掙扎起來。

徐仲宣卻伸出左手，一下子就捉住她兩隻推拒的手，又膝蓋上抵，身子更是緊緊地壓了過去。

他盛怒之下的力氣極大，這下子簡妍真的是絲毫不能動彈了，只能任由他用力地吸吮、啃咬著她的雙唇，然後又強勢地伸舌撬開她的唇齒，一路攻城掠地。

車廂裡原就逼仄，採光也不好，厚重的車簾又緊緊地擋在前面，更是沒有透進來多少光，因此現下昏暗得很。

在這一片昏暗中，所有的感官似是都變得越發敏銳起來。

簡妍可以聽到徐仲宣略顯粗重急促的呼吸聲，可以感覺到他滾燙灼熱的呼吸，鼻尖和口腔中又滿是他強烈和極具侵略性的男性氣息。

簡妍只覺得腦子裡一片空白，先時她還知道反抗，可是到後來，她只覺得全身力氣被人一絲絲地抽走了一般，身子全都軟了下來，完全就不曉得該怎麼去反抗。又或者說，她根本就忘了要去反抗。

她任由徐仲宣野狼撕肉般地啃噬著她的雙唇，呼吸被一點點地奪走，所有的意識都被他一點一滴地占據，到最後她覺得她真的是要死了。

好在徐仲宣這時放開了她的雙唇。

只是他依然不肯離開，反而是紅著一雙眼，額頭緊緊地抵著她的額頭，胸腔急劇起伏著，低啞著聲音狠狠地問她。「還跑不跑了？」

簡妍壓根兒就還沒有反應過來，只是迷茫著一雙眼，無助地望著他。

她的眼睛籠著一層水霧般，濕潤潤的；一雙唇因為剛剛的親吻更是水光潤澤，如上好的紅櫻桃般。

徐仲宣忍不住，又垂下了頭，雙唇緊緊地壓了上去。

又是一陣暴風驟雨般的親吻。

這下子簡妍整個人真的是完全癱軟在他的懷中了。

不曉得過了多久，徐仲宣終於起身放開了她，只是一雙手還是牢牢地禁錮著她，身子緊緊地貼著她的身子，不讓她離開他半分。

簡妍的意識有些模糊，只是迷濛著一雙眼，茫然又無辜地望著他。

徐仲宣見著她這樣的目光，一時心中又是生氣、又是軟成了一灘水似的軟。

他氣簡妍這樣輕信沈綽，一語不發地就跟著他跑了，又氣著自己饒是如此，還是狠不下心來責罰她。可看著她現下這樣，他又忍不住動情，總是想狠狠地欺負她。

最後他到底還是狠了狠心，盤膝坐在馬車的厚實墊子上，雙手抱著簡妍，將她翻過身來，背對著他。

做錯了事總是要教訓一下的，不然以後她就不長記性了。

於是他咬了牙，高高地揚起手，狠狠的一巴掌就拍在了她的屁股上！

簡妍原本還被徐仲宣親吻得不知道今夕是何夕，可是忽然間這畫風一變，徐仲宣竟是將她翻過身子，揚了手就來打她的屁股！

她直接被徐仲宣的這一巴掌給打蒙圈了，一時半會兒的沒有反應過來，直到徐仲宣的第二個巴掌落下來，屁股那裡的痛感清晰地傳過來，她才後知後覺地察覺到發生了什麼事。

上輩子加這輩子，她何曾被人打過屁股了？簡妍一時又是氣、又是羞，身子不住地掙扎著，然後又扯開喉嚨怒道：「徐仲宣，你竟然敢打我?!」

奈何徐仲宣只用了一隻手就緊緊地制住了她，壓根兒就容不得她動彈分毫，同時第三個巴掌又毫不留情地落下來。

「打了妳，妳才會長記性。」與第三個巴掌一起落下來的，還有徐仲宣咬牙切齒的聲音。「說！往後妳還跑不跑了？還會不會笨成這樣，隨便就輕信別人了？」

於是簡妍便哭了，倒不是因為痛的緣故。她都這樣大的人了，竟還被人打屁股，心裡覺得害羞，又覺得委屈，可偏偏還掙脫不開他的箝制，想躲都沒法兒躲。

「徐仲宣！」她哭著嚷道：「你還怪我？明明你都被周元正逼成了那樣，可你還什麼都不對我說，只說讓我放心、你好得很，可你當我是傻子嗎？周元正是內閣首輔，那樣位高權重，你只是個吏部左侍郎，在他手裡能討得了好嗎？更何況你還那樣著急地想在四月之前就扳倒他，我這還不是因為擔心你，不想你出事，所以才想著先跑出去躲一陣子，好給你爭取一些時間嗎？你倒好，一點都不體諒我的苦心，還上來就罵我、打我！徐仲宣，我恨死你了……」越說她就越覺得委屈，最後索性不管不顧地放聲大哭起來。

徐仲宣額頭的青筋暴跳了兩下。她這給他作了這麼多的亂，讓他擔心得寢食難安，日夜憂心如焚，可她現下倒說得全都是他的錯一般！

不過想想，她的出發點終究還是好的，而且看著她滿面淚痕，哭得聲竭力嘶的模樣，便是再有天大的氣，那也全都消了。

他伸手按了按眉心，頗有些無奈地出聲安撫她。「別哭了。」

簡妍哪裡會理他？反倒是哭得較先前還大了兩分聲音。

徐仲宣嘆了一口氣，將她從自己的腿上抱起來，又將她攬入懷裡，伸手擦拭著她面上的淚水，又放柔了聲音，寬慰著她。「別哭了，都是我錯了，好不好？」

簡妍得寸進尺，抽抽噎噎地道：「本來就……都是你的錯！」

「好、好，都是我的錯。」徐仲宣無奈地苦笑一聲，心想，看來這丫頭往後肯定會是個順杆爬的主兒。

可瞧了瞧她哭得鼻子紅紅的模樣，心裡就又想著，順杆爬也不是什麼了不得的大事，讓她便罷了。

於是他的聲音更加柔和地哄著她。「妳放心，現下妳不用再擔心我和周元正之間的爭鬥了，我已經有了暫且可以緩一口氣的法子。」

「什麼法子？」簡妍在他的懷中抬起頭望著他，一雙眼紅紅的，小兔子一般，可憐巴巴的模樣。

徐仲宣微微地笑起來，抬手輕輕地刮了刮她的鼻子，道：「妳的身世。簡妍，我已經遣了齊暉去隆州查探過妳的身世了。」

簡妍呆呆地望著他。

聽他這意思，她的身世還有什麼了不得的內情不成？她小心翼翼地問道：「我的身世……怎麼了嗎？」

徐仲宣垂頭望著她，面上微微有了點正色。

「簡妍，如果我推測得不錯，妳其實不是簡太太的親生女兒，而應當是鄭國公唯一嫡出的女兒。如果妳真的是鄭國公唯一嫡出的女兒，那任憑他周元正再是如何位高權重、權勢滔天，也絕沒有讓國公府嫡出的姑娘給他做外室的道理！」

第七十九章　信任甜蜜

當徐仲宣一臉正色地說完後，簡妍對此的反應就一個字——

「喔。」

面上也是甚為平淡的樣子。

徐仲宣眯了眯眼，很肯定地問她。「妳早就知道自己的身世有什麼內情了？」

她是魂穿的好嗎？雖然是穿到了一個剛出生沒幾天的嬰兒身上，可那也是有意識的，所以那時候發生的事沒有誰比她更清楚了啊！

只是，簡妍覺得這事不能對徐仲宣講，畢竟這種事若是細說起來，其實有點驚悚，類似於借屍還魂之類的，徐仲宣肯定會接受不了。

於是她就伸手摸了摸鼻子，側了側頭，躲開徐仲宣犀利的目光，睜著眼睛開始撒謊。

「以前在隆州的時候，母親遣了她身旁的趙嬤嬤來我身邊伺候，我有一次曾聽這趙嬤嬤含含糊糊地提起過我不是母親親生之類的話，但我只以為她是隨便說說的，並沒有放在心上，誰知道竟然是真的。」

簡妍的小動作並沒有逃過徐仲宣的雙眼。

他目光閃了閃，心裡快速地思量著，到底要不要對簡妍明說他已經知道了她所有的事情？

然後不過須臾的工夫，徐仲宣就決定了，還是有必要和她說清楚。只有說清楚了，往後簡妍才會在他面前露出她最真實的性情，而且只有這樣，她往後才會更加依賴、信任他，甚至所有的事情都不會再隱瞞他。

兩人之間的信任，比什麼都重要。

徐仲宣抱著簡妍的雙臂更加收攏一些，而後他低下頭，甚為平靜地說：「簡妍，其實妳所有的事情我都知道。」

「蛤？」簡妍的頭枕在他有力的臂彎中，側頭望他，心中對他的這句話有些不解。他這別是在套她的話吧？她可不會上當。

「你知道我什麼事了？」她問著。「你這話說的，難不成我身上還有什麼大秘密？」

徐仲宣不錯眼地望著她，目光幽深暗沈。

簡妍教他這樣的目光一望，真是覺得雙腿發軟，喉嚨發緊，一剎那真是差點什麼都對他說了。

但其實都不用她開口說什麼，因為就她那點秘密事，徐仲宣早就查了個底兒清了。

「簡妍，」他緊盯著她，開口慢慢地說著。「妳知道簡太太壓根兒就沒將妳當女兒，而是存了讓妳給官宦為妾，為她兒子的仕途鋪路的心思，是不是？還有，秦彥一開始的名字叫做張琰，是不是？」

簡妍直接僵在了原地，一臉不可置信地望著徐仲宣。

他……他怎麼會知道秦彥上輩子的名字叫做張琰？他到底還知道些什麼？為什麼她感覺他現下這樣是要和她完完全全攤牌的節奏？

徐仲宣現下確實是想要和她完全攤牌的。

不給她下點猛藥，往後這丫頭做什麼事情還是會自以為是地繞過他。他是再也受不了她這樣以為是為他好，然後一言不發就逃跑之類的事發生了，所以索性還是明明白白講清楚的好。

他又接著道：「簡妍，其實妳不是這個時代的人，妳是從另外一個時代過來的。秦彥和妳都是同一個地方過來的，你們早就認識了，他就是妳口中所說的那位學長。」

這一次他沒有再問是不是，而是完完全全肯定的語氣。

簡妍沈默了。

她覺得這事的走向已經不對。

徐仲宣如何會知道她和秦彥是穿越過來的？她固然沒有對任何人說起過，可她也能肯定，秦彥是不會將這種事拿出來說的。

她第一次見到秦彥時激動震驚成那樣，失口叫著他學長的時候，他都能很冷靜地說不認識她。過後她曾問起他原由，秦彥說的是，若是那種情況下他點頭說是她的學長，那旁人勢必會追問他們兩人之間的關係，可是穿越這樣玄幻的事，別人只會以為他們是怪物，是借屍還魂，下場不是被燒死也得被沈潭，反正不會拿他們當正常人看待的。

簡妍腦子裡轉了幾轉之後，最後也就只想到了一種可能性。

她抬起頭，滿臉正經，小心翼翼地問徐仲宣。「你也是穿來的？What's your name？Where are you from？」

徐仲宣一張臉黑了黑。她這說的都是什麼鳥語？他們那個時代的話？

「那次妳和秦彥在梅園裡說話的時候，我正好就在牆後面。」

簡妍想了想，然後一臉恍然大悟的神情。「你偷聽我和秦彥說話？」

徐仲宣的臉一時就更黑了。「什麼偷聽？我是正好從書齋裡出來的時候，就聽到了你們兩人說話而已。你們兩個做事也實在是太不謹慎了，說這樣的話之前也不先查探一番周邊是否有人？虧得是我聽到了，若是教其他人聽到了呢？後果不堪設想。」

這次換簡妍黑臉了。他這偷聽還有理了？「非禮勿聽」這四個字他不知道嗎？

這時徐仲宣又問：「妳方才說的最後那兩句話是什麼意思？你們那個時代的話？」

「不是。」簡妍搖搖頭，思路完完全全被他給帶著走了。「這是英語，老外的話。」

「老外？」徐仲宣蹙眉。「什麼意思？」

「就是大洋彼岸其他國家的人說的話。」簡妍解釋著。「也是那時候世界上最通行的語言。」

「最通行的語言為什麼不是我們說的語言，而是英語？」徐仲宣皺眉問著。隨即他又瞥了簡妍一眼，眸光有些幽深了起來。「妳去過很多地方？甚至連大洋彼岸的國家都去過？怎麼去的？」

這一剎那，他忽然想起沈綽先前說過的話——簡妍嚮往的是寬廣藍天，自由翱翔。大洋彼岸的國家，他是連想都沒有想過的，更沒想過這輩子會踏足那裡，可是他懷中這個看起來很纖弱的姑娘竟然去過那裡，而且還會說那裡的語言？

她以前過得到底有多自由自在？若是往後讓她因為他的緣故，只能一輩子待在閨閣內宅裡，她是不是終究還是會厭煩那樣的日子，然後就會想方設法地逃離他的身邊？

徐仲宣的目光有些黯淡下來。

簡妍沒有察覺到他這一刻心情的黯然，興致勃勃地說：「我當然去過呀！我最喜歡旅遊了，但凡學校裡放假，我就會揹著包包，然後滿世界的流竄去了。我跟你說，我去過的地方可多了，像什麼馬爾地夫、倫敦、愛琴海，還有……」說到這裡她忽然停住了，然後呆著一張臉，躲躲閃閃地抬頭偷看徐仲宣。

被他用話一套，她竟什麼都說了！這樣他會不會覺得她是個借屍還魂的怪物啊？然後從此遠離她？

徐仲宣的眸子較先前越發幽深了。

簡妍說的這些地方，不說去過，他是聽都沒有聽過的。

這一刻，他覺得自己在簡妍的面前是這樣的渺小和微不足道。

而簡妍這時卻不安地望著面色晦暗不明的徐仲宣，心裡很緊張，很想知道他現下在想什麼？他會怎麼看她呢？

她張口想問，但是徐仲宣已經俯首下來，雙手捧著她的臉，低聲地說著——

「簡妍，吻我。」話中有隱隱的不安和祈求。

簡妍有些蒙圈，覺得自己跟不上他的思維，她下意識就用帶著疑問的語氣「啊」了一聲，並沒有如他所要求的那般去吻他。

徐仲宣卻是等不及了，他現下只有滿心滿腹的不安。

他在想，這樣的簡妍，以往所見識的都是他想都沒有想過的東西，去過的都是他根本聽都沒有聽過的地方，她如何會看得上他？是不是時日長了，簡妍便不會愛他了，然後離他而去？

只要一想到那樣的情景，他就赤紅了一雙眼，胸腔裡的一顆心也劇烈地跳了起來。

他垂下頭，再一次狠狠地吻住她的雙唇。

他吻得那樣用力，好似恨不能把簡妍都揉碎到他的血液骨髓裡去一樣，這樣便是上自九重天，下至黃泉地，她都不可能離他而去。

對於這種一言不合就開吻的節奏，簡妍有點傻眼。

方才她已經被徐仲宣用力地吻過兩次了，現下她的唇上還麻麻的呢，這下倒好，直接就是刺痛了。

但是她壓根兒就躲閃不了，因為徐仲宣的兩隻手如鐵鉗似的，正緊緊地捧著她的臉，她唯有抬頭受著他這樣的親吻。

許久，徐仲宣終於放開了她的雙唇，額頭緊緊地抵在她的額頭上，氣息不穩地低聲道：「簡妍，答應我，永遠不要離開我，好不好？」

這樣緊密的相貼，他灼熱滾燙的呼吸悉數噴灑在她的臉上。

簡妍覺得自己的臉一定紅得都要滴血了，因為她的臉上是滾燙一片。

「我不是早就答應過你了嗎？」她輕聲，卻又充滿甜蜜地回答著。「為什麼現下還要我再說一次？」

聽著他這樣祈求自己永遠都不要離開他，簡妍的心裡自然是覺得甜絲絲的，這樣就說明他很愛很愛她，很怕會失去她啊！

「不一樣的，」徐仲宣抬手去摸簡妍滾燙的臉頰。「那時候我並不知道妳去過那樣多的地方，並不曉得妳以前過的是那樣自由自在的日子。簡妍，妳在妳的那個時代，究竟是如何生活的，能不能告訴我？」

妳的那個時代、妳的那個時代……

這幾個字如一桶冷水般兜頭澆了下來，讓她面上和心裡的滾燙之意一下子全都沒有了。

她的思路又被徐仲宣給帶著跑了。

「你……」簡妍心跳如擂鼓，有些不安，也有些不確定地看著徐仲宣，小心翼翼地問：

「你不害怕嗎？」

徐仲宣反倒被她這話給問得一怔。「我要害怕什麼？」

簡妍伸手推開他，然後反手指了指自己。「我啊！對你而言，我並不是這個時代的人，搞不好只是一縷遊魂，附身在這個身體裡而已。借屍還魂，這魂還與你隔了不曉得多少的時空，你不會覺得我是個很恐怖的怪物嗎？你不怕我？」

原來她說的是這個。

徐仲宣一時失笑，然後伸手將她拉入自己的懷裡，緊緊地圈著，望著她笑道：「為什麼要害怕？若是真心愛一個人，自然是可以超越一切的。我只感謝上蒼，縱然是我們之間橫亙著這樣觸摸不到的時空，可最後祂竟然將妳送到我的身邊來。」

隨即他垂頭在她的雙唇上輕輕地吻了一下，低聲說：「簡妍，妳不曉得我心裡有多慶幸能遇到妳。」

簡妍被他這些話給說得恍似一整顆心都泡在蜜裡一般，絲毫就不曉得該說些什麼，只會反反覆覆地重複說著一句「徐仲宣，你真好」。

「真好」的徐仲宣唇角微勾，露了一個計謀得逞的笑容出來。然後他又低頭在她的雙唇上輕輕地啄了一下，輕聲地誘哄著她。「所以往後妳有什麼事都不要瞞著我，要全都告訴我，好不好？」

簡妍歡樂地點頭，完全不知道自己已經完全落入某隻大尾巴狼挖的陷阱裡。「好啊，往後我什麼事都不會瞞著你的！」

徐仲宣面上的笑意一時就越發深了。

他最想要的就是簡妍對他坦誠以待，這樣他才可以隨時掌控簡妍心裡在想些什麼，進而及時知道自己要不要調整當下的策略？

心甘情願跳入陷阱裡的小白兔猶且不知自己已經被人算計到了這樣一個地步，她只是伸臂抱著徐仲宣的腰身，頭緊緊地埋在他的懷裡，滿心都是熨貼的感覺。

以往她和徐仲宣雖然也都明白彼此的心思，很是親密，可是現下她心底深處隱藏最深的秘密都被徐仲宣知道了，而且他非但說沒有把她當成怪物，沒害怕她、從此遠離她，反倒還那樣深情地說著他是那樣慶幸能遇到她。

簡妍這一刻就覺得，她和徐仲宣之間真的可以親密如一家人了，所以還有什麼事情是需要對他隱瞞的呢？

這時她又聽得徐仲宣的聲音在她頭頂慢慢地響起來——

「關於妳的身世，妳到底知曉多少？簡妍，一個字都不要漏的告訴我。」

不同於先前溫柔如水的聲音，現下他的聲音很是嚴肅。

簡妍知道他做事素來嚴謹，既然他先前說她可能是鄭國公的女兒，那他心中肯定對這事很有把握。

如果她真的有國公府嫡出姑娘的這個身分，那就不用擔心給周元正做外室的事了。哪個國公府嫡出的姑娘會給人做外室呢？便是再壞了名聲，再做了不容於世俗的事出來，最後也是寧願將她勒死也不會給人做外室的，不然國公府的臉面還要不要了？

簡妍知道此事的重要，所以她仔細地想了想，才說：「我說出來你不要怕。那時候我也不曉得是怎麼回事，頭先是出了一場車禍，再睜開眼睛時，我就到了這個時代，而且還是個剛出生沒多長時間的嬰兒。我記得那時候應該是六月分，天氣很熱，我躺在一個死人的身邊，那個死人瞧著是個僕婦的模樣，穿戴都是很好的，看得出來是出自一個大戶人家。只是她身上全都是血，應當是橫死的。」

正慢慢撫著她背的手一頓，隨後徐仲宣低沈的聲音緩緩地傳來。「那個時候妳是不是很害怕？」

「……」現在關注的重點好像不應當是這個啊大哥！

簡妍沒有理會他，只是自顧自地說下去。「那個時候我以為我又要再死一次了，可是隨後就遇到了靜遠師太。她埋葬了那個僕婦，又將我抱回庵裡。只是那一年大旱，庵裡沒有存米，她也養不活我，於是她便抱著我去找簡太太。簡太太那個時候剛生了個女兒，不過卻沒活幾天。靜遠師太對她扯了個謊，說我能給她的兒子擋災，簡太太也就信了，收養了我，對外只說我是她親生的女兒，所以滿宅子裡的人，包括簡老爺和簡清都被她給瞞了過去，只有她的兩個心腹趙嬤嬤和沈嬤嬤是知道這件事的。」

「那妳自小在簡宅裡是如何過的呢？」徐仲宣的聲音裡滿是心疼之意。「妳一早就知道簡太太對妳存了什麼樣的心思，是不是會很害怕，覺得很無助？有沒有偷偷哭過？」

好像這關注的重點又跑偏了啊！

簡妍在心裡暗暗地吐槽了下，但她還是說道：「我自然是哭過的，而且還哭了好多次。我被簡太太收養之後，縱然努力地討好她，可她一開始對我的態度不怎麼好，都不理睬我，將我扔在一個偏僻的小院裡，只保證我不死就成了。後來到我七歲那一年，她在花園裡看到了我，不曉得她當時是怎麼想的，忽然就給我換了新院子，請人來教我琴棋書畫、歌舞女紅，還遣了趙嬤嬤來我身邊。但你也曉得的，趙嬤嬤心裡很清楚我並不是簡太太的親生女兒，只不過是被簡太太當作揚州瘦馬一樣的養大，將來是要送去給人做妾的，所以她便瞧不上我，總是一再挑戰我的底線，於是我便想了個法子，整治了她一番。她的下場很不好，死在牢獄裡，我也沒想到會是這樣。所以徐仲宣你看，其實我也不是什麼良善之輩，若是有人威脅到我，我也會想了法兒地將那人從我面前踢開。吳靜萱那次也是，她想要中傷我的名聲，讓我只能嫁給徐仲澤，最後我便將計就計，推波助瀾，結果反倒讓她落了那樣下場。徐仲宣，這樣的我，你還愛嗎？」

那些年裡經歷過的那些事，痛過、哭過、彷徨過、低落過，曾經以為前路黯淡無光，再也看不到半點光明，可是現下靠在徐仲宣的懷裡，一五一十地說出來的時候，卻發現那些年的所有的悲傷都好似隔了一層玻璃一樣，看得到，卻是感受不到了。

徐仲宣低頭親吻她的額頭，低聲說：「都過去了。往後有我守著妳，絕對不會讓妳再有無助流淚的時候。」

他這樣的一句話，就讓她很想哭了。她抬手撫著他的臉頰，聲音哽咽著。「徐仲宣，如果我以往受的那些苦都是為了能遇到你所必須要遭受的，那我一點也不後悔。」

這一剎那，徐仲宣的雙眸中似有光華閃現，只炫目得不可思議。

他伸手緊緊地握住她撫著他面頰的手，定定地望著她，低聲卻又堅定地說：「簡妍，我也是一樣。只要能和妳在一起，無論前路有什麼樣的艱難險阻，我也會一路闖過去。生則同生，死則同死。」

簡妍將頭埋首在他的懷中，無聲地流著淚。

他的懷抱是這樣熾熱，耳中可以聽到他有力沈穩的心跳聲，讓她覺得是這樣安心。

她曾以為她這輩子是苦海無邊，可是徐仲宣就是渡她的那艘船，替她遮擋了所有的淒風冷雨，這樣一路平緩地將她送上了岸。

徐仲宣輕輕地拍著她的背，哄小孩一樣地哄著她。「哭什麼呢？哭花了臉可就不好看了。」

簡妍噗哧一聲笑出來，在他的懷裡抬眼望著他，問道：「關於我身世的事，我就只知道這麼多了。你呢？你又知道多少？又怎麼會說我是鄭國公的女兒？」

拍著她背的手依然沒有停歇，他清潤且帶著安定人心的聲音又緩緩響起來。「簡太太身邊的珍珠現下在為我做事，那日她對我說起，她曾聽沈嬤嬤無意中說漏了嘴，說妳不是簡太太親生的。我問了她一些細節，知道有靜遠師太這樣一個人存在，於是我便遣了齊暉去一趟隆州。靜遠師太對齊暉說的話如同妳剛剛說的，當時齊暉也覺得詫異，畢竟帶著妳的那位僕婦穿戴不俗，又是身中數刀橫死，其中定然是有什麼隱情，便讓當地官府查訪了一番十四年前當地可是有什麼大戶人家丟失了孩子？可卻都說沒有。不過府衙裡有一位年老的文書提起，說十四年前倒是有鄭國公府的人前來搜尋過一個嬰兒和僕婦。齊暉回來向我稟報這些事時，還帶回了一塊烏木腰牌，上面刻了個「遠」字，說是靜遠師太當時在那名僕婦身上找到的。

「於是，我便想起一件舊事來。其實妳也知道的，在玉皇廟那日妳不是聽她們說起過？當年鄭國公奉旨剿滅叛亂的端王，隨後接了家人來京中團聚，路途中他的夫人早產生下了一個女兒，可隨即被端王逃竄在外的手下埋伏，聽說那個早產的女兒便死在那裡。可巧，當時鄭國公夫人一行人遭到埋伏的地方就在隆州附近，而先時鄭國公的爵位只是寧遠伯，平叛亂有功才升了鄭國公。

我便想著，那名僕婦身上那塊刻著「遠」字的腰牌，只怕就是寧遠伯府的腰牌。且先時知道周元正和梅娘的事之後，我也讓齊桑暗中查探了一番，發現鄭國公夫人的母親和那梅娘的母親原是一母同胞的親姊妹，而妳和梅娘的相貌又是生得那樣相似；再想想妳的年紀，和鄭國公那位在路上夭折的女兒又是那般接近，所以我便推測著，妳應當就是鄭國公夫人早產生下來的那個女兒。只是當時遭人埋伏，帶著妳的僕婦被衝散，中了刀，倉促之間逃跑，隨即便死在了山中，正巧那時靜遠師太經過，救了妳，埋葬了那名僕婦，又陰差陽錯地將妳送入簡宅，隨後靜遠師太也離開了隆州十來年，所以縱然其後鄭國公遣人在當地四處搜尋妳的蹤跡，也是搜尋不到一丁點的，於是就都只以為妳是死了。」

簡妍聽完徐仲宣說的這番話之後，只想著給跪。

徐仲宣的邏輯和推斷能力實在是太強了！這樣的人應該進大理寺審案啊，做什麼吏部侍郎啊？屈才了！

徐仲宣這時又問她。「靜遠師太曾經給過妳一只銀鎖？」

簡妍點點頭。「是。」

「在妳身上？」

簡妍知道這只銀鎖與她的身世有關，所以打定主意逃跑的時候也隨身帶著。現下聽徐仲宣問她，她便伸手解開了襖子的盤扣，將脖子上一直戴著的銀鎖掏出來，解下來遞給他看。

「喏，你看，就是這個。」

徐仲宣拿了銀鎖在手裡，就著車窗透進來的光細細地看了一番，隨即又交給簡妍，囑咐著。「這只銀鎖很重要，務必要貼身收好。除卻鄭國公和鄭國公夫人，萬不能讓其他任何人知道妳有這樣一只銀鎖。」

簡妍點點頭，順從地將銀鎖又掛回脖子上，塞到衣服裡去。

她猶豫了片刻之後，終究還是問了出來。「你覺得鄭國公和他夫人會認我嗎？」

便是徐仲宣方才那番推斷再是滴水不漏，她的身上又有這只銀鎖，可是鄭國公和他夫人會那樣輕易地就認她嗎？血脈延續畢竟是件大事，豈能馬虎？可這年代又沒有什麼DNA檢測，難不成最後還要來一場滴血認親？可滴血認親這種僅靠血型的東西也是不準的啊，就算是親生父母和子女之間，也不一定就是同樣的血型啊！

第八十章 繼續甜蜜

對於簡妍的擔心，徐仲宣的回答是十分肯定的。

「如果能證實妳真的是他們的女兒，他們定然會認的。」在玉皇廟的時候，他可是聽蘇慧娘她們提起過，鄭國公夫人每年端午時都會給她這個女兒打一次平安醮，若是現下能證實她的女兒並沒有死，而且是活生生地出現在她面前，鄭國公夫人不可能會不認。

見簡妍目光中依然還有忐忑，他便又雙臂收緊了些，下巴在她的頭頂上蹭了蹭，隨即又笑道：「若妳真的能有這個國公府嫡出姑娘的身分自然是好的，這樣周元正往後只怕都不能打妳的主意了；可即便這事最後並沒有成，妳沒有這個身分，那也沒有關係。妳放心，我是不會讓周元正活過今年四月的。」

他最後一句話雖然說得平淡，但簡妍心中還是顫慄了一下。遲疑片刻之後，她還是問了出來。「可是周元正看起來也是很謹慎的人，你想抓住他的把柄只怕是很難的吧？你不要太急切了，最後反倒把自己給折進去。」

「我知道。」徐仲宣面上笑意溫柔。「以往我不想成家，也是因為怕家室拖累分心，自己一個人的時候，想做什麼也就做了。成則好，位極人臣，即便是敗，也不過一條命交出去罷了。可是現下不一樣，簡妍，我有了妳，往後我的命就不單單只是我自己的了，也是妳的，所以我會惜命，留著和妳一起白頭到老，子孫滿堂。」

簡妍的眼角有些發熱，心裡也如塞了一團吸飽了水的海綿一般，鼓脹脹的，說不出話來。

今天一下子聽了這麼多的甜言蜜語，都要叫她不適應了，心跳如擂鼓。

她便紅著臉，倉皇地轉移話題。「你是不是已經掌握了周元正的什麼確切罪證？」

徐仲宣沈吟了下。關於周元正的事，他若是不對簡妍挑開了明說，只怕她心中始終還是會日夜為此憂心的。思及此，他便道：「周元正的罪證有許多。他貪墨，縱子行凶，朝中遍植黨羽，對朝政一手遮天，甚至多年前就已經利用手中職權誣陷梅娘之父，只是這些若真的說起來，其實也都是沒有什麼用的。」

這些罪證竟然是沒用的？簡妍忍不住抬頭問道：「為什麼沒用？你沒有告知皇上，怎麼知道周元正的這些罪證沒用？」

徐仲宣不答，轉而問道：「北周時有個人名叫蘇綽，他說過這樣的六個字，用貪官，反貪官，妳聽說過嗎？」

簡妍默然了片刻之後才緩緩地說：「我知道蘇綽的這句話，你的意思是，皇上現在還有用得著周元正的地方，所以即便他有了這許多罪證，皇上也會選擇性地無視掉，而不會去動他？」

「我的簡妍就是聰明！」徐仲宣由衷地讚嘆她一句。「說什麼妳都明白。」

簡妍默默地在心裡吐槽了一句：什麼叫做你的簡妍？

只是……「若是果真如你這樣說的話，那豈非你掌握了再多周元正的罪證，也是扳不倒他的？那可怎麼辦？」

徐仲宣拍了拍她的背，安撫著。「妳不要急。做皇帝的，哪個疑心不重？便是對自己的親人尚且每時每刻都在防範，更何況是對著一個臣子？對於皇帝來說，臣子可以貪、可以奸，但只要他暫且有用，皇帝都不會去動他。可是皇帝最接受不了的就是臣子有不臣之心，會威脅到他皇位的，即便這個臣子再有用，皇帝也不會留著他。而我現下就是要在皇上的心裡種上周元正有不臣之心的這顆種子。我暫且並不需要皇上去相信，只要他心裡有這個懷疑就行了，一旦他懷疑，到後來他自己自然會讓這顆種子慢慢發芽，屆時我所要做的，不過就是在一旁推波助瀾，不住地引導皇上將周元正的所作所為往那方面去想便可以了。等這顆種子在皇上的心裡長成了參天大樹的時候，皇上勢必會容不下周元正，到了那時，現下我搜集到的那些罪證，就會成為他的罪名，否則，那些罪證都是沒有什麼用的。簡妍，妳明白我的意思嗎？」

簡妍沒有說話，但她自然是明白的。

不臣之心這個東西，其實是再寬泛抽象不過的，有多少能具體化？除非是直接拿了真刀真槍上來幹。但，只要在皇帝的心中慢慢地種植下某位大臣懷有不臣之心的種子，皇帝心中自然會越瞧這位大臣就越覺得他可疑，時日長了，腦補都能腦補出一籮筐了。更何況這個周元正原先就已經有了遍植黨羽、對朝政一手遮天的行為在先。

見簡妍不說話，徐仲宣便又低聲說了一句。「簡妍，我曾做過梁王兩年的侍講學士。」

他這話裡的意思就很明顯了，簡妍只一臉震驚地抬頭看他。

徐仲宣面帶微笑地回望著她，伸手摸摸她的頭，笑道：「現在妳可以放心了吧？與周元正的對決中，我其實不是一個人。」

這樣機密的事他都肯對她說？

「你……其實這些事你原本是可以不用對我說的……」她囁嚅著。「方才我並不是想要向你刺探什麼消息，我只是……只是隨口問一問罷了。」

「我知道。」徐仲宣俯首親了親她細軟的秀髮。「只是我們剛剛才說過要彼此坦誠以待，所以在妳的面前，我並沒有任何秘密。簡妍，妳看，我完完全全信任妳，所以，往後妳也要完完全全信任我，好不好？」

簡妍說不出話來，只是不住地點頭。

愛的最好證明就是信任。徐仲宣選擇什麼事都對她明說，那她還有什麼理由不信任他呢？

她埋首在徐仲宣溫暖的懷中，緊緊地倚靠著他，唇角帶笑，沒有再說話，但心中滿是愉悅和甜蜜。

徐仲宣也是沒有再說話，只是伸臂攬著她，同時背倚在車廂壁上，開始閉目養神。

他的風寒並沒有好，今日依然一直高熱頭痛，但他仍不顧徐妙錦和齊桑等人的勸阻，一定要親自過來接簡妍。

早一刻看到她，他便會早一刻心安。如現下這般，攬了她在懷中，縱然他自己全身灼熱似火燒，頭痛欲裂，可他依然覺得是值得的。

一片靜謐中，可以聽到馬車車輪滾動的聲音。早春料峭的冷風吹過，拂起車窗上的簾子，橙紅色的夕陽灑了進來。

簡妍昨晚並沒有睡好，又焦慮了這麼些日子，現下倚在徐仲宣的懷中，她只覺得內心一片安寧平和，於是在這轆轆的車輪聲中，她閉著雙眼慢慢睡著了……

不曉得過了多久，簡妍被四月給叫醒了。

睜開眼一看，方覺前面藍底白花的車簾已經被掀開了，而外面天色已然昏暗，有數點寒星正掛於幽藍的夜空中，閃閃爍爍的。

四月站在馬車旁，一手揭了簾子，一面輕聲地喚著她。「姑娘？」

簡妍坐直了身子。

起得太快了，頭頂磕到了徐仲宣的下巴，有些痛。

她低聲地「哎喲」一聲，一面伸手去摸自己的頭頂，一面轉頭去看徐仲宣。

徐仲宣正背倚在車廂壁上，雙目緊緊閉著，並沒有醒。

方才磕得那樣重，他竟然都沒有醒？

簡妍心中訝異，便伸手去拍他的臉，叫著他。「徐仲宣？徐仲宣？」

入手滾燙一片，無論她如何叫喊，他依然沒有醒。

簡妍直覺不對，顧不得許多，忙叫著。「齊桑，這是怎麼一回事？怎麼他身上這樣燙？」

齊桑忙搶上前來看視，又道：「公子前幾日就得了很嚴重的風寒，一直發著高熱，今日也沒有好些。聽了姑娘您在那裡，他一定要親自去接您回來，小的和四姑娘再怎麼勸，公子他都是不聽的。」

他竟然一直在發燒？難怪剛剛她一直覺得他的手和臉都是那樣熱，但她只以為他這是見著她安好，過於激動的緣故，渾然就沒有想到其他上面去。

簡妍的手在發抖，她緊緊地咬著自己的下唇，縱然心中亂紛紛的，可她還是竭力強迫自己冷靜下來。

深深地吸了幾口氣之後，她吩咐齊桑。「快將徐仲宣扶到他臥房裡去躺著。」又問著齊暉。「他有沒有瞧過大夫？大夫怎麼說？家裡還有沒有大夫開的藥？」

齊桑已扶著徐仲宣進了院子，齊暉則趕忙回答：「前幾日太醫署裡的太醫來看過，說公子得的是很嚴重的風寒。太醫開的藥家裡還有的，只是姑娘，公子素來最怕的就是吃苦的東西，那些藥就是煎了出來，他也是不吃的。」

看起來這樣冷靜內斂的人，竟然連吃苦藥都怕？簡妍一時都不曉得到底該說什麼了。

「去將太醫留下來的藥煎一服出來。」他若是不吃，扳開嘴灌也得給他灌下去！

齊暉答應了一聲，忙忙地轉身跑了。

簡妍又吩咐四月去打了溫水過來，自己則跟著齊桑到了徐仲宣的臥房裡。

徐仲宣的臥房陳設極其簡單，不過是必備的幾樣家具罷了。簡妍匆忙之間也沒有來得及細看，只是直奔向屏風後面的架子床而去。

徐仲宣已被齊桑扶著躺到了床上，且醒了過來，後腰上墊了只軟枕，正靠在床欄上。只不過他眼角發紅，也不曉得是高燒的緣故，還是昨夜壓根兒就沒睡好的緣故。

簡妍先是鬆了一口氣，過後又咬牙提了一口氣。這樣大的一個人，都高燒成這樣了，竟然還任性得連藥都不吃，而且就只因為怕苦的緣故！

簡妍一面倒了一杯溫熱的茶水過來，一面吩咐四月。「去看看齊暉藥煎好了沒有？煎好了就馬上端過來。」

徐仲宣聞言，搭在額頭上的右手驀地僵了一下，然後開口和簡妍商量著。「簡妍，我能不能——」

「不能！」他才剛開了個口，簡妍就冷著一張臉，斬釘截鐵地拒絕了。

徐仲宣瑟縮了下身子。

齊桑也瑟縮了下身子。他覺得，再在這裡待下去，搞不好他待會兒會被誤傷到，所以還是趕緊腳底抹油閃人吧！於是他便大義凜然地同簡妍說：「天晚了，公子和姑娘都餓了吧？屬下這就去外面酒樓叫一桌酒席來！」然後他轉身就走。

至於簡妍這邊，則是繼續冷著一張臉，將手裡揭開蓋子的茶盅遞到徐仲宣的面前。

徐仲宣非但沒有伸手來接，還開始裝可憐。「我手上沒有力氣，拿不住……」

他這時候的聲音哪裡還有先前的冷靜了？反倒跟個做錯事的小孩一般。他故意壓低聲音，又半垂著頭，不時偷眼覷一覷簡妍，然後接觸到她冰冷的目光時，又迅速地垂下頭去。

簡妍直接將茶盅塞到他的手裡，寒著臉說了一個字。「喝。」

「……」然後，徐仲宣就乖乖將那一茶盅的水都喝了下去。

簡妍接過茶盅，隨手放到一旁的小方桌上，隨後便道：「你先躺著睡會兒，我去看看藥煎好了沒有？」只是她起身要走的時候，徐仲宣忽然傾身過來，極快地拉住她的手。

「不要走……」他抬頭望著她，一副可憐巴巴的模樣。「待在我身邊，不要離開我。」

雖然明知道他是裝出來的，但簡妍還是心軟了，於是她重又坐在床沿上，可到底還是心中氣不過，她便開始數落著徐仲宣。明明都這樣大的人了，還學什麼小孩子因為藥苦就不吃，良藥苦口利於病這話沒有聽說過嗎？

徐仲宣弱弱地解釋著。「根據我的經驗，風寒這種病，吃了藥也要七、八天才會完全好，可是不吃藥的話也是七、八天就會好，既然如此，何必要去吃這七、八日的苦藥呢？熬過去就好了。而且我這風寒現下得了也有七、八天，我估計也就快好了，所以待會兒那藥，我可不可以不吃呢？」

簡妍的回答，是直接一記怒氣騰騰的眼刀飛過去，只扎得徐仲宣瑟縮了下，垂著頭縮在床角，再也不敢吭聲。

過了一會兒，四月終於急急忙忙地用小托盤端了一碗藥過來。

白色瓷碗裡裝的是烏褐色的藥汁，不要說吃了，光聞著那味兒就知道有多苦。

徐仲宣想來是極其抵觸喝藥的，所以看到四月端藥進來的時候，他就別過了頭去。

簡妍瞥了他一眼，隨後伸手自托盤裡端了藥碗在手，又對四月說：「妳出去吧。」

四月答應著出去了，還甚為體貼地關上了門。

徐仲宣偷偷瞥了簡妍一眼，只見她拿了勺子，正慢慢地攪動著碗裡烏褐色的藥汁，有騰騰的熱氣升起來，撲在她半低垂著的如玉容顏上。

徐仲宣還不死心地想要勸服簡妍，讓他不用喝這碗藥汁。只是他才剛開口叫了一聲「簡妍」，就見簡妍緩緩抬起頭來，唇角微勾，對他扯了一個似笑非笑的笑容出來。

徐仲宣忽然有一種毛骨悚然的感覺自尾椎骨那裡迅速竄起，然後散入四肢百骸全身各處。

好可怕的感覺。

這時簡妍已將那碗藥遞到了徐仲宣的面前，笑著挑眉問道：「你是要自己乖乖地喝哪，還是要我親自動手給你灌哪？」

徐仲宣艱難地吞嚥了一下，而後弱弱地說：「我覺得用『灌』這個字眼不大好，還是用『餵』字比較好。不然妳餵我喝？不是用勺子餵，是『哺』，烏鴉反哺的哺，妳明白是什麼意思吧？那樣就算是再苦的藥，我都是願意喝的。」說罷，目光灼灼地望著簡妍。

簡妍都要被他給氣笑了。

還跟她玩起摳字眼的遊戲來了？要他喝個藥都這麼多要求，現下到底是誰病著哪？

於是她索性將碗裡的勺子拿出來，放到一旁的小方桌上去，然後手中端了藥碗，一腿半跪在床沿上，傾身過去，一手抵住他的肩，就將藥碗湊到了他的唇邊去。

「喝！」她挑眉低喝，面如金剛怒目。

徐仲宣哪裡敢違抗？說不得也只能閉了雙眼，張開嘴來，任由簡妍給他往口中灌藥。

只是他的舌頭從小便對苦的東西極其敏感，所以以往壓根兒不怎麼碰有苦味的東西，這會兒這樣一大碗苦得都不曉得該怎麼形容的藥汁猛然一灌進來，他下意識就想吐，但耳邊又聽得簡妍冷聲喝著他——

「嚥下去！」

徐仲宣只好心一狠，只當自己的舌頭不存在一般，咕嚕咕嚕就將那碗藥汁悉數都給嚥了下去。

不曉得何時藥碗被拿開了，緊接著有柔軟的雙唇壓了下來。

柔軟靈活的舌，細細地舔去他唇邊所有未來得及嚥下去的藥汁，接著又撬開他的唇齒，小心翼翼地探了進去，將他齒舌間的苦味也一一舔了去，唯留淡淡的茉莉幽香縈繞在唇齒之間，經久不散。

徐仲宣如遭雷擊，全身都硬成了一塊鐵板。

這是簡妍第一次主動親吻他，他甚至震驚得都忘了要去回應，等到他好不容易回過神來想要回應時，簡妍已經直起身，雙唇離開了他的，同時給了他一個摸頭殺，笑得甚為慈祥地道：「乖，現下不覺得這藥苦了吧？」

徐仲宣心想：現在開口再要她主動親吻他一次，可以嗎？

但簡妍沒有給他這個機會，她只是吩咐他躺下去好好睡一覺，隨後便拿了藥碗，轉身飄然遠去。

「……」徐仲宣覺得他好像被簡妍調戲了，而且還是那種先給了一棒子，再給一甜棗的那種調戲。

不過隨後他又覺得，這樣的調戲多多益善。轉念又想著，沒想到簡妍的真實性情裡還有這樣冷酷霸道的一面啊！不過這樣的一面他也很喜歡，看來以後床笫之間絕對不會單調乏味的。

帶著這樣亂七八糟的心思，徐仲宣閉上雙眼，慢慢地睡著了。

第八十一章　雪膚紅梅

等徐仲宣再醒過來時已是半夜了。

旁側小方桌上放著一盞青花花卉八方燭臺，罩了畫著翠竹青石的紙罩子，裡面的紅燭還亮著。

徐仲宣在枕上轉過頭來，就見簡妍正傾身趴在床沿，手側還放著一本半開的書。

想來她先前就是這樣一直坐在床邊，一面守著他，一面看書，後來約莫是支撐不住，便趴在被面上睡著了。

有夜風從窗子的縫隙掠進來，燭光搖曳中，簡妍的側臉看起來柔和且通透如玉，而她雙目輕輕合著，睡顏更是安寧平和。

徐仲宣靜靜地望著她，「歲月靜好」這四個字自他心底最柔軟的地方緩緩泛起，終至漸漸清晰。

他起身坐著，俯身垂頭，在她的側臉上落下一個輕柔的吻，隨後便含著她柔軟紅潤的唇瓣，慢慢吸吮著。

窗外夜風拂過，一庭月色，照滿書窗。

一切都美好得如這燭光、月光織出來的一場美夢。

簡妍睡得迷迷糊糊，似是感覺到有人含住了她的唇瓣，在溫柔吮吸著。

她星眸微張，入目所見便是徐仲宣的一張俊臉。

原本簡妍用完晚膳後，見徐仲宣自喝完藥就一直在熟睡，心中終究放心不下，即便四月催促她去歇息，她依然沒有走，反倒在屋裡的書架上尋了一本自己愛看的書，隨後便掇了只繡墩在床頭，這樣就可以一面看書，一面陪著徐仲宣了。

後來神思睏倦，她便拋開手裡的書，伏在床沿睡著了，也不曉得睡了多久。

此時但見他微合著雙眼，面上神情虔誠專注，鴉羽似的髮絲垂了幾縷下來，落在她的臉上，涼涼的、癢癢的。

他什麼時候醒的？

簡妍抬了手，輕輕撫上他的面頰，低聲地喚了他一聲。「徐仲宣……」

她的聲音軟軟的、糯糯的，因著才剛睡醒的緣故，還帶著一點輕微的鼻音，越發顯得柔軟起來。

徐仲宣只覺得自己的心弦被她這聲呼喚給撩撥得漣漪頓生，迅速以心臟為中心，一圈圈漾開了去，只讓他全身禁不住就顫慄起來。

他猛然睜開雙眼，在簡妍還沒有反應過來的時候，她的身子就已凌空。

下一刻，一個天旋地轉，她的背陷在了柔軟的被子裡。簡妍下意識想要驚呼，可徐仲宣的身子已經向她壓了下來，這一聲驚呼也被他的雙唇給堵在嗓子眼裡，只有細微的嗓音從唇角逸出來。

徐仲宣這次的親吻來得狂烈異常，極為強勢，被簡妍壓在身下的右臂也是用力收緊，似乎想要將她就這樣嵌入到他的體內去一般。

簡妍覺得自己的舌被他這般吸吮得都有些刺痛，不由得悶哼了一聲，接著伸了手想去推拒緊緊壓在她身上的徐仲宣。

可她這聲悶哼落在徐仲宣的耳中，卻將他的心弦撩撥得越發亂了。

他現下壓根兒就沒有辦法思考，一切都只是依照本能行動而已。

他沒有去理會簡妍的掙扎，只是將右臂從簡妍的身下伸出來，隨即雙手緊緊捧住了她的臉，肆意侵占著她的唇齒；接著又轉移陣地，將她右耳小巧精緻的耳垂捲入口中，含在舌尖，重重吸吮著。

一陣顫慄感從耳垂那裡蔓延開，席捲了全身。簡妍難耐地弓起身子，低低地輕哼著，抖著聲音喚他。「徐仲宣……」

她此時此刻在他的身下，被他親吻著，還這樣顫著聲音喚他的名字，這足以燃燒掉徐仲宣的所有理智。

他胸腔急劇起伏，呼吸越發粗重起來，心中也開始躁動不安。

兩人的身子貼得這樣近，徐仲宣又僅著了單衣，他的變化簡妍自然能察覺到。

那樣的熾熱滾燙，當簡妍意識到是怎麼回事的時候，她耳中恍似聽到了「轟」的一聲，緊接著，全身血液都奔向她的腦中去了。

她面上滾燙一片，心中卻開始慌亂懼怕，隨即，她也不曉得是哪裡來的力氣，伸手狠命推開了緊緊壓在她身上的徐仲宣，起身就要逃跑。

不過才剛支起了上半身，被她推到一邊的徐仲宣就極快伸手圈住她纖細的腰肢，手臂用力一帶，她又躺回柔軟的被子上。

徐仲宣緊接著翻身而上，重又將她緊緊壓在自己的身下。

他雙手牢牢地捧住她的臉，灼熱燙人的呼吸噴灑在她的臉上，雙目赤紅，居高臨下地望著她。

「簡妍，不要拒絕我……」聲音沙啞克制，滿滿的都是懇求之意。

簡妍聽得心中一顫，望著他的目光也開始慌亂起來。

徐仲宣已經又俯下身來親吻她，密不透風似的，讓她腦中開始迷迷糊糊起來。

「可是，徐仲宣，我還不到十五歲啊……」簡妍終究是挽回了自己的一絲理智，顫著聲音說出了自己想說的話。

正親吻著她脖頸的動作一頓，徐仲宣慢慢將頭抬起來。

他的雙目依然發紅，呼吸依然急促，可幽深的雙眸中終究是較剛剛有了一線清明。

簡妍暗暗吁了一口氣。看來暫時應該是沒事了。

但下一刻徐仲宣又俯身下來，細細親吻著她的雙唇，同時低聲承諾著。「我知道。我保證我不會真的對妳做到那一步，簡妍，相信我，好不好？」

他這樣懇求著喚她的名字，又這樣卑微地祈求她相信他，更何況在簡妍的心中，徐仲宣答應過的事什麼時候沒有做到過？於是鬼使神差般地，她點了點頭，柔聲說道：「好。」

然後的然後，簡妍就恨不能時光倒流，回到她開口答應的那一剎那，劈頭就給自己搧一個重重的耳刮子下去。

他是如他所承諾的那般，並沒有做到最後那一步，可是頭先那麼多步他都做了啊！

簡妍一張臉滾燙得就要燒起來一般，拿了被子，緊緊蓋著自己的臉。

她覺得自己都快要沒臉見人了！而這時，徐仲宣的笑聲透過厚厚的棉被傳到她的耳中。

「不要這樣悶著，小心喘不過氣來。」

簡妍只覺得面上越發滾燙了起來。

她又是氣，又是羞，不由得開口低喝了一聲。「滾！」

又有輕笑聲傳過來，緊接著簡妍又聽見那道可惡的聲音問著——

「我打了水來給妳擦洗？」

「我不要擦洗！我要洗澡！洗澡！」簡妍掀開被子，惡狠狠地說。

光擦洗怎麼夠？她可是哪裡都被他親過了，而且雙腿之間也……

耳中似是又聽到了他急促不穩的呼吸，他動得那樣快，腿側的肌膚現下都是灼熱滾燙的，只怕都擦破了皮……

簡妍只要一想到這裡，不由得就又轉頭，狠狠地瞪了某人一眼。

某人卻是面上笑意滿滿，對上她殺氣騰騰的目光也沒有退卻，反倒柔聲地說：「好，那我去讓齊桑、齊暉燒水。」

簡妍的一張臉頓時紅得都能滴下血來一般。

這樣的深夜叫齊桑、齊暉去燒水，人家心裡怎麼想？

「回來！」她喊住了他。

徐仲宣聞聲回頭，笑問道：「怎麼了？」

簡妍惱怒地瞪了他一眼，道：「我不要齊桑、齊暉燒水。」

徐仲宣是何等玲瓏剔透的人？他立時就明白了簡妍的意思，便笑道：「害羞了？」察覺到簡妍瞪他的目光又開始泛起了殺氣，忙道：「那我去燒水，好不好？」

簡妍望了望外面。清冷月光下屋頂的積雪越發晶瑩，這樣冷的深夜，他的風寒還沒有好……

簡妍認命地嘆了一口氣，道：「算了，我還是不洗澡了。你過來在床上躺著，我自己去打水擦洗一下就好。」說著掀開身上的被子就要起身。

但徐仲宣兩、三步趕了過來，將她抱回溫暖的被窩中坐好，又用被子幫她裹好全身，而後傾身過去，在她紅潤的雙唇上輕啄了一口，隨即直起身來笑道：「我知道妳是擔心我的風寒，但我的風寒已經好了。簡妍，妳就是我的藥，有妳陪伴在我身邊，我什麼病都好了。」

在外人面前看著那麼清雋淡雅的人，不想背地裡竟然這樣油腔滑調，一張嘴抹了蜂蜜似的，慣會說甜言蜜語，哄人開心。

簡妍心中一面甜滋滋地想著，一面又覷到徐仲宣的目光變得有些幽深起來，於是她便順著他的目光望過去，然後她就滾燙著一張臉，隨手撈過一旁放著的枕頭，劈頭蓋臉對著徐仲宣就砸了過去，同時脹紅著一張臉，怒道：「禽獸！」

方才他們說話間，裹在她身上的被子不知何時落了下去，而她現下身上可是一根絲都沒有的！所以說，剛剛徐仲宣在看的其實是……

徐禽獸接過了簡妍砸過來的枕頭，順手放到桌上，眼見簡妍拿了被子將自己嚴嚴實實裹得如同蠶蛹般，他笑了笑，隨即起身自一旁的衣架上拿了鶴氅披了，開門出去提水。

待提了水來，傾注到盆裡，徐仲宣又拿一條乾淨的手巾過來撇到盆裡。

簡妍原待起身自己去擦洗，但徐仲宣已經擰乾了手巾，過來坐在床沿上，笑著伸手按住了她。

「乖，妳在床上不要下來，我來服侍妳。」

對簡妍而言，這樣的服侍其實是一種煎熬啊，特別是在某人幽深不明的目光中。

只是她又擰不過徐仲宣，無論她如何說要自己擦洗，他總是不答應，最後她也只能閉了雙眼，眼不見為淨，由徐仲宣給她慢慢擦洗身子。

因著害羞，她的面上通紅一片，身上也是籠了一層淡淡的粉色。嬌香軟玉，於徐仲宣而言，只能看卻不能動，又何嘗不是一種煎熬？

但是她畢竟還未及笄，現下行那樣的事還有些過早，亦對她的身子不好，所以即便心中再如何躁動，他也只能拚命忍著。

片刻之後，徐仲宣終於將簡妍全身都給擦洗了一遍，隨後又仔細、溫柔地將她按到床上，用被子將她全身都遮蓋起來。

簡妍睜開眼望著他，固執地說：「我要去同四月睡。」

她明顯是對剛才的事感到後怕不已。

方才那樣的情形，真的只差臨門一腳就進球！要是再來一次，誰曉得會怎麼樣？

徐仲宣曉得她心裡的懼怕，便傾身下去輕輕吻了她一下，笑道：「妳就在這裡睡，哪裡都不要去。我發誓，我今晚不會再碰妳一下，好不好？」

簡妍用相當不信任的目光望著他，聲音清脆地道：「騙人！」

「沒有騙妳。」徐仲宣笑道，目光裡有了細碎溫暖的笑意。「不過妳現下最好是趁著我去擦洗身子的時候將裡衣穿上，不然待會兒抱著這樣的妳，我說不定真的會忍不住。」

在簡妍如刀的目光中，他笑著去了屏風後面。

紅木座底的插屏，上頭白色的絹紗上沒有任何刺繡，不過是素白的一片而已。

簡妍可以看到他頎長的身影映在屏風上，一舉一動都是那樣清晰。

她紅了一張臉，收回目光，快速地穿好裡衣。想了想，又去旁邊的箱櫃裡翻了翻，另外找了一床錦被鋪好。

於是，等到徐仲宣擦洗好，穿了裡衣過來後，見到的就是床上已經鋪好兩床被子，而簡妍正坐在裡側的被筒裡，笑盈盈地望著他。

她頭上的髮簪拿了下來，烏黑的秀髮傾瀉在肩頭，唇角的笑意清麗狡黠。

徐仲宣覺得，但凡他和簡妍在一塊兒的時候，他總是忍不住就想抱她、親她，恍似怎麼抱、怎麼親都不夠；可是剛剛他又答應了今晚不會再碰她，所以他瞥了一眼那兩個被筒，想著這樣分開睡也好，不然他怕自己真的會控制不了。

因此他便上了床，在外側一個被筒裡躺下來，又催促簡妍也躺下去，不要著涼了。

方才徐仲宣上床時已將燭火吹熄，但今夜正是十六，外面月色如銀似水，透過紙窗斜斜地灑到屋裡的青磚地上，澄澈透明。

雖然並沒有共枕，但畢竟是同床，特別是這般靜謐下來之後，簡妍心中還是咚咚地跳個不住。

老天作證，雖然她也是看過小黃文、看過愛情動作片的人，但其實如今夜這樣的經歷還真的是第一次啊！更何況，現下兩個人還這樣躺在一張床上……

交叉在胸前的雙手越握越緊，越握越緊……她覺得，不然她還是去和四月一起睡算了，於是她便輕咳一聲，正想委婉地開口提這事，徐仲宣卻早有察覺般，比她早一步開口。

「我很好奇，妳的那個時代是什麼樣的？妳同我說一說妳在那個時代的事情，好不好？」

簡妍一怔。

她上輩子的那個時代啊……太多太多的事了，該從哪一件先說起呢？而且想起來竟覺得那已經是很遙遠的一場夢，甚至都有些不真實了起來。

她默然了片刻，而後才輕聲問道：「你想聽什麼呢？關於那個時代的。」

徐仲宣伸手過來，覆蓋在她交握著的雙手上，低聲道：「有關妳的所有一切。」

那個時代於他而言是想像都想像不到的，其實若真心說起來，他也不是很想知道，因為他是個活在當下的人。可是有關簡妍的一切，他卻都想知道。

簡妍定了定神，才慢慢地道：「在那個時代裡，我生在一個很幸福的家庭。若按這個時代來說，我爸爸也是個當官的，至於官職，應當是類似你們現下所說的巡撫；我媽媽因身子不好，已經退休在家；我還有個大我十歲的哥哥，沒有從政，從了商，自己開了一家公司，嗯，就是你們說的商人了，只不過我們那個時代商人的地位可不像你們這樣低，反倒還滿高的。我自己則是在讀大學，穿過來之前正在讀大二。」

「大學？」徐仲宣在枕頭上側過頭去望著她，輕聲地問道：「那是什麼？女子也可以出外讀書嗎？」

「是呢！」簡妍也同樣側頭過來望著他，笑道：「我們那裡，女子和男子一樣都可以讀書，而且是在一起讀書。一般都會上幼稚園，六歲上小學，小學要讀六年；後面是三年的國中、三年的高中；再根據你的成績決定你可以上哪一所大學？大學是四年，等畢業之後就出來找工作上班了。」

徐仲宣在心裡默默地估算了一下，然後就問道：「那來到這裡的那一年，妳二十歲？」

簡妍點頭。「是啊！」又笑著問：「是不是覺得我年紀很大？」

徐仲宣沈默了片刻，終究還是問了自己最關注的問題——

「你們那裡的姑娘，二十歲了還沒有成親？還要讀書？」

簡妍失笑，側了身，面對他的方向笑道：「二十歲算什麼？等大學畢業都要二十二歲了！這還不算讀碩士班、博士班的。讀完書還要先工作幾年，怎麼可能會那麼早就結婚？喔，結婚就是成親的意思。在我們那裡，女孩子結婚的年紀是不能早於十六歲的，否則會被罰款的喔！所以三十歲還沒結婚的男女多得很。你看我哥，都三十歲了照樣還是光棍一個，一點要結婚的意思都沒有。」

徐仲宣聞言，臉黑了黑，片刻之後才低聲道：「可是簡妍，我想早些和妳成親。」

簡妍伸了手來擰他的鼻子，調笑著。「我現下這麼小，擱上輩子還在讀國中呢！你個禽獸，上國中的小孩子你都要打她的主意啊？」

徐仲宣捉住她調皮搗蛋的手，想了想，認認真真地說：「上次妳見過的那位趙大人的妻子，就是十五歲時與他成親的。簡妍，我們這裡女子都是在及笄左右成親的，有的還會更早一些。」頓了頓，他又說：「前幾日鄭國公給我下了帖子，邀我明日去他家赴宴。我已讓齊桑打探過了，鄭國公不單是請了我一人，還有朝中許多官員，且他們的家眷也會過去。我想明日帶了妳和錦兒一同過去，只說妳是我的遠房表妹；屆時即便鄭國公夫人的身子骨再不好，不能出來待客，妳也能藉著拜訪她的名義去看望她一番。母女畢竟連心，妳又和她的表姊梅娘生得那般相像，她心中定然會起疑。到時妳便隨機應變，儘量說得含糊些，讓她心中起了疑心，過後她自然會遣人去調查妳的底細。簡太太那邊，珍珠已在為我做事，我明日自會遣人去囑咐她這件事；至於沈嬤嬤，如妳所說，既然趙嬤嬤已死，現下除卻簡太太，也就沈嬤嬤知道這事了。簡太太現下只怕是不願意說清妳的身世，畢竟她已將妳許給周元正為外室，而周元正又給了她那樣多的好處，若承認妳並非她親生，她以往所做的一切都竹籃打水一場空了，她勢必不會甘心。不過妳放心，我自會通過珍珠去說服沈嬤嬤，讓她到時對鄭國公夫人實話實說就是。」

「可是這些年我冷眼瞧下來，沈嬤嬤只怕不是那麼容易就能搞定的一個人。」簡妍皺了眉，慢慢說著。

徐仲宣執了她的手，緊緊握在掌心裡，道：「但凡是人，酒色財氣、權勢名利這些世俗的東西總會有一樣在乎的。只要知道她想要什麼，然後給了她，她自然就會為我所用。」

「那你呢？」簡妍忽然興致勃勃地問他。「這些世俗的東西，你在乎哪一樣？或者是哪幾樣？」

徐仲宣似笑非笑地瞥了她一眼。「妳說呢？」

簡妍直覺她這是在搓火的節奏，於是忙轉移話題，又問道：「見了鄭國公夫人後，我該怎麼辦呢？」

徐仲宣沈吟了下，道：「那只銀鎖妳明日貼身戴著，找了個機會出示給鄭國公夫人看看；至於那塊烏木腰牌，我會讓齊暉明日啟程，快馬加鞭趕到隆州，重新交給靜遠師太。若沈嬤嬤實話實說了，國公府定然會遣人去隆州請了靜遠師太過來求證，我會讓齊暉在暗中護送靜遠師太直至進京，看著她進國公府。明日若是妳和鄭國公夫人順利相認，她自會留妳在國公府；若是此事不成，隨後我會送妳回通州，屆時若有人問起妳、碧雲和崔嬤嬤的下落，妳只說上元夜京城裡的人太多，妳們被沖散了，妳並不曉得她們兩個的下落。其他所有的事，自然有我來辦，妳只需安心在通州等著我就好。等周元正的事一了，我們就成親，好不好？」

簡妍斜了他一眼，脆生生答道：「不好！我不想這麼早就成親，至少要等到我二十歲的時候再考慮這事。」

二十歲，那也就是說，還有五年……

徐仲宣湊近了她一些，漆黑的雙眸中似是有水波在緩緩蕩漾。「可是我會等不及的。我想日日如現下這般，握著妳的手入睡，早間醒來之後第一眼看到的人就是妳。妳不想要這樣嗎？」說罷，執了她白皙柔嫩的手放在唇邊，逐根地舔舐著。

他溫熱的唇舌這樣包裹著她的指尖，有時又故意輕咬一口，簡妍只覺得自指尖那裡竄起一股電流，迅速傳至全身各處，讓她胸腔裡的一顆心怦怦地亂跳個不住。

她忙抽回自己的手，塞到被窩裡，隨後紅著一張臉，目光發飄，望著旁側的青色紗帳，就是不敢看徐仲宣。

徐仲宣卻恍似還沒有逗夠她，又傾身湊近了些，離她的臉頰只有半指的距離，而後才輕聲笑道：「妳後背上，靠近右肩那裡有一顆米粒大小的紅色胎記，難得的竟然是梅花形狀的。雪膚紅梅，妳曉得那是種怎樣的美嗎？用驚心動魄來形容都不為過。我恨不能沿著妳的肩……」一語未了，就見簡妍已背過身去，掀起被子蓋住了頭臉，同時粗聲粗氣的聲音傳過來——

「睡覺！」

徐仲宣知道她這是害羞了，便低低地笑，可到底沒有再逗她，只是尋了她的手，不顧她的掙扎，緊緊地握在自己的掌心中，隨後也閉起了雙眼。

他想著，若是人真的有來生，那不單是這輩子，下輩子、下下輩子、生生世世，他都要這樣一直握著簡妍的手，直至天荒地老都不會放開……

第八十二章　國公大人

次日一早，簡妍便起來了。

外面天光還沒有大亮，庭院中的松樹上有未融盡的雪，還有一些細細短短的小冰溜子。

小心地拉開門看了一會兒後，瞅見院中確實沒有人，她便提了裙角，極快地閃身出了門，奔向四月暫且住著的屋子去。

四月正睡得迷迷糊糊，聽見有人在拍門，同時又低聲地喚著她，恍惚好像是簡妍的聲音，於是她忙披了襖子在身上，起身下床去開門。

簡妍閃身進了屋內，搓了搓自己的雙手，臉頰上凍得冰涼一片，但面上還是笑嘻嘻地道：「好冷啊！」

四月望了望她，又望了望外面的天色，最後目光又轉回來看著她，面上的神情終於如同被和風吹過的冰凍湖面，皴裂一片。

姑娘這個時候才回來，那豈不是說，她昨晚是在大公子那裡過夜的！

四月震驚得瞪大了一雙眼，不可置信地望著面前的簡妍，聲音更像是被灌了一嘴冷風似的，「姑娘」了半天都沒說出下面的內容來。

簡妍知道她要問什麼，也知道她腦子裡在想什麼，於是忙開口道：「妳別多想，昨晚並沒有發生什麼事。」只不過，這話她說得很是心虛。

雖然並沒有到最後一步，可是前面那麼多的親密接觸……

想到這裡，簡妍不由得紅了一張臉。但她還是很正經嚴肅地道：「昨晚真的沒有發生什麼事。」

四月不禁伸了手指，顫巍巍地指了指自己的鼻子，木木地問道：「姑娘，您覺得奴婢傻嗎？」

「……」簡妍無語。

「縱然奴婢相信您不會對大公子做什麼事，但是奴婢不相信大公子不會對您做什麼事啊！」

簡妍心想：我竟然無言以對。

好在四月也沒有再說什麼，忙忙去拿了棉被鋪了，讓她上床休息。隨後自己也脫了身上的襖子，躺到另外一只被筒裡。

經過了這麼一齣，兩人的睡意都有些消了，不大睡得著。於是索性說了一些閒話，不過說著說著，最後簡妍就覺得迷糊起來，竟也慢慢睡著了……

等到簡妍再醒過來時，天光已經大亮。她擁被坐了起來，透過半開的一扇窗，可以看到院中的積雪在日光下閃著晶瑩剔透的光。

四月提了水推門進來，一見簡妍已醒，笑道：「可巧姑娘醒了！奴婢提了熱水來，這就服侍您梳洗。」

待洗漱完畢後，坐在梳妝凳上，四月便問她。「姑娘今日要梳個什麼樣的髮髻呢？」

簡妍正想著待會兒要去鄭國公府，若她真的是鄭國公的女兒，然後他們也順利地認了她，她就再也不用擔心周元正的事了，所以今日她務必得表現得好一些才是。

聽四月這般問，她想了想，依著那時周元正話裡話外的意思，梅娘應當是個溫婉嫻靜的人，而梅娘與那鄭國公夫人又是表姊妹……

「給我梳個看起來很溫婉乖巧的髮髻吧。」

四月應了一聲，稍微地想了想，隨後便將簡妍頭上的秀髮分了股，結鬟於頂，又垂了一縷秀髮在肩上，也沒有簪什麼複雜亮麗的首飾，不過是一支圓潤的白色珍珠簪子、數朵小巧精緻的珠花罷了。

隨後四月便拍掌笑道：「姑娘這麼一打扮，可就跟院子裡帶了積雪的粉色茶花似的，瞧著既粉嫩，又雅致！」

外面院子的山石旁栽種一株蜀茶，縱然現下春寒料峭，積雪未消，但依然葉子青翠，開了數朵花瓣潤厚的茶花。

簡妍笑了笑，起身帶著四月出了屋子。

前面的正廳裡，徐妙錦坐在桌旁，正和徐仲宣說話。

「大哥，你的風寒真的全都好了？」

昨夜她原本也想陪著徐仲宣的，只是她原就身子不好，簡妍見了，便讓她回屋去歇息，只說自己會守著，她便聽話地回了屋子，但終究是不放心。不想今日一早見到徐仲宣，卻見他神清氣爽，瞧著好得不得了，哪裡還有半點生病的樣子？

「嗯，全都好了。」徐仲宣一面說，一面望著外面。待看到簡妍帶了四月進來，便笑道：「我的風寒能好得這樣的快，全都是妳妍姊姊的功勞。」

簡妍捏緊了手裡的手絹，面上又開始微微發燙了。

昨夜那會兒，她手攀在他背上時，很明顯地察覺到他出了一身細密的汗。

出了那樣一身的汗，什麼風寒不會好？

徐妙錦聞言轉過身來，看到簡妍，忙站起來，叫了一聲「妍姊姊」，又說著「昨夜辛苦妍姊姊了」之類的話，又忙讓她坐。

簡妍一臉淡定地坐到她的身邊，深吸了一口氣，抬頭對上徐仲宣。

似是錯覺，但她就是覺得徐仲宣面上的笑容有點那麼意味深長的意思啊！

清晨她要離開的時候，徐仲宣拉了她的手，不讓她離開，但簡妍卻一把甩開了，不再理會他，逕直就轉身，極快地跑了。

若是天亮了，教人看到她從徐仲宣的屋子出來，那成個什麼樣子？雖然大家都知道她和徐仲宣親密，但是明面上的遮羞布還是要蓋一蓋的嘛！

桌上早就擺好了早膳。徐仲宣這裡並沒有什麼廚娘，所以早膳全都是從街上現買來的。

熱騰騰的雞湯餛飩、小籠包子，還有潔白如雪的蒸糕、藕粉桂花糖糕……擺了一桌子。

徐仲宣拿了一碗雞湯餛飩放到簡妍的手側，笑道：「這家的雞湯餛飩很不錯，妳嚐嚐。」

清亮的雞湯、黑色的木耳、碧綠的蔥花、幾根切得細細的黃色蛋皮，再加上皮薄肉多的餛飩，全都裝在白色的瓷碗裡，瞧著實在令人食指大動。

簡妍也不跟他客氣，拿了勺子低頭就吃。

經過昨夜那樣的事，她現下不大敢看徐仲宣。還是很害羞啊！

對面的徐仲宣望著她，眉間笑意溫和。

縱然她面上裝得再是和往日裡一樣，可她耳根那裡還是籠了一層淡淡的紅色。

昨夜那樣的事，她還是很害羞的吧？現下竟都不敢看他了。

只要一想到昨夜的那些事，徐仲宣的目光就禁不住幽深起來。

那樣的銷魂滋味，天知道有多令人回味。

簡妍雖然低著頭吃碗裡的餛飩，依然能感受到徐仲宣熾熱的目光一直落在她的身上，於是她面上就不由得更加發燙起來。

想了想，她轉頭，用很平靜的口吻對徐妙錦說：「妳大哥的風寒好得這樣快，看來昨日他喝的那服藥確實是有用的。既然如此，現下就叫齊桑再去煎一碗過來讓他喝，鞏固鞏固，省得再復發了。」

徐仲宣原本拿著勺子舀了一只餛飩送到嘴邊正打算吃，聽了此話，他手一抖，那只餛飩重又落回了碗裡去。

他抬頭，目露驚恐之色地望著簡妍。

但簡妍卻已一臉平靜地吩咐齊桑。「快去煎一服昨日那樣的藥來給你們大公子。」

徐妙錦也在一旁點頭說好。

齊桑那個沒眼力見的，竟然真的答應了一聲，轉身就要去煎藥！

徐仲宣無奈地扶額，出聲喊住了齊桑，吩咐他去套馬車。

徐妙錦方才已聽徐仲宣說了今日要陪同簡妍去鄭國公府的事，當下便笑道：「妍姊姊，看來我們今日要見到那個李念蘭了。」

簡妍點點頭。「是。」

李念蘭就是鄭國公的女兒。若自己真是鄭國公和鄭國公夫人的女兒，那李念蘭豈非就是自己的庶姊了？

與這樣一個庶姊同處在一個屋簷下，只怕麻煩也不會少的。但簡妍轉念又想，她只不過是想要一個國公府嫡出女兒的身分來對抗周元正而已，至於其他的，能忍就忍，左右過些時候她也會嫁給徐仲宣，離開鄭國公府，並不會在那裡待很長的時間。

想到出嫁這樣的事，她不由得抬頭望了徐仲宣一眼，隨後又目光微閃地別過頭去，微微抿著唇。

徐仲宣以為她是害怕，便溫聲道：「妳不要怕，待會兒錦兒會一直陪著妳，且我就在外院，有什麼事我自然也會曉得。」

簡妍點點頭，沒有再說話。

縱然她並不害怕，可她還是有點緊張。

說到鄭國公府，就不得不提端王。

端王原為先帝和當今太后的幼子。想當初，太后和先帝大婚多年，也不過生了一個女兒而已，再是生不出兒子來的。太后無法，便只能將一個妃嬪的兒子記在自己的名下，悉心教導，至此子十歲時即被冊為儲君。但次年，太后老蚌生珠，十月懷胎之後竟生下了一個兒子來。

有了自己的親生兒子，先頭的養子自然是不夠看的了，所以太后心中就萌生了換儲君的念頭。只是廢儲君畢竟不是件小事，且當時儲君的羽翼已豐，外有大臣匡扶，內則為人做事沈穩謹慎，再是挑不出一點錯來，太后一時倒也不好開口，只想著再等等，等尋到了適合的時機再說。

可未過五年，先帝駕崩，儲君理所當然的即位為帝。

做儲君的時候尚且都沒有被拉下來，做了皇帝更是不可能被拉下來了，所以太后的這番心思也就只能付諸流水。

好在這個皇帝對太后和太后的兒子甚好——至少面上甚好——早早就封了他端王的爵位不說，又念著母子情深，即便他成年後，也不忍叫他離開京城去封地，甚至還特意在京城裡大興土木，修建了一座端王府給他居住。

只是這個端王竟是個不安分的，心中始終念著自己才是太后唯一的嫡子，那皇帝之位理應是自己的，怎能落到一個妃嬪所生的兒子頭上呢？因此後來他覺得時機成熟時，便打著清君側的名號要拉皇帝下來，自己去坐那皇位。

皇帝便是再好的性子，也是忍受不了這個，於是他當時便用了寧遠伯為大將軍，一路剿殺叛軍。後端王被迫自盡，叛軍被清，皇帝大喜，升了寧遠伯的爵位，封為鄭國公，又將端王府一分為二，一半賞賜給鄭國公為府第，一半則賞賜給太后所生之女，同安長公主。

簡妍在路上默默聽著徐仲宣給她惡補這些資料，又一一記在心裡。

不多時，鄭國公府到了，徐仲宣先行下了馬車，隨後讓齊桑拿了拜帖上前。

守門的小廝見是吏部左侍郎的拜帖，忙報了進去，很快便有一個管事出來迎接。

鄭國公雖然當年勞苦功高，一舉將叛軍剿滅，但被逼死的端王畢竟是太后的親生兒子，太后心裡自然是不待見鄭國公的，是以有事沒事就會在皇帝面前說上幾句鄭國公的不是。再加上皇帝也想給天下人樹立一個孝子的形象，且正所謂「狡兔死，走狗烹；飛鳥盡，良弓藏」，暫且也用不著鄭國公做什麼，賜了個國公的爵位，賞了一座宅子，還有什麼不滿足的呢？所以鄭國公現下也就只有這個國公的爵位聽上去還好聽，其實手裡並沒有實權。相較之下，徐仲宣雖然只是吏部左侍郎，但他手裡的實權卻是很大，是以鄭國公自然不敢小覷徐仲宣。

管事迎了出來，對徐仲宣行禮，滿面春風地說：「咱們國公爺早就在花廳裡等著您了，還請徐侍郎隨小人過去。」

徐仲宣對他點頭，卻沒有立即隨著他走，反而轉身，親自掀開了身後馬車上的車簾，對裡面溫和地道：「出來吧。」

管事就見兩位年輕的姑娘相繼從馬車裡出來。一個身上披了粉色撒花緞面的斗篷，一個披了湖藍色提花緞面的斗篷，皆是生得粉妝玉琢，美人燈兒一樣的人物。

管事的目光在她二人身上掃了一圈，而後就目帶疑惑地望向徐仲宣。

雖然今日因寧王側妃也過來的緣故，所以受邀的各位大人也帶了自己的家眷過來，但京城裡誰人不知道這位徐侍郎大人是孤身一人，赤條條來去無牽掛的，怎麼今日卻帶了家眷過來，且一帶還帶了兩個？

管事想問，但鑑於徐仲宣面上神情冷淡，並沒有要和他解釋這兩位姑娘是什麼人的意思，於是他也識時務地沒有問，只是躬身笑道：「請徐侍郎和兩位姑娘隨小的來。」

當年端王府的名聲在外，果然不負盛名。

簡妍跟隨在徐仲宣的身後進了這鄭國公府，一路但見雕梁畫棟、廊腰縵回，極是富麗堂皇。

到了一處儀門前面，管事停下腳步，轉身恭敬地對徐仲宣說：「徐侍郎，我們國公爺和今日受邀的各位大人正在花廳裡用茶，您就隨小的過去；而這兩位姑娘，寧王側妃和其他大人的家眷正在後花園裡賞梅，小的喚了丫鬟過來引這兩位姑娘過去，如此可好？」

「煩勞你去請了國公爺過來這裡，」徐仲宣面上聲音平靜。「我有些話要單獨對他說。」

管事的不敢違逆，說了一句「請您稍候」，便轉身急急請鄭國公去了。

簡妍此時低聲問徐仲宣。「你是想讓鄭國公見見我？」

徐仲宣點點頭。「父母子女之間總是有些相像的，先讓你們見一見再說。」

簡妍原本就有些緊張，現下被徐仲宣這樣鄭重其事一說，不由得更緊張，一顆心怦怦地跳得極快，手心也有了潮意。

徐仲宣察覺到，藉著鶴氅寬大袖子的遮蓋，悄悄握住了她的手，低聲安撫她。「不要緊張，我在這裡。」

簡妍點點頭，覺得心跳沒那麼快了，可還是覺得口乾，手心裡也依然是潮的。

徐仲宣覺得握在掌心的小手冰涼得很，一點兒暖意都沒有，於是他便伸了大拇指，一遍遍輕柔地撫著她的手背。

片刻之後，那位管事連同鄭國公一起過來了。
徐仲宣收回了手，面上帶著得體的淺淡笑意，望著來人。
簡妍也抬頭望過去。
鄭國公李翼，不到五十歲的年紀，生了一張國字臉，濃眉大眼，神態瞧著極是威猛。
簡妍悄悄打量他片刻後，收回目光，心裡只想著：都說女兒長得像父親，可瞧著這鄭國公的相貌，我卻是一點兒都不像他的。
徐仲宣這時已躬身向鄭國公行禮，道：「見過鄭國公。」
鄭國公上前兩步，伸手扶住他的胳膊，笑得爽朗。「仲宣客氣了！」又問道：「怎麼不到花廳裡去同眾位大人一起喝茶閒聊，特地叫我過來？有什麼話要單獨對我說嗎？」
簡妍心想，這位鄭國公瞧著倒是沒有什麼架子，對徐仲宣也只是自稱「我」，而非什麼「本公」之類的。
徐仲宣聞言，微微側過頭來，對鄭國公謙和地笑道：「這是舍妹和表妹。她們二人前兩日上元佳節的時候來京中看燈，因為聽說您當年剿滅叛軍的英勇事蹟，極想見一見您的英姿，是以下官今日斗膽，便帶了她二人過來拜見您，還請國公恕罪。」說罷，又是一禮行了下去。
這樣不著痕跡的馬屁，自然拍得鄭國公心中極其暢快。
當年他剿滅端王那一戰之後，雖然授了鄭國公的爵位，但也多是賦閒在家，往昔的金戈鐵馬也只是在夢裡再見罷了，現下竟然有兩個晚輩小姑娘知道他當年的事蹟，還特地要過來見一見他，他心中如何會不高興？

於是他當下「哈哈」大笑了兩聲，口中雖然謙虛地說著「老了」、「不中用了」、「當年的事不要再提」之類的話，可面上依然滿是笑容。

徐仲宣也帶了笑，隨即側頭對簡妍和徐妙錦說：「過來拜見鄭國公。」

徐妙錦先上前拜見。

鄭國公爽朗地大笑，只連聲稱讚著「好一位俊俏的小姑娘」，又吩咐管事快快下去準備一份豐厚的禮品，拿過來給徐姑娘。

過後，簡妍上前拜見。

她頭上戴了兜帽，帽簷上一圈白色的狐狸毛，毛茸茸的，倒是將她一張臉都擋住了一半。

現下她抬手將頭上的兜帽拂到腦後去，又上前兩步來，屈膝對鄭國公盈盈下拜，恭恭敬敬地說：「小女簡妍，拜見鄭國公。」

她屈膝的時候是半垂了頭下去的，待聽到鄭國公說「免禮」，又伸手來虛扶她後，她便直起身來，同時抬頭，望著站在她面前的鄭國公。

當簡妍上前來拜見鄭國公，徐仲宣就一直觀察著他面上的神情，很顯然的，鄭國公在看清簡妍的相貌時，面上滿滿的都是訝異之色。

於是徐仲宣便故意問道：「何以國公看見舍表妹竟是如此訝異？」

鄭國公並沒有立時回答他的話，反倒又細細打量了簡妍一番，隨後才轉頭對徐仲宣說：「仲宣你這位表妹長得倒是和內子極為相像，方才我這一見，很是吃了一驚。」

徐仲宣心中略略有了一些成算，又笑道：「既是舍表妹長得和國公夫人相像，說起來倒也是舍表妹的福氣了。不曉得國公可能容許舍妹和舍表妹前去拜見夫人？」

方才他見鄭國公的意思，也只是覺得簡妍生得和鄭國公夫人極為相像罷了，卻也沒有疑心到其他上面去。而他這裡也不好表現得太急切，不然反倒會叫人起疑，所以最好的法子，莫過於讓簡妍現下去見鄭國公夫人。

若真如這鄭國公所說，這一來簡妍和鄭國公夫人相貌長得相像，那鄭國公夫人見了自然也會心中訝異；這二來，簡妍身上戴著的那只銀鎖那日他細細看過了，上面隱蔽的一處所在鏨刻了一個極小的「青」字，而據他多方打探來的消息，鄭國公夫人未出嫁的時候，在家中的閨名便是青娘；而這三來，簡妍背上的那處胎記，想必鄭國公應當是不清楚的。那時鄭國公夫人是在路上早產生下簡妍，鄭國公不在身邊，所以應當也只有鄭國公夫人和她身邊的丫鬟、僕婦才曉得這件事，因此莫若還是讓簡妍直接去見鄭國公夫人更好。

對於徐仲宣的這個請求，鄭國公自然是應允的。

他讓管事去喚了一個僕婦過來，又對徐仲宣和簡妍說：「內子身體不好，今日雖然有眾位大人的家眷過來，但她也只在屋中靜養，並沒有出來待客。我讓僕婦直接領了令妹和令表妹去內子所住的院子裡吧。」

徐仲宣道過了謝，轉過身來，望著簡妍，語聲溫和。「妳們便去拜見國公夫人，我在這裡，若有什麼事，過來知會我一聲。」

他的目光帶著讓人安定沈穩的感覺，簡妍覺得自己的緊張感一下子消了不少，於是她便也對著他，微微點了點頭，示意要他放心。

第八十三章　重重阻撓

鄭國公讓管事喚了名內院的僕婦過來，吩咐她將簡妍和徐妙錦領到夫人的院子裡去拜見夫人。

那僕婦垂頭應了。

簡妍和徐妙錦便屈膝對鄭國公行了個禮，隨後跟著那僕婦過了一側長長的夾道，又轉過了一道角門，進了後面的花園。

原來鄭國公夫人的身子不好，一直都住在花園裡的雅安居休養，平日也極少出園子。

與前院的富麗堂皇不一樣，這鄭國公府的後花園卻是幽深秀麗的。一亭一閣、一樹一花，乃至路面上鑲嵌的每顆鵝卵石，都有極大的講究。

簡妍跟在這僕婦的身後，一面走，一面目光不著痕跡地打量四周。

回廊複折，湖光山色，實在是令人嘆為觀止。

繞過一處安靜閒適的書齋後，簡妍跟在那僕婦身後走上了一處長廊。

站在長廊上，可見右手邊有幾十株梅花開得正好。

這幾十株梅花皆為美人梅，花為淡紫紅色，難得的是葉子竟然也是紅色的，極其珍貴。

簡妍鼻尖聞得一股淡淡的幽香，又見那梅花叢中有一處重簷八角攢尖亭，裡面或坐或站了許多的姑娘或夫人；亭外有丫鬟在梅花樹下放了爐子，上面放了鋥亮的茶吊子，手中的蒲扇正搧個不住，想來是正在煮水給眾位夫人和姑娘泡茶。

簡妍便知道，這些定然是其他前來赴宴的大人家的女眷了。

但她看了一眼之後也沒有在意，只是又安安靜靜地跟在領路僕婦的身後往前面走去。

方才聽鄭國公說，她與鄭國公夫人長得甚為相像之後，其實她心中也想早一些見到鄭國公夫人。

只是在長廊上往前走了沒幾步路，忽然，眼角餘光就見一個丫鬟快步從亭子那裡走過來，對前面的僕婦說：「宜夫人問，這兩位姑娘是哪家大人的女眷？」

宜夫人，即是李念蘭一母同胞的庶姊，與了寧王為側妃的。因她在家時的閨名喚作李念宜，所以旁人都稱呼她為宜夫人。

這丫鬟想必是李念宜身旁的丫鬟，所以這僕婦對她的態度也是極為恭敬，絲毫不敢托大。

僕婦垂了手，微微彎著身，面上則是一團和氣地說：「這兩位是吏部徐侍郎的妹妹和表妹。」

「徐侍郎的妹妹和表妹？」

這丫鬟喚作寶瓶，她聽了僕婦的回答後，一雙杏眼就不住打量著簡妍和徐妙錦。

簡妍不是很喜歡她這樣從眼角打量人的目光，所以就微微別過頭去，看著長廊外栽種的一株銀杏樹。

徐妙錦想來也是不喜被人這樣打量，所以她便微微垂了眼皮，只望著地上的青磚地。

寶瓶收回了打量二人的目光，吩咐僕婦站在這裡別動，她要回稟宜夫人的話去。

簡妍悄悄地皺了皺眉，但到底也沒有表現出什麼，只是雙手攏緊了身上的斗篷。

一眼瞥到旁邊站著的徐妙錦面上神情不大好，便悄悄問：「錦兒妳冷不冷？」

雖然已是立春，但春寒料峭，這風颳在臉上依然和刀子一樣。

簡妍隨身的荷包裡還有一些糖炒栗子，是先前在來鄭國公府的路上，徐仲宣聽外面有小販叫賣的聲音，特地讓齊桑去買了一包來。

滾燙滾燙的糖炒栗子，剝了一顆放到口中，軟糯甘甜，滿口含香。

只是她吃了幾顆後，卻沒有看到徐妙錦吃，於是便問了一句。

徐仲宣說，徐妙錦脾胃不好，栗子這樣不好消化的東西從來都是不給她吃的。

簡妍記得這樣一句話：所謂的善良，就是別人挨餓時，我吃肉不吧唧嘴。可現下徐妙錦不能吃這糖炒栗子，她卻在那邊吃得不亦樂乎，這樣小的車廂裡，徐妙錦會聞不到糖炒栗子的香氣嗎？她會不想吃？

簡妍覺得自己實在是太不善良了，所以這剩下的糖炒栗子，她是說什麼也不肯吃了，但又沒地兒放，最後索性全都裝到自己的荷包裡。

荷包一直隨身戴著，現下裡面的栗子雖不像剛出鍋時那樣滾燙，可到底還是有幾分溫熱的。

簡妍便將自己腰間這裝著糖炒栗子的荷包解下來，又悄悄塞到徐妙錦的手裡，對她眨眨眼，笑道：「暖暖手。」

溫熱的暖氣自荷包裡的栗子傳到自己冰涼的指尖，徐妙錦側頭對簡妍抿唇一笑。

這會兒，那個丫鬟寶瓶去而復返，屈膝對簡妍和徐妙錦行了個禮，道：「宜夫人請兩位姑娘過去。」

簡妍不著痕跡地皺了皺眉。其實她是一點兒都不想見什麼宜夫人的，她只想早些見到鄭國公夫人，弄清楚自己這身子的身世到底是怎麼樣？可現下這個宜夫人既然開口讓她和徐妙錦過去，她也不能拒絕。

說起來，這個宜夫人畢竟是寧王的人。

於是她便對寶瓶點點頭，開口禮貌地說：「那就煩請姊姊前頭帶路。」

她和徐妙錦便隨著寶瓶走下長廊，向著不遠處的亭子走去，而一直給她們引路的僕婦也忙跟了過來。

院子裡的這些美人梅植株不高，且又是枝幹遒勁的，簡妍走過去的時候，有時會不小心蹭到那些枝幹，於是便有紅色的花瓣飄下來，紛紛揚揚的落在她的頭髮和肩膀上。

等到她和徐妙錦走到這處重簷八角攢尖亭裡面，但見亭子裡四面的槅扇都打了開來，林林總總的坐了一亭子的女眷。

現下這一亭子女眷的目光全都落在了簡妍和徐妙錦的身上。

簡妍見寶瓶進了亭子之後便站到一人的身後，於是她不著痕跡地打量那人一眼。見她不到二十歲的年紀，身上穿了海棠紅色的遍地金妝花對襟襖，牙色的魚鱗百褶裙，頭上簪了一支金紅色的大偏鳳，並著一朵金紅色的絨花，瞧著極為華麗。

簡妍便知道，這個就是宜夫人了。於是她屈膝向李念宜行禮，柔聲細語地說：「小女簡妍，見過宜夫人。」

徐妙錦也有樣學樣，對李念宜行禮，通報了自己的姓名。

待李念宜看清簡妍的相貌後，極其訝異。

眼前的少女溫婉通透得如早春枝頭剛綻放的玉蘭花一般，瑩潔清麗至極。

但這倒不是最重要的，關鍵是，這位少女的相貌生得與她的嫡母竟是有七、八分相似！

「妳……」李念宜遲疑地開了口，問道：「妳說妳叫什麼？」

簡妍斂目回答。「小女姓簡，名妍。」

李念宜偏頭望向一旁一位身著豆綠色立領小襖、蜜粉色十樣錦妝花披風的中年婦人，目光中有著詢問。

就見那婦人搖搖頭，隨後道：「這位姑娘我以前也沒有見過。」

這時，就聽得一道高亢的聲音響了起來——

「是她！姨娘，妳忘了，上次自桃林回來後我曾對妳說過的，她就是那個、那個……」

說到這裡，她沒有再接著說下去。
簡妍聞聲抬頭望了過去，就見說話的是個十五、六歲的少女，生得相貌明麗，一雙柳葉吊梢眉現下正高高地揚起來。
簡妍微微地挑了挑眉。
原來是個熟人。
這個少女，就是那日在桃園一定要與她比試作畫的那位李念蘭。想來她接下來沒有說出的話，便是她逼著自己一定要與她比試，最後卻將她氣了一個倒椿之類的話了。
簡妍的唇角噙了一抹笑意，對李念蘭微微點了點頭，溫言軟語地和她打了個招呼。「原來是李姑娘。許久不見，李姑娘一向可好？」
相比她這得體有禮的神情和話語，李念蘭卻是從鼻中不屑地輕哼一聲，而後便輕蔑地問她。「妳怎麼來了我家？我家豈是妳這樣身分的人能來的？」
大家閨秀講究溫雅敦厚，如李念蘭現下這般，一上來就這樣看不起人的神情和話語，自然是會被人議論的，因而，周邊一眾女眷雖然嘴上沒有說什麼，面上的神情還是有了些許變化。更有那等之人心裡則想著，庶出的就是庶出，又是自小養在姨娘手下，能有多好的教養？一時間，她們看著婉姨娘的眼神便也帶了幾絲不屑。
這婉姨娘便是先前李念宜望著的那個中年婦人，同時也是李念宜和李念蘭的生母。
她自然也感受到眾位夫人異樣的目光，忙開口輕喝一聲。「蘭兒！」隨即又上前兩步，和氣地對簡妍笑道：「蘭兒驕縱慣了，簡姑娘別和她一般見識才是。」

簡妍見她這般喝斥李念蘭，先前又聽李念蘭叫她姨娘，便明白這位應當就是李念蘭的生母了。只是，說到底她只是鄭國公的妾室，稱呼「夫人」不大適合，若是稱呼「姨奶奶」……簡妍想著，這人未必喜歡一個外人稱呼她為姨奶奶，想了想後，也只是含笑對她點點頭，道：「您客氣了。」

婉姨娘也悄悄打量了簡妍一番，而她越打量，心中便越覺得訝異。

這位簡姑娘竟是生得和夫人這般相像！年初李念蘭從桃園回來時，說她在那裡見著了一個讓她很下不來臺的姑娘，生得和嫡母很相像，那時自己還有些不信，可現下見著了簡妍，卻由不得自己不相信了。

更讓人驚詫的是，簡妍和夫人通身溫婉嫻靜的氣質也一模一樣，倒恍似是母女一般。

想到「母女」這兩個字，她只覺得頭頂似是有一道炸雷，轟的一聲就響了起來，直貼著她的頭皮滾過去，整個人都有些發麻。

當年夫人早產生下孩子的時候，她也是在身邊的……

但婉姨娘縱然心中再是震驚，面上卻也不顯，只是和善地問道：「簡姑娘是徐侍郎的表妹？」

先時寶瓶過來稟報過那兩位姑娘是吏部徐侍郎的妹妹和表妹，現下她聽徐妙錦姓徐，簡妍姓簡，自然就知道簡妍是徐仲宣的表妹了。

簡妍點點頭，面上淺淡得體的笑容一直都在。「是。」

「簡姑娘現下多大了？是哪裡人氏？父母何人？家中可還有兄弟姊妹？」

婉姨娘接著竹筒倒豆子似的，一下子就抛出了她最關心的幾個問題。

縱然先前面上的笑意再和善，看著再婉順，可說這番話時，她難免還是帶了幾分急切。

簡妍心中猛然起疑了，她沒有仔細回答婉姨娘的話，只是含含糊糊地道：「小女今年十四歲，母親健在。原是西北人氏，家中還有一位兄長。」

十四歲？西北人氏？

婉姨娘猛地攥緊了手裡淡綠色的潞綢手絹。

當年夫人的那個孩子算起來，現下也應當是十四歲了，且當年她們確實是從西北隆州那裡取道來京城的……婉姨娘想到這裡，背上不由得就出了冷汗。

這個簡妍，生得和夫人那樣相像，歲數和出生地也是對得上的，這到底只是巧合，還是說，這個簡妍其實就是夫人當年生的那個女兒？

當年出了那樣的事之後，國公爺隨後也遣了人去隆州周邊查探過一番，但總歸是沒有線索。後來又等了那麼些時日，總不見奶娘抱了姑娘尋到京城來，所以國公爺就認為奶娘和姑娘是遭難了；可是夫人卻一直不肯信，她說活要見人，死要見屍，一日沒見到奶娘和女兒的屍體，她就絕不肯相信她女兒已經死了。所以這十四年來，夫人每年端午的時候都會遣人去玉皇廟給她那個女兒打平安醮、點長命燈。不知道的人只以為夫人是哀思已經死去的女兒，但她卻是知道的，夫人一直都不肯相信自己的女兒已經死了，所以年年端午打平安醮，只為了替自己的女兒祈福，希望天可憐見的，她們母女兩人能再次相遇。

而面前這個叫做簡妍的少女……

婉姨娘望著簡妍的目光不由得帶了幾分審視和戒備，手裡的手絹更是擰得快要出水了一樣。

簡妍也感覺到婉姨娘望著她的目光的變化。她不曉得婉姨娘為何忽然這樣，但她總歸還曉得，自己今日最重要的事是去見鄭國公夫人，而不是在這裡見其他不相干的人。

思及此，她便抬眼對婉姨娘笑道：「小女過來的時候，國公爺說讓小女去拜見國公夫人，現下小女在這裡見過了眾位夫人和姑娘，也應當去拜見國公夫人了，所以這便先告辭了。」說罷，斂裾對婉姨娘行了個禮，而後便對跟來的僕婦道：「煩請繼續帶路。」一面又側頭對徐妙錦說：「錦兒，我們走吧。」

只是她才剛轉過身，抬腳還沒走出一步，忽然聽身後傳來一道極高的聲音——

「妳不能去見夫人！」

第八十四章 國公世子

婉姨娘說這句話時，聲音是陡然提高的，實在與她平日裡賢淑的模樣不大相符，所以亭子裡的眾位夫人和姑娘都嚇了一跳，便連李念蘭也是吃了一驚，開口叫了一聲「姨娘」。

簡妍皺了皺眉，心裡開始有幾分不耐煩起來，但她轉過身來，面上的神情依然沒有什麼破綻，還是帶著得體的笑容，聲音也是輕柔的。「為何小女不能去見國公夫人呢？」她溫和有禮地問婉姨娘。

明明簡妍面上是極為溫和有禮的神情，但婉姨娘仍覺得自己的一顆心怦怦亂跳了起來。她覺得眼前這位小姑娘的目光雖然看上去平靜，甚至還帶著一絲笑意，但看著她的時候卻恍似能看到她的心裡頭去，極其銳利。

婉姨娘不自在地別過了頭，不敢對上簡妍的目光。

「因為……」她緊張地攥緊了手絹，極快地想著託辭。「因為夫人的身子不好，極少見外客的。」

這樣的理由表面聽上去倒也挺合理，讓人反駁不了。

簡妍微微瞇了瞇眼，隨即又露了個溫柔嫻靜的笑容出來，輕柔地說：「可是讓小女去拜見國公夫人，是國公爺的意思，小女並不敢違抗。」

既然婉姨娘扯了國公夫人身子不好，不見外客的幌子出來，那她就拉了國公爺這面旗子。是國公爺的話更有分量一點，還是她這個做姨娘的話更有分量一點呢？婉姨娘自然是會自己掂量掂量的。

果然，婉姨娘聽簡妍這般說了，攥著手絹的手又是一緊。現下亭子裡有這麼多的各家女眷在這裡，既然簡妍搬了國公爺出來，她一時半會兒的倒是沒法兒有什麼說辭了。若是她公然反對，豈非讓國公爺沒臉？國公爺是個最注重面子的人，若這樣的話傳到他的耳中，只怕她是討不到什麼好果子吃了。

婉姨娘的心裡一時像是有一鍋燒開的沸油似的，又急又躁，可偏偏又不曉得到底該怎麼辦？

這時，忽然就聽李念蘭忿忿不平地在一旁罵道：「簡妍，妳這是什麼意思？妳拿我爹爹的名頭出來嚇唬我姨娘啊？我姨娘是念著妳年紀小，不想和妳一般見識罷了，我卻是沒有這麼好心，也是不怕的！說什麼我爹爹的意思，那又怎麼樣？夫人是妳想見就能見的嗎？妳一個商賈之女，滿身的銅臭味，見了夫人，我都怕妳會熏著夫人！」

若在往常，李念蘭說了這樣一番話出來，婉姨娘和李念宜當然是早就阻攔了。

可是現下，婉姨娘覺得由李念蘭出面阻攔簡妍是最適合不過，便是她這番話說得有些粗俗，但畢竟是國公府的姑娘，別人也不敢說什麼的。

李念宜雖然不曉得為什麼婉姨娘不讓簡妍去見嫡母，但她知道自己這個姨娘的性子，若不是極重要的事，她怎麼可能會失了賢淑的樣子？可是簡妍那樣一句話又把她給將住了，她不好意思出面，由妹妹出面也是一樣的。左右便是有這麼多女眷在這裡看到了，待會兒她打圓場說上一句「妹妹性子驕縱，簡姑娘別見怪」之類的話便罷了。

而且若真如妹妹所說，這簡妍只是個商賈之女，這樣低下的身分，原就不配同她們這些官宦家的女眷站在一起。

於是李念宜依然端坐在圈椅中，拿了手側几案上的茶盅，垂著頭慢條斯理地喝著茶。她寧王側妃的名頭畢竟在這裡，且現下寧王又是有機會被立為儲君的，所以雖然鄭國公只是有個爵位，手中沒有什麼實權，但在座的女眷也都是忌憚李念宜的身分。李念蘭又是李念宜一母同胞的妹妹，縱然李念蘭這般咄咄逼人，但眾位女眷也是不好說什麼的。

更何況，誰願意為了個商賈之女得罪李念宜和國公府呢？所以眾位女眷都沒有說話。亭子裡一時很是安靜，安靜得甚至連微風拂過外面的梅梢，捲了花瓣落到地上的聲音都清晰可聞。

在這片寂靜中，簡妍輕笑了一聲。

「李姑娘，」她笑意盈盈，語音柔和。「妳想多了，我沒有拿國公爺的名頭出來嚇唬任何人的意思。只是如妳所說，我身分低微，國公爺的意思怎敢不遵從？妳現下攔著不讓我去見國公夫人，這事我卻是沒有辦法決定的，也就唯有去見一見國公爺，原樣將妳的這些話對國公爺說一說，讓他知道，並不是我不遵從他的意思去見國公夫人，實在是妳和婉姨娘覺得國公夫人身子不好，不適宜見外客，這樣國公爺自然就不會責怪我違逆了他的意思。」

如果說她先前拿了鄭國公的名頭出來壓制婉姨娘等人還只是暗裡的意思，那麼現下她這意思就很明顯了。

可是沒辦法，若今日見不到鄭國公夫人，誰知道她往後還有沒有機會再見到呢？畢竟一來公侯之門深似海，就依著她現下商賈之女的身分，鄭國公夫人會願意見她嗎？而這二來，鄭國公夫人原就身子不好，極少出門，想在外面來個偶遇都不成，所以她是絕對不能浪費今日徐仲宣好不容易給她爭取來的機會。

況且，她也希望自己的這身子是鄭國公和鄭國公夫人的女兒。有了國公府嫡出姑娘的身分，周元正勢必再也沒法打著納她為外室的念頭，這樣壓在徐仲宣身上的壓力就會小很多，接下來他就能從從容容對付周元正了。

所以今日之事，只能成，不能敗，她是無論如何都要見到鄭國公夫人！

李念蘭從來沒有被人這般頂撞過，當即氣得紅了一張臉，猛然從椅中站起來，伸手指著簡妍怒道：「不要拿爹爹的名頭來壓我！爹爹素來最疼愛我，難不成還會因為妳這個外人來責罰我不成？不就是對爹爹說不讓妳去見夫人而已，怕什麼？也不用妳去說，我現下就親自去對爹爹說！」說罷，竟是抬腳就極快地往亭子外面走去。

簡妍的一顆心頓時沈了下去。

她的那番話原也不過是想給婉姨娘和李念蘭施加壓力罷了，以為她們定然要掂量掂量鄭國公的話，便不敢阻攔她，可是誰料想得到，這李念蘭竟是要親自去見鄭國公。

說起來，李念蘭畢竟是鄭國公的女兒，而自己只是個外人，這樣的事若鬧到鄭國公的面前，只怕鄭國公定然會偏袒李念蘭，到時就不會讓自己去見鄭國公夫人了。

簡妍只覺得自己的手指冰涼一片……

恍惚中，她察覺到徐妙錦伸手過來握住她的手，隨即就聽徐妙錦冷淡的聲音響起來——

「都說來者是客，怎麼，原來鄭國公府的待客之道便是上來就對人如此咄咄相逼的嗎？若真是這樣，我倒要去對我大哥說一說，往後這鄭國公府他還是能少來就少來，沒地被人這樣相逼！」

李念宜捧著茶盅的手驀地一頓。

徐仲宣現下是吏部左侍郎，手中實權極大，若是此人能相幫寧王，那寧王被立為儲君的機會就會大很多，萬不能在這會兒得罪了他，讓他改投梁王去，否則到時豈不是得不償失？

思及此，李念宜忙放下手中的茶盅，抬頭對簡妍和徐妙錦笑道：「我這個妹妹素來便被嬌寵慣了，性子極是驕縱。方才她衝撞了兩位姑娘，原也不是有意的，待會兒我自是會好好說她。」一邊又喝斥著站在她身後的寶瓶。「愣著做什麼？還不快將二姑娘追回來！難不成真要因這點小事鬧到父親的面前去不成？讓外人見了，成個什麼體統！」

寶瓶聽了，忙忙抬腳追出了亭子。

這時，就聽見外面突然傳來李念蘭的怒喝聲——

「是誰走路不長眼睛，竟然撞到了我！」

接著又是一陣淅瀝嘩啦似是水吊子傾倒、哐哐噹噹瓷器碎裂的聲音，然後又是李念蘭一聲高亢的尖叫聲。

一亭子的女眷趕著出去看了，簡妍和徐妙錦便也跟了出去。

她們見到李念蘭正狼狽地坐在地上，桃紅色的撒花裙上有一大灘的水跡，而旁邊跪了兩個瑟瑟發抖的丫鬟，對面則是一個少年，正面朝地的趴在那裡。

畢竟是母女連心，婉姨娘這時忙趕上前去拉起李念蘭，關切地問道：「妳這是怎麼了？可摔到了哪裡？」

李念蘭氣得紫脹了一張臉，哆嗦著雙唇，伸手指著趴在地上的少年和旁側跪著的兩個丫鬟，怒道：「我剛才一路走過來，誰曉得這個不知道從哪裡來的小廝竟猛然從斜裡跑出來，撞到了我；這兩個丫鬟也是沒長眼的，手裡提了茶吊子，手中又捧了茶盅，也不曉得避讓，就這麼直直撞到我身上來！姨娘妳看，我身上這條桃紅撒花裙子可是今日才上身的，現下竟濕了這樣大一塊！」一面又狠狠望著那趴在地上的小廝和兩個丫鬟，怒道：「我饒不了他們三個！」

李念宜這時暗暗蹙了蹙眉頭。

她這個妹妹自小便被驕縱得過了頭，現下竟不顧及還有這麼多女眷在這裡，說話行事這樣沒有分寸，若是傳出去，在這個京城的貴女圈子可是什麼名聲都沒有了。

想到這裡，她又不悅地望了簡妍一眼。

她這個妹妹，往日雖然性子不好，至少在外人面前的表現還是很好的，便是先前在亭子裡和眾位女眷閒聊時，言語行動也都沒有出格的地方，可是這個簡妍一來就……

李念宜收回了望著簡妍的目光，轉而看向李念蘭，見她還在那兒不依不饒地說著，不由得低斥了一聲。「鬧夠了沒有？還不閉嘴！」

簡妍這時卻是不錯眼地望著趴在地上的那個少年。

少年身上穿了素面的青色袍子，身形纖瘦，肩膀瑟縮著，趴在地上的時候，兩隻手緊緊地抓著地上，指關節之處青白一片。但，他手背白皙柔嫩，手指甲修得圓潤平整，再是一絲粗糙也沒有，又哪裡會是一個小廝的手？倒應當是個養尊處優的公子的手。

她忽然心中一動，忙越過面前的女眷走了過去，在那少年的身旁蹲下身子，伸手扶起了他。

十一、二歲左右的少年，眉清目秀，極是秀氣，只是他鼻子上和兩邊臉頰卻沾染了一些地上的泥土。

簡妍從袖中掏了手絹出來，想給他擦擦鼻子和臉頰上的泥土。

那少年膽子極小，見著她的動作，瑟縮了下，往後就想躲。

但簡妍卻輕輕地按住他的肩膀，面上帶著溫和的笑容，柔聲道：「你是國公世子對不對？你忘了，咱們去年端午的時候在玉皇廟見過的。」

少年盯著她看，面上帶著疑惑和訝異之色，很顯然他又確實記得她的聲音，所以就苦苦地思索著。片刻之後，就見他一副恍然大悟的神情，面上帶著幾分羞澀的笑意，道：「我想起來了！妳是我和魏嬤嬤去年端午那日在玉皇廟見過的那位姊姊！當時妳頭上戴了冪離，我沒有看到妳的模樣，可是我記得妳的聲音。」

簡妍笑著點點頭「是我。」說罷，又伸手扶了那少年站起來。

先前眾人都只以為這少年是哪裡來的沒有總角的小廝，可是這會兒聽他和簡妍之間的對話，他竟然是鄭國公的世子李信，於是眾人面上便都帶了驚詫之色。

婉姨娘面上也有幾分不自在，李念蘭方才還那樣罵李信……

她忙面上帶著輕柔的笑意，趕上前來，柔聲地問：「世子爺，你可有摔到哪裡？快過來讓姨娘看看。」

但李信見她過來，只是拚命往後躲，面上也有了幾分恐慌的神情。

婉姨娘原先的三、四分不自在，立時便增到了七、八分。

她伸出的手尷尬地縮了回來，而後又轉頭對旁側的眾位女眷說：「咱們世子爺膽子自來便小，想來是今日一下子見了這樣多的外客，心中有些害怕的緣故。失禮之處，還望眾位夫人和姑娘不要在意的好。」

說得倒好像都是李信的錯，而她們母女是再清白不過的一樣。

這時就聽到一道沈穩的聲音在後面響起來——

「婉姨娘這話可就說錯了！我們世子怎麼自來膽子就小？倒值得妳逢人就說這樣的話了？」

簡妍聞聲，回頭望了過去，就見一個穿著沈香色提花錦緞長襖、黑色綢裙的嬤嬤，快步走了過來。

這嬤嬤五十來歲的年紀，中等的個子，身材圓潤；相貌雖然生得平常，但一雙眼卻如鷹隼似的，極是銳利。

簡妍記得，這位嬤嬤就是去年端午那日，在玉皇廟時陪在李信身旁的嬤嬤。

下一刻，但見魏嬤嬤快步走到了李信的身旁，先屈膝對各位女眷行禮，而後道：「老奴是國公夫人身邊伺候的，出來尋世子去見我們夫人，衝撞了各位夫人、姑娘，還請見諒。」

眾位女眷見她身上的襖裙皆是杭綢製的，頭上戴著壽字紋的金簪子，方才又膽敢那樣和婉姨娘說話，便曉得這個嬤嬤定然是國公夫人極為倚重的人，於是一時倒也不敢在她面前托大，紛紛說著「嬤嬤客氣」、「嬤嬤言重了」的話。

魏嬤嬤對眾位女眷點頭示意之後，便轉身對李信恭敬地道：「世子爺，夫人請您過去有話說呢，您這就隨老奴過去嗎？」

李信此時右手側還站著簡妍，他對簡妍挺有好感，於是便轉頭望著魏嬤嬤，伸手指了簡妍，道：「魏嬤嬤，妳瞧，這位姊姊就是去年端午我們在玉皇廟碰到的那位姑娘。當時她頭上戴了冪蘺，我們都沒有看到她的樣子，可是現下妳來看看，她和我娘長得真的是很像呢！」

魏嬤嬤聞言，便轉過頭來望著簡妍，隨後面上也浮現出極其詫異的神情來。

簡妍忖度著，這位魏嬤嬤既是鄭國公夫人身邊的老人，方才又敢那樣對婉姨娘說話，可見在這國公府裡也是有兩分威信的，只怕婉姨娘都不敢輕易得罪她！

既然如此，這時不乘機而動，還要等到什麼時候呢？

於是簡妍抬手摸了摸自己的臉頰，對魏嬤嬤點頭，溫婉地笑道：「魏嬤嬤可也是覺得我生得和國公夫人極其相似？方才國公爺見了我也是這樣說呢，所以便特地讓人領我過來拜見國公夫人，只是不曉得國公夫人現下可能撥冗見一見我呢？」

第八十五章　國公夫人

簡妍和徐妙錦正跟隨魏嬤嬤在前去雅安居的路上。

「……我就見不得她們母女那副囂張樣！什麼東西！一個是庶女，一個只是個算不得主子的姨娘罷了！不過是夫人這些年身子不好，沒那精氣神管這後宅的事，那婉姨娘又在國公爺面前撒嬌撒癡的。國公爺念著她的長女好歹也給了寧王為妾，讓她暫時管一下這後宅裡的事罷了，可這母女幾個倒將自己當作了這國公府的女主人一般！像今日這樣招待各家大人女眷的事，婉姨娘一個姨娘，倒是有多大的臉呢，竟敢出來招呼？她壓根兒就沒有擺正自己的位置！」

魏嬤嬤也不曉得為什麼，論理她雖然只是第二次見簡妍，可心裡就是覺得簡妍很親近，這樣的話也肯對她說。

簡妍跟在離她身後半步遠的距離，垂著眼，面帶微笑地聽著。

方才她對魏嬤嬤說了那樣的話，原也是想借魏嬤嬤的勢去見鄭國公夫人，沒想到魏嬤嬤當時便應了，只說「夫人現下有空，老奴立時就帶姑娘過去」。

婉姨娘和李念蘭自然是不肯幹的，只說夫人身子原就不好，簡妍又是個身分低微的商女，怎麼配去見夫人呢？可魏嬤嬤是個老辣的，她當下就問婉姨娘和李念蘭：怎麼在這國公府裡，國公爺說的話還不好使了，倒還要聽妳們母女倆的？妳們若覺得心裡有什麼不舒服，儘管去回了國公爺，老奴在這裡等著領國公爺的處罰就是！

魏嬤嬤是鄭國公夫人的乳母，極得夫人的信任，又是個性子耿直的，尋常鄭國公都要賣她兩分臉面，是以她都這樣說了，婉姨娘和李念蘭自然不敢再說什麼。

但李念宜在旁邊卻是有些看不下去。

自己的生母和妹妹被一個嬤嬤這樣堵得沒有話說，傳出去她也是沒臉的。於是她便冷聲地說了幾句話，言下之意無非是——這是她們一家人之間的事，關她一個奴婢什麼事？也該掂量掂量自己的身分才是。可結果，魏嬤嬤當即一句話就又堵了回去：宜夫人妳是個出嫁女，國公府裡的事與妳又有什麼相干呢？臨走的時候，魏嬤嬤還貌似好心地對婉姨娘說了句：今日府裡雖然來了這樣多的女眷，可夫人早就安排好足夠的丫鬟人手，就用不著婉姨娘在這裡伺候各位大人的女眷了，婉姨娘沒事還是早些回自己的院子歇著去吧！

言下之意無非就是說，婉姨娘也只是同奴婢一樣的人罷了！

於是，婉姨娘和李念宜、李念蘭母女三人當即被魏嬤嬤給氣得面如金紙、目瞪口歪。

魏嬤嬤覺得心中暢快了，也不理會她們，帶了李信、簡妍還有徐妙錦，轉身來了這雅安居。

一路上她不住瞧著簡妍，越瞧就覺得心裡越發生了親近之意，所以這樣的話便也肯對她說一說。

簡妍心裡就感嘆，魏嬤嬤方才是暢快了，可到底也是得罪了婉姨娘她們母女三人，不曉得她們三人會不會暗地裡給魏嬤嬤使什麼絆子？

若是因著她的緣故，讓魏嬤嬤在婉姨娘她們手裡不好過，那可真的全都是她的罪過了。

這時，魏嬤嬤問簡妍。「簡姑娘今年多大了？是哪裡人氏啊？」

既然這魏嬤嬤是鄭國公夫人極為倚重的心腹之人，簡妍覺得也沒什麼好對她隱瞞的，而且說不得還要借她的手才能真的向鄭國公夫人揭曉自己的身世呢！於是她面上帶著抹清淺的笑意，如實回答了。「我今年十四歲，原是隆州人氏。」

「十四歲？隆州？」魏嬤嬤口中低聲地唸了兩句，目光又瞥向了簡妍。

簡妍面上柔婉的笑意一直都在，微垂著頭，任憑魏嬤嬤打量。

想來魏嬤嬤心中是在想著，她怎麼生得和自家夫人那樣相像呢？

「簡姑娘是幾月的生辰？」

簡妍又猛然聽魏嬤嬤問了這樣一句話，她便抬起頭，輕柔地笑道：「我是七月的生辰。」

「七月？」魏嬤嬤的腳步頓了頓，目光閃了閃，但也沒有再問什麼，只是領著簡妍和徐妙錦繼續往雅安居而去。

然而，簡妍卻瞥見魏嬤嬤一直沈穩的腳步較方才快了一些。

雅安居位於這花園的正中，一處獨門獨戶的院子，周邊樹木蔥蘢。外面還有兩隻仙鶴站在寬大的芭蕉樹下剔翎，旁側的水池裡錦鯉悠閒地游來游去，又有幾對羽毛絢麗的鸂鶒浮在水面上，景致端的是好，且難得的又十分幽靜，實在是極適合休養的一處所在。

魏嬤嬤引著簡妍等人進了雅安居的院門，立時便有小丫鬟上前來恭敬地問候。「嬤嬤您回來了？」又對李信屈膝行禮。

魏嬤嬤「嗯」了一聲，有些急促地問：「夫人現下可是醒著？」

那小丫鬟笑道：「夫人早就起了，正在院子裡曬暖呢！」

魏嬤嬤又「嗯」了一聲，對那小丫鬟道：「有客人過來拜見夫人，妳快領了我們過去。」

小丫鬟忙應了一聲。因心中好奇，暗暗瞥了徐妙錦和簡妍一眼，待目光瞥到簡妍時，小丫鬟面上立即就現出訝異的神情來。

簡妍心裡便想著，自己到底是和那鄭國公夫人長得有多相像呢？怎麼一個兩個的見著她都是這樣一副訝異的神情？

魏嬤嬤此時已在催促那小丫鬟帶路，因此小丫鬟便沒有再看簡妍，轉過身帶路去了。

片刻之後，簡妍便見著前面黃花梨的圈椅上，有個中年婦人正閉目斜倚在椅背上。她腰上蓋了一襲白狐裘，身旁有個小丫鬟半跪著，正輕柔地給她捏著腿。

饒是一早就在心裡做好了準備，可簡妍在望見面前的這個婦人時，還是震驚地站在了原地。

她終於可以理解，為什麼這鄭國公府裡的人看到她會如此訝異的緣故了。

她竟然……竟然真的與這鄭國公夫人生得極其相似！

她有一種錯覺，看到面前的鄭國公夫人時，就恍似看到了自己往後三十來歲時的模樣。

魏嬤嬤一直在旁邊冷眼瞧著簡妍的反應，這會兒見了簡妍面上震驚的神情，便悄悄走到圈椅旁，俯身下去輕聲喚著。「夫人……」

喚了三聲之後，鄭國公夫人——閨名叫做聶青娘——便輕輕地「嗯」了一聲，然後緩緩地睜開眼來。

待見著魏嬤嬤，她有些蒼白的面上便浮了一個淺淡的笑意出來，問道：「魏嬤嬤妳回來了？信哥兒可是也一併過來了？」一邊就轉頭望著旁側，然後，她看到了站在那裡的簡妍，立刻愣怔在當場。

簡妍被她那樣的目光望到的時候，也不曉得是怎麼回事，忽然就覺得自己的心被人猛然伸手緊緊攥住了一般，只瘦痛得厲害。

「魏嬤嬤、魏嬤嬤！」聶青娘雙手緊緊地握著圈椅扶手，整個身子都坐正了，轉頭看向魏嬤嬤。「妳看那裡，那裡是不是站著一位姑娘？長得跟我很像的一位姑娘？」她的面上原是不正常的蒼白，這會兒因著激動，兩頰卻泛上了一絲潮紅，而且可能是說話說得太急了，隨即便不住咳嗽了起來。

魏嬤嬤忙伸手輕輕地撫著她的背，一面又吩咐旁側的丫鬟。「起風了，快扶了夫人回屋裡去。」又抬頭對簡妍等人說：「簡姑娘、徐姑娘，請隨了奴婢進屋子裡去。」

聶青娘卻是不肯走，待咳嗽稍微好一些之後，便緊緊抓著魏嬤嬤的手，只是連聲問著。「魏嬤嬤，那邊站著的那位小姑娘是怎麼回事？妳快告訴我！」

魏嬤嬤托著她的胳膊，扶她起身，而後才輕聲說：「那位是簡姑娘。因國公爺見她跟夫人您生得極相像，便想著讓她過來拜見您。」

「簡姑娘？」聶青娘的目光只在簡妍的身上，似黏住了一般，不肯移開分毫，口中喃喃地說：「簡姑娘……」心下卻是有幾分失落的。

她原先看到簡妍，只以為國公爺終於找到了她當年失落的女兒，不想卻不是，面前的這位姑娘只是生得跟她很相像罷了。

但心中畢竟還是存了幾分疑心，於是她便問魏嬤嬤。「這位簡姑娘是什麼來歷呢？」

魏嬤嬤邊扶著她往屋裡走，邊說：「夫人，等進了屋，奴婢再細細地告知您。」

魏嬤嬤扶著聶青娘進了內室，讓她在臨窗的木炕上坐了，給她身後墊了大迎枕，又在她的腿上蓋了白狐裘，而後才引著簡妍和徐妙錦過來拜見。

簡妍這會兒已斂下了面上和心裡的異樣，面上帶著得體的淺笑，上前和徐妙錦一起對聶青娘行禮。

聶青娘的目光自望見簡妍開始，就一直在她的身上，沒有移開過。

這時魏嬤嬤俯首在聶青娘的耳旁，輕聲說了幾句話，於是簡妍就聽聶青娘震驚地說——

「竟然是這樣巧？這位簡姑娘是隆州那裡的人氏？今年也是十四歲？還是七月的生辰？」

魏嬤嬤點點頭，低聲說：「方才奴婢在路上問過她，她是這樣說的。」

於是聶青娘望著簡妍的目光就越發熾熱了。

簡妍其實現下也不曉得該怎麼辦？雖然她知道自己不是簡太太親生的，而按著徐仲宣的推測，她極有可能是面前這位鄭國公夫人的親生女兒，可是這事應當怎麼和鄭國公夫人說呢？總不能上來就直接撲過去，痛哭流涕地說「我是您的女兒啊」，然後掏了脖頸上戴著的那只銀鎖出來，又說著那會兒她身旁躺著的僕婦是個什麼樣的吧？這樣給人的感覺實在是太刻意，恐怕人家會以為她是有意為之。

雖然認真說起來，今日這一切確實是有意為之的，可是也不能叫人家看了起疑啊！

簡妍心中快速地想著對策，這時她眼角餘光忽然瞥到了李信脖頸上戴的那只長命鎖。

李信現下正倚在聶青娘的身旁，見屋子裡的氣氛有些怪異，他又素來是個話不多的，覺得有些無聊，便掏了一直戴在脖頸上的長命鎖出來，拿在手裡不住把玩著。

這長命鎖做了海棠四瓣的式樣，正面鏨刻著蓮葉荷花，下沿垂了五根底部裝了小鈴鐺的銀鏈子。李信拿了這銀鎖在手裡把玩的時候，不時就可以聽到這幾個小鈴鐺發出的清脆輕響。

簡妍心中一動。

她裝作極其感興趣的模樣走上前一步，望著李信手裡把玩的銀鎖，笑道：「我瞧著世子手裡的這只銀鎖極其眼熟，式樣倒是與我戴的銀鎖很相似呢！」

聶青娘側頭望了一眼李信手裡把玩的銀鎖，而後又僵著脖頸過來望著簡妍，問出來的話，語調都有些變了。「妳……妳也有一只這樣的銀鎖？」

簡妍作出天真無邪、毫無心機的模樣出來，笑著點點頭。「是啊！這樣海棠四瓣的式樣，倒好似沒有多少銀鎖是這樣的，所以小女見著世子手裡的這只銀鎖，就覺得甚是眼熟。」

「那妳的銀鎖在哪裡？」聶青娘原本是背倚著大迎枕的，可是這會兒卻是上半身往前傾了過去，聲音裡也滿是急促。「快拿來給我瞧瞧！」

簡妍面上作了似是被聶青娘給嚇到的模樣，往後退了兩步，一面又扭頭不安地望著魏嬤嬤，似是在尋求她的幫助。

魏嬤嬤此時心裡也是很著急的。這個簡姑娘生得和夫人是這樣相似，生辰年月也對得上，又是隆州那裡的人，原先她就有所懷疑，現下又聽簡妍說也有一只和世子一模一樣的長命鎖……

這長命鎖原是夫人小時候，夫人的父親吩咐銀匠特地打了給她戴的，上面的一枚小鈴鐺裡面還刻著夫人的名字，後來夫人不慎摔了一跤，將其中一只小鈴鐺摔破了一角。其後夫人在來京城的途中，早產生下了她的第一個孩子之後，眼見那孩子身子極其不好，便尋了這只長命鎖出來，親手掛在那孩子的脖頸上，只盼望那孩子能長命百歲，可是後來那孩子卻連同乳娘一起失蹤了。

眾人都說那孩子定然是沒了，但這麼些年來，夫人心中始終還存了一絲希望，覺得她的孩子還活著，而且終有一天她能再見到。

那是夫人的第一個孩子啊！第一次做母親時的那種悸動，便是過了這麼些年，依然是不能忘卻的。縱然後來夫人又生了世子，也特地命人打造了個一模一樣的銀鎖給世子戴在脖頸上，可她到底還是不能忘卻自己生下來的第一個孩子。也因著思念那個孩子，夫人這些年的身體也就越發不好了。

想到這些往事，魏嬤嬤覺得眼眶都有些濕潤起來，於是她忙溫聲對簡妍說：「簡姑娘，妳的那只銀鎖可是帶在身上？若是帶在身上，就拿出來給我們夫人瞧一瞧。就瞧一眼便罷，妳不用害怕。」

簡妍抿了唇，目光有些戒備地望著魏嬤嬤和聶青娘，而魏嬤嬤和聶青娘則是一臉殷切地望著她。

聶青娘怕會嚇到她似的，斂去了面上的急切之色，語氣也溫和幾分下來。「簡姑娘，妳不要害怕，妳的那只銀鎖給我瞧瞧，我只瞧一眼，一眼就好。」

簡妍覺得這會兒鋪墊得差不多了，聶青娘和魏嬤嬤心裡應當是不會猜想到她是故意將話題往銀鎖那上面引的，於是她便對聶青娘點點頭，伸手自衣領裡掏出了脖頸上戴著的長命鎖，取了下來，上前兩步遞到聶青娘伸出來的手掌心裡。

銀鎖上面還帶著簡妍身上的溫熱。

同樣的海棠四瓣的式樣，同樣的正面鏨刻著蓮葉荷花，反面鏨刻著「長命百歲」四個字，下沿垂了五根底部裝著小鈴鐺的銀鏈子，且其中第四只小鈴鐺那裡缺了一道小口子，第一只的小鈴鐺裡面鏨刻了一個小小的「青」字。

聶青娘拿著銀鎖的雙手都在發抖，胸腔裡的一顆心卻是鼓鼓的、脹脹的，似是有什麼東西就要爆裂開來一般。

「魏嬤嬤、魏嬤嬤……」聶青娘扭頭望著魏嬤嬤，面上因著激動和不敢置信而現出了不正常的紅暈。「妳快過來瞧瞧這只銀鎖！」

早在簡妍將這只銀鎖遞到聶青娘手裡的時候，魏嬤嬤就湊近過來仔細地瞧了瞧，現下她又伸手拿起來，仔仔細細地看了第一只和第四只的小鈴鐺，而後抬頭，一臉嚴肅地對聶青娘道：「夫人，這是您小時候戴過的那只長命鎖，不會錯的。您看這第一只小鈴鐺裡面鏨刻了一個『青』字，這是老爺當初特地吩咐打造這只銀鎖的銀匠鏨刻上去的。再有，這第四只小鈴鐺這裡缺的這道小口子，是您八歲的時候不慎摔倒磕碰掉的，當時您為了這事還整整難過了兩、三日呢！」說完這些，魏嬤嬤又轉頭來看簡妍，溫聲地問：「簡姑娘，妳能不能告知我，妳這只銀鎖是從哪裡來的呢？」

簡妍有些犯了難。若說這只銀鎖是她自小就有，她也不曉得是哪裡來的，只怕過後這鄭國公夫人定然會找了簡太太和靜遠師太過來詢問，到時露餡兒了反而不好，所以莫若還是實話實說的好。左右徐仲宣說過，靜遠師太那裡，他會處理好的，而她一直都很相信徐仲宣。於是她便老實回答，道：「這只銀鎖是靜遠師太給我的。」

「靜遠師太？」聶青娘手裡緊緊地攥著那只銀鎖，面上的紅暈依然未褪卻一分，只是急切地問道：「靜遠師太是什麼人？她又是從哪裡得來的這只銀鎖？她將銀鎖交給妳的時候有沒有說過什麼話？」

簡妍搖搖頭。「靜遠師太是隆州觀音庵的住持。她從哪裡得來的小女是不知道的，而她將這只銀鎖給我的時候，好似也沒有說些什麼。」

聶青娘扭頭望著魏嬤嬤，顫著聲音問：「這靜遠師太又是怎麼一回事？那這只銀鎖到底是不是……」說到這裡，她又目光遲疑地望著簡妍。

「夫人，您忘了還有一件事？」魏嬤嬤伸了手，舉過了肩，指了指肩膀後面。

聶青娘面上是恍然大悟的神情。「對、對！我竟然忘了這樣一件重要的事！」隨後她便轉過頭來，儘量讓自己面上的神情看起來不那麼急切，聲音聽起來也不是那麼激動，柔聲地說：「簡姑娘，能不能麻煩妳一件事呢？」

「夫人客氣了。」簡妍只裝作不知，禮貌地回答著。「若是小女能辦到的，一定替夫人去辦。」

「我能不能……能不能看看妳的肩膀後面？」一見簡妍面上又露了不安的神情出來，她忙又安撫著。「妳不要怕，我並沒有什麼其他的意思，我只是……只是想看看妳的肩膀後面。就看一眼，就一眼，好不好？」說到後來，她的語氣中滿滿的都是懇求之意。

簡妍暗暗地嘆了一口氣。她覺得她再這樣裝下去實在是太不地道了。

而且，她隱隱覺得自己的心裡滿是罪惡感。

眼前這位鄭國公夫人，認為自己是她的親生女兒，表現得是這樣激動和急切。可是就現下這身子是她女兒的身子，內裡的芯子卻不是她的女兒啊！自己竟然這樣處心積慮地想要利用鄭國公夫人深愛女兒的那顆心，而去獲得一個國公府嫡出姑娘的名號來對抗周元正……

於是簡妍不敢再看聶青娘的目光，有些心虛地別過頭去，抿唇輕聲地說：「好。」

聶青娘明顯地吁了一口氣，隨即便吩咐李信和屋裡的丫鬟全都出去。

徐妙錦出去的時候，擔憂地望了簡妍一眼，簡妍則對她點點頭，示意她不要擔心。

一時間，屋子裡只剩下聶青娘和魏嬤嬤。

魏嬤嬤走上前來，柔聲地安撫簡妍。「簡姑娘，不要怕，我們夫人只是看一眼妳的肩膀後面就好。」說罷，伸了手就要去解簡妍的衣服。

但簡妍卻往後退了兩步。讓別人伸手來給她解衣服這種事，她是不習慣的，於是便低低地說：「我自己解就好。」

其實也不過是解開長襖和裡衣上面的幾顆盤扣，將衣服拉到肩膀下就好了。

而後她慢慢地轉過身子，背對著聶青娘和魏嬤嬤。

但見她露出來的肩背部分白皙若雪，而後背靠近右肩那裡則有一朵梅花形狀的胎記。

雪白的肩背，殷紅的梅花，花蕊花瓣皆是那樣清晰，恍似是巧手工匠雕刻上去的一般。

魏嬤嬤這一剎那只覺得似是有一面大鼓在她的心裡猛然地敲響了，咚咚之聲不絕，震著她的四肢百骸。

聶青娘在愣怔片刻之後，忽然不管不顧地就從木炕上爬了下去，腳步踉踉蹌蹌地一路直衝到簡妍的身後，猛然伸手自後面緊緊地抱住了她。

「孩子！我的孩子……」她泣不成聲，語氣抖顫如顛篩。「妳終於回到娘身邊來了啊……」

第八十六章　母女相見

簡妍被聶青娘緊緊地拉著手，坐在臨窗的木炕上。

聶青娘一直望著她，開口叫了一聲「我的孩子」，然後眼淚就跟開了閘的洪水一樣，又接著哭了起來。

魏嬤嬤遞了塊湖藍色、邊角繡綠萼梅花的手絹過來給她拭淚。她伸手接過來，可另外一隻手卻還是緊緊拉著簡妍的手，半點都沒有要放開的意思。

這聶青娘生得柔婉，骨子裡帶著一股靜逸，如空谷裡纖弱的一株幽蘭似的；她身子骨又是這樣的弱，瞧著就像是最細微的一陣風都會承受不住。

她不住地流淚，眼圈和鼻尖全都通紅的模樣，簡妍真怕再這樣下去她會出什麼事，便轉頭求救似的望著魏嬤嬤。

魏嬤嬤只當她這是在害怕。畢竟說起來簡妍也只是十四歲的小姑娘，先前猛然被夫人那樣從背後抱著哭，此刻又被夫人這樣拉著手哭，還一口一個的叫著「我的孩子」，怕是心裡會以為夫人這是得了什麼失心瘋，現下正犯病呢！

魏嬤嬤傾身彎腰，輕聲勸撫著聶青娘。「夫人，您再這樣哭下去，仔細會嚇著姑娘。」

聶青娘一聽，忙抬眼去看簡妍。見她緊抿著唇，面上神情有些不安，忙拿了手絹將面上的淚水全都拭去，而後唇角費力地扯了個笑容出來，道：「對、對，我不哭！孩子，妳不要怕、妳不要怕。娘這只是太高興了，娘是喜極而泣啊！」說到這裡，面上的笑意卻是無論如何都裝不下去，眼中又開始泛起了淚水。

「孩子、孩子……」她一面哭著，一面伸手撫著簡妍的面頰，幾乎泣不成聲。「這些年妳到底在哪裡啊？過得好不好？當年到底是發生了什麼事，怎麼就是找不到妳和妳奶娘呢？十四年啊，娘整整想了妳十四年啊！他們都對我說妳死了，可我卻是不信的，所以我在寺院裡給妳點了長命燈，這些年來一直沒有熄過，每年的端午還要給妳打一次平安醮，就是乞求菩薩能保佑妳平平安安的，保佑我們母女能團聚。現下菩薩顯靈了，魏嬤嬤，妳瞧，菩薩真的顯靈了，我的孩子真的回到我的身邊來了！」

「是，夫人，菩薩顯靈了。」魏嬤嬤柔聲地順著聶青娘的話說，安撫她過於激動的心情。「您看姑娘如今不是好端端地在您面前嗎？」

聶青娘不住點頭，面上終於有了笑意。「對、對，菩薩顯靈了！我要讓人抄了佛經供奉在菩薩面前，還要給玉皇廟裡的菩薩重塑金身！」

簡妍瞧她們主僕兩人在這裡說得起勁，且面上皆是這般欣喜的模樣，她心裡一時不曉得究竟是什麼滋味。

先前聶青娘那樣抱著她痛哭的時候，她也是鼻子發酸的，及至現今聶青娘一直拉著她的手，又哭又說著「我的孩子」這樣的話時，她心裡也不曉得為什麼，就跟塞了一團吸飽水的棉花似的，酸軟得厲害。

可是，她還是得欲擒故縱一下啊！不然她這表現得太淡定，過後聶青娘和魏嬤嬤冷靜下來再想起來現下的事，豈非覺得她就是有備而來的？

雖然她確實是有備而來的……

心裡帶著這樣滿滿的罪惡感，簡妍抬頭對著魏嬤嬤使了個眼色，示意她到一旁去說話。

魏嬤嬤會意。她想著，剛剛這突如其來的一幕，簡妍目下定然是十分忐忑不安；可畢竟又顧念著夫人的身分和病情，不敢怎麼樣，所以才想和她單獨去說話。

單獨去說說話也是好的。瞧姑娘這模樣，她恍似不曉得自己的身世有什麼曲折一般，難不成是她的養母只將她當作親生的女兒，並沒有對她說過其他的？若真是如此，倒還要將她的養母叫過來詢問一番才是。

魏嬤嬤心裡打定主意，便柔聲對聶青娘說：「夫人，老奴和姑娘去那邊說兩句話，很快就過來。」

聶青娘卻是說什麼都不願意放開簡妍。

魏嬤嬤沒有辦法，只能望著簡妍，無奈地攤了攤手。

於是簡妍便輕柔地哄著聶青娘。「夫人放心，我和魏嬤嬤就在那邊說話，不會離開這間屋子的。」

聶青娘才緩緩地放開了她的手，還叮囑一句。「孩子，不要再離開娘的身邊。」

簡妍點點頭，隨後起身走到了明間去。

明間裡的窗子雖糊了高麗紙，但門口吊著厚重的夾棉門簾，所以光線依然不是很好。

簡妍尋了個稍微僻靜些的地方，轉頭見聶青娘依然探著頭不住往她這邊望，她便對聶青娘安撫地笑了笑，而後低聲問魏嬤嬤。「魏嬤嬤，方才是怎麼一回事？夫人她……她為何會忽然如此？她可是將我錯認成了什麼人？還是……還是夫人她犯病了？」

魏嬤嬤靜靜地打量著她，見她面上不安和疑惑的神情不似有假，心裡只想著，看來姑娘果真是不曉得自己的身世。但這樣大的事，該如何告知她呢？若是直接說出來，會不會嚇到她？

魏嬤嬤很是躊躇了一會兒，而後才小心翼翼地問道：「姑娘，妳說妳父親已經仙逝，如今只有妳母親健在，還有一位兄長？」

「是的。」簡妍點點頭。

魏嬤嬤又小心翼翼地問她。「這麼些年，妳母親可有對妳說過什麼特別的話？比如說……關於妳的身世之類的？」

「我的身世？」簡妍望著魏嬤嬤，奇道：「我不就是我母親親生的孩子嗎？還能有什麼身世呢？」

「那妳母親這些年對妳如何呢？」魏嬤嬤轉而這樣問著。「妳覺得妳的那位母親對妳，可是親生母親對待親生女兒那樣的好？」

簡妍抿了唇沒有說話，片刻之後才低聲道：「大約每位母親對自己的女兒都是不一樣的，母親便是對我嚴厲些，應當也是為了我好。」

於是魏嬤嬤便明白了。

簡妍想了想，又說了一句。「魏嬤嬤，我來這裡也有些時候，只怕表兄還在外面等著我和錦兒呢！我和錦兒這便先告辭了吧，還煩勞您轉告夫人一聲。」

言下之意就是要走了，而且是不打算向聶青娘辭行的。

魏嬤嬤想著，看來夫人方才那樣，姑娘心裡還是受到了驚嚇，所以這會兒才會急著要走。只是，夫人如何會放姑娘走呢？且關於姑娘身世的事，今日自然是要弄清楚的。

她忙笑道：「姑娘的表兄現下和眾位大人正在前院的花廳裡喝茶閒聊呢，只怕還要用午膳的，姑娘也不急在這一時半會兒就回去，暫且留在這裡陪夫人說說話也是好的。」見簡妍又要開口說話，大抵還是辭別之類的話，她又忙道：「若姑娘實在是怕您表兄擔心，不妨的，我遣個丫鬟去對您表兄說上一聲，讓他知曉您好好地在夫人身邊就是。」

簡妍這下子真的是無話可說，當然，她其實也沒有真心想要離開。

關於她身世的問題，她也想今日就能搞清楚。

於是她便點點頭，對魏嬤嬤笑道：「恭敬不如從命，那我就繼續叨擾了。」

魏嬤嬤對著她和善一笑，隨即又引她回到了內室。

聶青娘此時已從木炕上站起來，正不安地探頭望著明間，似是隨時就想衝過去。這會兒見簡妍和魏嬤嬤回來，她才吁了一口氣，忙又來拉簡妍的手。

簡妍望了望魏嬤嬤，在她的示意下，溫順地由聶青娘拉著自己的手坐到了炕上。

經過方才這麼長時間的相處，簡妍也看出來了，這聶青娘其實應當就是閨閣裡嬌養出來的大家閨秀，溫室裡的花朵似的，壓根兒就沒有經過什麼風雨，且秉性又弱，性子肯定也是個良善的，做事容易沒有什麼主見。倒是魏嬤嬤，一看就是個老辣精明、心中有城府的，只怕這些年若不是有她在聶青娘身旁護著，聶青娘便是再有個國公夫人的名頭，在這內宅裡也是會每日受氣。

所以簡妍方才沒事的時候都會去望一望魏嬤嬤，用目光詢問著她，自己該怎樣辦？這樣至少會給魏嬤嬤一種感覺——她對於聶青娘忽然這樣，心中也是忐忑不安的，完全就不曉得發生了什麼事，不曉得怎麼辦才好？可是她又顧念著聶青娘是個病人，少不得就只能順著聶青娘的意了。

魏嬤嬤方才心中就已經拿定了主意，此時她便輕聲對聶青娘說：「夫人，姑娘這會子也累了，老奴讓丫鬟先陪她去旁邊的廂房裡歇一會兒可好？老奴還有話要對您說呢。」

聶青娘卻不肯放開簡妍的手，只道：「我們母女兩個才剛相逢，魏嬤嬤怎麼倒要將我們母女倆分開？」

「夫人，」魏嬤嬤便輕聲勸著她。「姑娘的事畢竟是件大事，還是要找了有關之人來問一問才好。且若姑娘真是您的……」說到這裡，她目光瞥了簡妍一眼，隨即便沒有繼續說下去，只是道：「那往後的日子還長著呢，您可以日日都見著姑娘的。」

聶青娘望著簡妍，面上神情遲疑，像是在考慮到底要不要讓簡妍去旁側廂房裡歇息？

簡妍此時就笑著且輕柔地對聶青娘說：「夫人，小女方才進來的時候，見著您院裡有一株綠萼梅花開得正好，私心裡想去看看，不曉得可有這個榮幸？」

她曉得魏嬤嬤定然是有關於她身世的要緊話要對聶青娘說，只怕是會請了鄭國公過來，隨後還會找了簡太太過來，她留在這裡確實是不大好。

聽她這樣說，聶青娘才點了點頭。

魏嬤嬤這時便喚著先前退出去的丫鬟進來。

徐妙錦隨即也進來了，只目光不安地望著簡妍。

簡妍一臉平靜地對她點點頭，於是徐妙錦便曉得，認親的事應當是成了，心中一直壓著的大石頭終於落了地。

魏嬤嬤此時喚著一位名叫琴心的丫鬟上前來，囑咐她。「妳好生伺候簡姑娘和徐姑娘，不可怠慢了她們兩個。」

琴心忙垂手應了一聲「是」，隨後便走至簡妍和徐妙錦的身旁，恭敬道：「請兩位姑娘隨奴婢來。」

李信這時站在屋子裡望著聶青娘，不曉得他娘為什麼滿面淚痕，很顯然是剛剛哭過的，於是他便上前，撲在聶青娘的腿上，仰頭問她。「娘，妳怎麼哭了？」

聶青娘抬手摸著他眉清目秀的臉，雖然眼圈依然是紅的，但一雙眼中卻有了笑意。「信兒，你還記不記得娘時常對你說起過的姊姊？」

李信點頭。「信兒自然是記得的。娘說過，姊姊並沒有死，終有一天會回到娘身邊的。」

聶青娘聞言，便又流淚了。

她伸臂抱著李信，一雙美目中淚水不停滾落。「是的……你的姊姊，現下就回到我的身邊來了！」

李信目帶疑惑地抬頭望著聶青娘，但他見聶青娘只是用手絹捂著嘴流淚，便扭頭問魏嬤嬤。「魏嬤嬤，我娘這是怎麼了？」

「世子放心，夫人這是高興呢！」魏嬤嬤柔聲地對他說，隨後又喚了另外一個名叫蘭心的姑娘過來，吩咐她。「妳好生帶了世子出去玩耍，我和夫人有話要說。」

蘭心答應著，帶了李信出去。

這邊魏嬤嬤便同聶青娘道：「姑娘的這事，夫人是不是應當請了國公爺過來，告知他一聲？」

「告知他做什麼？」聶青娘有些賭氣地道：「當初我是怎麼對他說的？我說我的孩子肯定沒死，還好好活著，讓他遣人在隆州那一帶一直找下去，挨家挨戶的問，那樣總會找到我孩子的下落。可他卻聽信了婉姨娘的說辭，只說那時候那樣的兵荒馬亂，又是連著旱澇了幾年，餓殍遍野，我的孩子定然是死了，還找什麼？且妳瞧瞧這些年，我心心念念地念著我的孩子，可他呢？但凡我一跟他提起孩子的事，他還會不高興，只說我魔怔了，刻下做什麼又要告訴他這事？」

魏嬤嬤默然了片刻。

對於夫人而言，那孩子是夫人的第一個孩子，懷胎七月的辛苦、早產下來的忐忑、第一次做母親的悸動，這些自然是當時遠在西北追剿端王的國公爺體會不到的；且當時婉姨娘生下來的李念宜已有四歲多，李念蘭和李敬兄妹倆也都有一歲多了，國公爺早就體會過做父親的滋味，對於夫人生的那個孩子，他哪裡又會有多深的感情呢？更何況還是沒有見過一面的。

「夫人，」魏嬤嬤想了想，終究還是勸著聶青娘。「這樣的大事總歸還是要對國公爺說上一聲的。若真的確定簡姑娘是當初您生的那個孩子，她身為國公府唯一的嫡女，勢必是要上李家的族譜，國公爺不知道怎麼成？且姑娘的事，雖然眼下是有這銀鎖和後背的胎記為證，但怎麼著也得問一問姑娘的那位母親，當年到底發生了怎麼樣的事？還有那位靜遠師太，少不得也要請來問一問，畢竟依姑娘所說，這只銀鎖是靜遠師太給她的。」

「何必要問呢？」聶青娘固執地說。「母女連心，我見著她的第一眼就曉得，她就是我生的那個孩子，絕不會錯的！更何況還有銀鎖和胎記為證，這只銀鎖是我自小戴到大，我會認錯？再說那胎記，位置、形狀皆是一模一樣，天底下哪裡會有這樣的巧合？」

「總歸還是要問一問的。」魏嬤嬤繼續溫聲勸說著。「其實也就是走個過場罷了，也省得往後這國公府裡有其他人在背後亂嚼什麼舌根子。」

聶青娘想了想，嘆了一口氣。「罷了。既如此，妳親自去前院請國公爺過來，只說我有要緊的事同他說，讓他即刻就過來。」

魏嬤嬤答應了一聲，出了門，轉身忙忙地去了。

徐仲宣現時雖在前廳同眾位同僚喝著茶水、聊著一些事，心裡還是掛念著簡妍那邊。也不曉得她那裡進展得如何了？可有成功地見到鄭國公夫人？可有給鄭國公夫人看到那只銀鎖和她身上的那處胎記？

他這邊心中正掛念，忽然就見一個管事快步走了進來，彎腰俯身在鄭國公的耳邊低語了兩句，隨即鄭國公就站起來，只說著「暫且失陪」便走了。

他透過半開的窗子望過去，就見外面有一個穿戴不俗的嬤嬤正等在那裡。見鄭國公出來了，那嬤嬤對鄭國公屈膝行禮，而後說了幾句話，便見鄭國公面上神情變了變，而後抬腳隨著那嬤嬤就走。

徐仲宣心想，這嬤嬤應當是鄭國公夫人身邊的人吧？她這般著急地來找鄭國公，看來簡妍的事應當是成了吧？

這時又有個小廝從門外走進來，走至他面前垂手恭敬地說：「魏嬤嬤讓小的來告知徐侍郎一聲，您的妹妹和表妹都好好在夫人那邊，讓您不必擔心。」

徐仲宣點點頭，握著茶盅的手鬆了鬆。

看來真的是成了。接下來，鄭國公會讓人叫了簡太太過來問話吧？

昨晚他就讓齊暉連夜去通州找了珍珠，只讓她對沈嬤嬤說，他已置辦了一所小院子，又買了兩個小丫鬟安置在裡面，但凡當年的事她實話實說了，那小院子的房契和那兩個小丫鬟的賣身契就都會交到她的手上，往後她便再也不必給人為奴為婢，供人差遣，可以舒舒服服地頤養天年；自然，若當年的事她不肯實話實說，那她會有什麼下場，可以自己掂量掂量。

徐仲宣端了茶盅湊到唇邊，慢慢喝了一口溫熱的茶水。

這樣恩威並施，沈嬤嬤想必會選擇實話實說。

鄭國公到了雅安居，聽完聶青娘說的話之後，沈默了片刻，道：「就有這樣巧的事？我不過是覺得那位簡姑娘和妳長得相像，徐侍郎又在一邊說了讓她過來拜見妳的話，便想著兩個人長得這樣相像也是緣分，當即便應了。結果她一過來，忽然就發現她是當年咱們在西北那裡丟失的孩子？別是有心人故意為之，想要讓那位姑娘前來冒充吧？畢竟天底下長得極其相似的人也是有的，當年妳不就曾說過，妳同妳的那位表姊長得很像嗎？旁人見了，倒都要以為妳們兩個是親姊妹呢！」

聶青娘聞言，只氣得骨軟筋酥，渾身都在發抖。

「我倒是要問一問，天底下有你這樣做父親的嗎？不說見到自己當年丟失的孩子時欣喜若狂，倒是上來就這樣懷疑！什麼叫故意為之？什麼叫冒充？便是她的相貌只是偶然同我生得相像，可那銀鎖和她身上的胎記難不成還能作假？這樣還不足以說明她就是我當年丟失的那個孩子嗎？這樣你都要懷疑？你心裡是不是盼著我永遠都找不回自己的孩子？」她一面說，一面就將手裡的銀鎖遞過去，又說：「我曉得，你同婉姨娘有了三個孩子，兒子、女兒都有，他們又是慣會奉承你的；不像我，這些年病著，一個月倒都見不得你一面，你又嫌信兒性子懦弱，甚是不喜他，這些便罷了，我也不想同他們爭什麼，我帶著信兒過我自己的安生日子便是。如今我的女兒好不容易出現在我面前，你卻又拿了這樣那樣的藉口出來，難不成你要眼睜睜看著我自己的孩子流落在外，我這個做母親的還不能與她相認？」說到這裡，眼淚又撲簌簌地自眼中滾了下來。

鄭國公有些不悅地甩了甩袖子，沈下了臉，說：「妳慣常就是這樣的執拗性子，自己認定的事就容不得旁人質疑半句，且又扯上別人做什麼？這些年妳身子不好，國公府後宅裡細小瑣碎的事不虧了婉姨娘打理？不見妳念她的情，反倒在背後這樣說她！且說到底，宜姊兒也是跟了寧王的，若往後寧王成功地繼承了大統，宜姊兒到時就是妃嬪娘娘，咱們國公府不還得靠著宜姊兒？妳也實在是犯不著這樣說他們母女幾個！」

他這番話一說完，聶青娘只氣得雙臂都軟了。

「我才不管最後是誰繼承了大統，宜姊兒會不會做了什麼妃嬪娘娘呢？我只要我的孩子好好在我的身邊就成了！你說，我孩子的事，你到底是管，還是不管？」

「我如何會不管？」鄭國公被她這樣一說，面色就越發陰沈下來。「妳的孩子不是我的孩子嗎？但凡那位姑娘真的是當年我們丟失在外的那個孩子，她就是我李翼的血脈，我又豈能讓她流落在外？只不過，此事不是小事，需得好好查探一番，並不是有了這只銀鎖和那個胎記就能輕易下定論的。」

聶青娘聽他這般一說，才略略平息了一些自己心中的怒氣，又問道：「那該怎麼查探呢？」

鄭國公沈吟了下，便道：「徐侍郎就在前院，我先去仔細地問一問他那位姑娘的來歷。那位姑娘的母親現下客居在通州徐宅是嗎？我這就遣了侍衛去將她母親喚過來，我們好生地問一問她母親有關這位姑娘的身世問題。」

聶青娘點點頭，但心中到底還是焦急的，只是催促著鄭國公。「那你快去問一問徐侍郎！還有，你快遣了侍衛去通州接那位姑娘的母親過來，我要好好問一問她！」

鄭國公答應著去了。

這邊聶青娘又問魏嬤嬤。「她目下在哪裡呢？我要去見她。」

魏嬤嬤知道她說的是簡妍，便安撫她。「夫人，琴心正陪侍在姑娘身邊呢，您但管放心。」又問她：「您要不要躺下來歇一歇？方才您那樣激動，可是費了不少精神。且待會兒那位簡太太過來了，您還要好生問著她話呢，您不歇一歇，待會兒精神不濟了可不好。」

聶青娘想了想，點點頭，由魏嬤嬤扶她到裡側的拔步床上歇息，可哪裡睡得著呢？腦子裡走馬燈似的只想著當年的事，不由得就落了淚；又想著今日見到簡妍的事，想著終於苦盡甘來，面上就又露了幾絲笑意出來。轉而又想著方才魏嬤嬤說的，只怕姑娘這些年過得也不怎麼好的時候，她就又流下眼淚，口中只是喃喃地說著「我苦命的孩子」……

第八十七章 身世大白

鄭國公讓小廝去請徐仲宣到旁側一處幽靜的書齋裡說話。

兩人廝見之後，分賓主各自落坐，隨即便有小廝用描金小托盤奉了茶水上來。

鄭國公招呼徐仲宣喝茶，兩人先是聊了一些其他閒話，隨後鄭國公覺得差不多了，才將手中拿著的茶盅放到旁側的几案上，笑著對徐仲宣道：「方才內子見了令妹和令表妹，覺得甚是投緣，心中甚為歡喜。」

徐仲宣心中一動，知道這鄭國公是來和他套話的，於是他便假作不知，只面上帶著淺淡的笑意，波瀾不驚地回道：「能得國公夫人青眼，那是舍妹和舍表妹的福氣。」

鄭國公伸手摸了摸嘴邊的髭鬚，然後貌似漫不經心地隨意問道：「你的那位表妹，簡姑娘，她是個什麼樣的來歷呢？」

徐仲宣面上作出吃了一驚的模樣，忙從椅中站起來，問道：「可是舍表妹衝撞了國公夫人？若果真如此，還請國公不要怪罪她。她畢竟年歲小，又是第一次來國公府，一時說錯了話、做錯了事也是有的。」

鄭國公見他這樣，忙伸手示意他坐下，隨後道：「並沒有這樣的事。其實是內子見著令表妹同她生得極其相似，又喜她性子溫馴平和，便想多知道令表妹的一些事罷了。我不過隨口問問，仲宣你不用多心。」

徐仲宣便作了一副「原來是這樣」的釋然表情，隨即道：「既是國公垂問，下官自然是知道什麼就會說什麼，只不過下官平日公務繁忙，只有偶爾休沐時才會回一趟通州，關於我這位表妹的事情，我其實也不是很清楚。」又道：「聽說我這位表妹原是隆州人氏，家中是世代經商的，有父母及一兄長，她的母親與我的五嬸是親姊妹。約莫是前年端午的時候，我這表妹的父親死了，她母親想著要給自己的兒子捐個監生，便於去年年初帶了一雙兒女前來通州投靠我五嬸，隨即便一直客居在我五嬸的院子裡。我這表妹性情柔和，和我的妹妹相處得倒很融洽，所以下官有時休沐回去看妹妹，就會碰到這位表妹。前兩日因是上元節，我妹妹想來京城看燈，所以便約了她一起。今日早間舍妹又聽得我要來國公府赴您的宴席，聽說您府中後花園的景致幽美，便纏著要來。下官也是沒辦法，想著今日也有眾位大人的女眷要來您府中遊玩，就想著帶妹妹來，讓她同眾位大人的女眷一起說說話，也能長長她的見識，便帶著她來了；只是臨行的時候，她又說自己一個人害怕，非要拉了我這表妹一起來，下官便也允了。若是我這妹妹和表妹衝撞了國公和夫人，還希望國公和夫人看在她二人年幼，又沒有見過什麼世面的分上，不要同她們兩人計較才是。」說罷，又起身對鄭國公行了一禮。

他這番話，倒把自己說得跟簡妍壓根兒一點都不熟的樣子。

鄭國公也不疑有他，只安撫他，說是內子極其喜愛令妹和令表妹，讓他不要多心云云。兩人又說了一些閒話，鄭國公便推說有事，讓小廝將徐仲宣送到了前院眾位大人那裡去。

徐仲宣卻暗地吩咐了齊桑一聲，讓他去國公府門口看著，是不是待會兒簡太太會過來？齊桑答應了一聲，尋了個藉口，悄悄在國公府門口找了個僻靜的地方貓著，仔細查看著經過國公府門口的車馬。

約莫三頓飯的工夫過後，齊桑回來了，悄悄對徐仲宣做了個手勢。

徐仲宣便曉得，簡太太過來了。

簡太太忐忑不安地跟在前面僕婦身後走著。

先時她在通州徐宅的屋子裡好好地坐著時，忽然有丫鬟進來通報，說是有人求見。她本以為是周元正遣人過來和她說簡妍的事，忙忙讓人請了進來，孰知一問，不是周元正遣來的人，而是鄭國公府裡的人！還說是鄭國公和鄭國公夫人叫她過去，有話要問。

她當時就直接懵了。鄭國公和鄭國公夫人？這樣的貴人她也就只是聽說過而已，從來都沒有見過的，怎麼現下他們卻要見她呢？又是為了什麼事？她可是不認識他們啊！

她心中難免開始不安起來，讓珍珠給面前這僕婦和那兩個丫鬟都塞了銀子，只說想探聽一番鄭國公他們叫她過去有什麼話要問？可無奈那僕婦和丫鬟非但不接她的銀子，還一直催促她快些走，不然國公他們該等急了。

於是她也來不及換衣裳，就被那三人催促著，忙忙帶了沈嬤嬤和珍珠，隨她們出了院子。

此事轟動了整個徐宅，好多丫鬟、僕婦都在路邊悄悄看著，又互相低聲說話，只說簡太太這樣身分的人，怎麼能結識鄭國公和鄭國公夫人呢？竟還是遣人過來接她過去？徐宅門口可是來了好幾個國公府的侍衛呢！

其實簡太太又何嘗知道這其中的原因？且到了徐宅門口上馬車的時候，看到馬車旁站著的那幾名冷眉冷眼的侍衛，她就腿肚子一直哆嗦，直至上了馬車到了這鄭國公府，現時跟在這僕婦的後面，她的腿肚子也依然在打哆嗦。

鄭國公府的後花園極大，簡太太這一路跟著那僕婦也不曉得到底繞了多少道彎，經過了幾處長廊，卻還沒有到國公夫人的住處。她不敢開口問前面的僕婦，也不敢看周遭的景色，就只是屏息凝氣，一路半垂著頭跟在那僕婦的身後走著。

片刻之後，終於到了一處院子外面。

那僕婦上前抬手叩門，有小丫鬟過來開門，那僕婦就低低說了簡太太的身分。

隨後，小丫鬟的目光在簡太太她們身上溜了一下，然後輕聲說：「妳們先在外面等著，我這就去通報國公和夫人。」一說罷，腳步極輕地轉身走了。

簡太太得了這個空隙，才敢略略抬起頭來，打量著四周。

院門前栽了兩排銀杏樹，雖然眼下樹上的枝葉都是光禿禿的，可是想來等春日銀杏葉子長出來時，這裡就是一條幽靜濃綠的林蔭道了；而到了秋日的時候，金色的銀杏葉子落下來，鋪在這路面上時，又該是種怎樣驚心動魄的美？

簡太太心裡想著這些，又想轉頭去看旁側的景色，可是這時那個小丫鬟去而復返，對簡太太等人招了手。

小丫鬟輕聲說：「妳們隨我過來。」

先前領路的僕婦此時卻是垂手恭順地退至一旁。夫人的院子，她是沒有資格進去的。

簡太太見著這樣大的派頭，一時心中更加駭然，腿肚子也就越發哆嗦起來。

她隨小丫鬟進了院子後，再也不敢偷眼去看周邊的景致，只是大氣也不敢出地跟隨進去。

小丫鬟在前面打起了碧青色繡折枝花卉的夾棉門簾，簡太太矮身走了進去，立時就有一股淡淡的藥香和著花草清淡的香氣撲面而來。

明間正面的羅漢床上，鄭國公和夫人一左一右的坐在炕桌的兩邊。

簡太太也不敢抬頭看，直接矮身跪了下去，恭敬地說：「民婦見過國公爺、見過國公夫人。」

隨侍在她身後的沈嬤嬤和珍珠也忙跪了下去。

鄭國公已經大致知道了簡太太的來歷，心中自然也是看不上她這個商賈之妻的，所以當下也只是淡淡道：「起來吧。」

珍珠上前，扶著簡太太站起來。

聶青娘雖然為人和善，但想著魏嬤嬤先前說的，這些年來簡太太好似對簡妍很嚴厲，所以她也沒有開口讓簡太太坐的意思。
鄭國公自然也沒有要讓簡太太坐的想法。他是世家之子，簡太太這樣的身分自然入不了他的眼角，且他心裡還想著，若簡妍真的是他和聶青娘的女兒，這些年都是在簡太太這樣身分低微的人身邊長大……鄭國公不禁皺了皺眉，有些不悅地開口，沈聲問：「妳有個女兒，名字叫做簡妍？」
簡太太不曉得為何鄭國公開口就問簡妍的事，她心中微微發緊，但還是恭敬地回答：「是。」
「她是妳親生的？」鄭國公也沒想和簡太太多磨蹭什麼，開口直奔主題。
可這樣的一句話卻讓簡太太如遭雷擊，她震驚得抬起頭望著在羅漢床上坐著的鄭國公。
鄭國公一臉肅色。習武之人，又是上過戰場、浸染過鮮血的，即便只是靜坐在那裡，可身上威猛剛強的氣勢依然很迫人。
這卻不是最要緊的，簡太太雖然心中懼怕鄭國公，可是當她看到坐在炕桌另一側的聶青娘時，她整個人忽然就有一種暈眩的感覺。
這位就是鄭國公夫人？她長得……長得竟然和簡妍那般相像！
電光石火間，簡太太原本不算靈光的腦子忽然就想到了一種可能性——
簡妍原就不是她親生的，現下又有一個長得和簡妍這樣相像的人，難道……難道簡妍竟然是這鄭國公和他夫人的女兒?!

想到了這個可能之後，「唰」的一聲，簡太太面上的血液頃刻之間全都消褪得一乾二淨。

她捏緊了自己的衣袖，心裡紛紛亂亂地想著。怎麼辦？怎麼辦？到底要不要實話實說簡妍其實不是她親生的？可若是說了，先前她曾經那樣地對簡妍，還想著要將她送給周元正這樣的老頭子做外室，鄭國公和他夫人知道了，會饒恕她才怪！可若是不說，瞧著鄭國公和他夫人的架勢，他們又恍似知道了一些什麼內情……

但她轉念又想，不，當年的事原就只有她和沈嬤嬤、趙嬤嬤、靜遠師太四個人知道，趙嬤嬤已經死了，剩下的也就唯有她們三人知道而已；靜遠師太遠在隆州，沈嬤嬤是她的心腹，絕不會背叛她的。那，鄭國公和他夫人如何會曉得這件事？應當是他們無意之間見過簡妍，然後見簡妍和鄭國公夫人生得如此相像，又正好他們當初也曾失落過一個孩子，所以才有這樣的猜測罷了。若是她咬死了，只說簡妍是自己親生的，鄭國公和他夫人又能拿她怎麼樣呢？

絕對不能說簡妍不是她親生的！簡太太雖然手都在發顫，可她緊緊咬著自己的下唇，心裡只想著：簡妍是要給周元正做外室的，周元正已經答應要給簡清謀劃一個好官位，若是她說了簡妍不是自己親生的，簡妍給周元正做外室的事自然是不可能了，簡清原本唾手可得的官位不是也沒有了？到時甚至因她曾經輕易地將簡妍許諾給人做外室的緣故，鄭國公和他夫人極有可能還不會饒恕她。

所以怎麼想，都不能說簡妍不是她親生的！

這時聶青娘見鄭國公問完那句話之後，簡太太只是垂著頭，半天也沒有聽到回答，她心中著急，便忍不住也問了一句。「簡妍到底是不是妳的親生女兒？」

話音才落，就見簡太太抬起頭來。

簡太太雖然面色煞白，還是很鎮靜地說：「民婦不明白國公和夫人問這句話的意思。簡妍自然是我親生的女兒，我十月懷胎生下來的女兒，當時我宅子裡的眾多丫鬟和僕婦都是知道的，接生婆趙嬤嬤也是知道的，國公和夫人若是不信，儘管尋了這些人來問就是。」

聶青娘面上瞬間變白，胸腔裡的一顆心直直沈了下去，聲音也有些發顫起來。「簡妍她……她真的是妳的親生女兒？妳沒有哄騙我？」

「民婦不曉得國公爺和夫人為何會有此一問？簡妍是不是我自己親生的女兒，我這個做娘的難不成還會搞錯？」

聶青娘哆嗦著雙唇，然後就將一直緊握在掌心裡的銀鎖拿出來給簡太太看。「那這只銀鎖呢？如何會在簡妍的身上？」

當日雖然靜遠師太拿了這只銀鎖給簡妍，但簡太太不過隨意瞥了一眼，並沒有在意，所以現下她壓根兒就沒有認出來。不過聽聶青娘這般問她，她想了想，隨即說：「這只長命鎖自然是民婦吩咐銀匠特地打造出來給我女兒的，也是希望她長命百歲的意思。」

「妳撒謊！」聶青娘雖然性子再柔婉，如今聽簡太太竟然這樣明目張膽地睜眼說瞎話，還是氣得忍不住伸手拍了一下手側的紫檀木束腰炕桌。然後她一面身子哆嗦著，一面質問著簡太太。「這只銀鎖明明是我父親吩咐銀匠給我打造的，我從小戴到大，後來我親手掛到了我剛出生的女兒脖子上，如何會是妳讓人打造的？」

簡太太被她這番話給噎得片刻沒有說出話來，但隨後還是梗著脖子，語氣態度十分強硬地說：「天底下銀鎖的樣式原就只有那幾樣，許是夫人的那只銀鎖和我讓人做的這只銀鎖樣式是一模一樣的，夫人一時瞧見了，錯認也是有的。」

聶青娘自小被嬌生慣養，從來沒有見過像簡太太這樣會狡辯的人，一時氣得抬起手起來，哆嗦著手，指著簡太太，待要罵，又不曉得該如何開罵？況且她身子原就不好，這樣被簡太太的話一堵，哪裡還受得住？直咳得面紅耳赤，腰都直不起來了。

魏嬤嬤見狀，忙上前去替她撫著背，又拿了炕桌上的茶盅給她，讓她喝口茶水壓一壓。隨後見聶青娘終於不再咳了，她便退後兩步，對鄭國公屈膝行了一禮，而後抬起頭，不卑不亢地說：「老奴大膽，只是國公爺，能否容老奴問這簡太太兩句話？」

鄭國公揮揮手，示意她問。

魏嬤嬤便轉過身來，問簡太太。「既然妳說夫人手裡的那只銀鎖是妳當初讓銀匠打造給簡姑娘的，那老奴就想問一問，當時妳命銀匠打造的銀鎖是什麼樣式的？正面和背面鏨刻的各是什麼樣的花紋？上面一共垂了幾只小鈴鐺？哪只小鈴鐺裡鏨刻了字？鏨刻的又是什麼字？」

「……」簡太太壓根兒就答不出來。

魏嬤嬤隨即又問道：「再有，妳說簡姑娘是妳親生的，那老奴且問妳一句，簡姑娘身上可是有什麼胎記？胎記在什麼位置？又是什麼樣的形狀？」

「……」簡太太自然是更答不出來。

那些年中，她何嘗關心過簡妍？先時不過是想著讓簡妍替她兒子擋擋煞氣，後來又想讓簡妍給自己兒子未來的仕途鋪路，又哪裡會去理會簡妍身上有什麼胎記？

魏嬤嬤見簡太太這樣一問三不知的樣兒，就冷笑一聲。「還說什麼簡姑娘是妳親生的女兒，做母親的豈有不知道自己親生女兒身上有胎記的？便是那只銀鎖，若真是妳讓人打造給自己女兒的銀鎖，會不知道那銀鎖是什麼樣式，上面鏨刻的是什麼花紋？可見妳就是當面扯謊！」說罷，她又轉身面對鄭國公，屈膝行了一禮，說：「國公爺，老奴的話問完了。」

鄭國公點點頭，揮手示意她退到一旁去。

這時簡太太神色慌張，背上已經滿是冷汗，浸濕了她石青色的裡衣。

耳邊忽然聽得炸雷似的「啪」一聲，是鄭國公伸手狠狠地拍了一下炕桌，直震得炕桌上的茶盅等物件叮噹哐噹的一陣巨響，隨即他銅鐘般渾厚的聲音也猛然響了起來。「說！簡妍到底是不是妳的親生女兒？」

簡太太一個激靈，雙膝一軟，下意識就跪了下去。

她身後的珍珠和沈嬤嬤隨即也跪了下去。

簡太太雖然是心神俱震，一張臉白得沒有半點血色，可到底還是緊緊地咬緊牙關，並不肯透露半個字。

只是，跪在她身後的珍珠忽然抖著嗓子道：「國……國公爺、夫……夫人，奴婢老實交代了，咱們姑娘……咱們姑娘確實不是咱們太太親生的！」

鄭國公的雙眼微微地瞇了起來，森冷的目光掃向了珍珠，沈聲問道：「怎麼說？」

珍珠被他這樣一瞪，膽子都快要嚇破了，而且說起來，當年的事她是不在場的，硬要她說，她也是說不清楚的，於是她便扭頭拽了拽沈嬤嬤的袖子，白著一張臉道：「沈嬤嬤，事到如今，妳還有什麼可隱瞞的？當年那事妳可是在場的！妳若不說出來，仔細國公爺和夫人震怒了，到時咱們可就討不到什麼好果子吃！」

沈嬤嬤抿著唇，目光閃爍，沒有說話。

聶青娘此時都快要急哭了，只急切地問道：「這位沈嬤嬤，當年的事到底是怎麼樣的？煩勞妳倒是開口說一說啊！」

鄭國公卻沒有聶青娘這樣好的耐性，直接又是一掌狠狠地拍了一下炕桌，隨後起身，暴怒道：「到底說是不說？若是不說，我即刻叫了侍衛進來，先拖下去打了三十大板再說！」

珍珠此時又開始拽著沈嬤嬤的衣袖了，只哀求著。「沈嬤嬤，妳倒是說話啊！三十板子打下來，咱們兩個還能有命在？犯不著為了這樣的事搭上咱們兩個的命啊！」

兩重夾擊之下，沈嬤嬤終於是癱軟下了身子。

她白著一張臉，喃喃道：「我說、我說……」

於是，接下來她便詳細說了當年簡太太生下的孩子是如何死了，隨後靜遠師太如何抱了簡妍過來勸說簡太太收養，簡太太這些年又是如何對待簡妍？更有甚者，簡太太已將簡妍許配給周元正為外室，為的就是想給自己的兒子謀個一官半職，總之這些年中有關簡妍的所有事，沈嬤嬤全都竹筒倒豆子似的說了出來。

中間幾次簡太太厲聲地喝斥著沈嬤嬤，想讓她住嘴，甚至想衝上來打她，但早就被魏嬤嬤叫了兩個僕婦上來按住了。

等到沈嬤嬤一說完這些話，聶青娘就哭了。

「我苦命的孩子啊！這些年她竟然受了這些罪……」又顫著手，指著簡太太，怒道：「天底下竟有妳這樣毒蠍心腸的人！先是讓我女兒給妳的兒子擋煞氣便罷了，竟然還將我的女兒當作瘦馬來養，還將她許給年紀那樣大的人為外室，就為了妳兒子的仕途？枉費我女兒這些年在妳面前那樣乖巧孝順，縱然是一塊石頭做成的心也該捂熱了，可妳竟然全不顧念一點母女親情！妳這樣的人，菩薩怎麼不收了妳去？」

鄭國公的心裡也不大好受，轉頭見聶青娘哭得一張原本蒼白的臉都紅了，他難得地語氣柔和了幾分下來，安撫著。「別哭了。」

聶青娘拿了手絹拭去面上的淚水，有些擔憂地問道：「國公爺，現下這婦人將妍兒許給了周元正為外室，這可如何是好？那周元正畢竟是當朝首輔，權傾朝野的，咱們雖然有國公的爵位，但……」但手裡卻是沒有什麼實權的。只是這後面的話，她並沒有說下去。

鄭國公聞言，從鼻子裡冷哼一聲，傲慢地說：「就算他周元正再是當朝首輔又如何？若簡妍真是我的女兒，那她就是我國公府唯一嫡出的姑娘，難不成我國公府嫡出的姑娘還要給他周元正為外室不成？真是天大的笑話！」說到這裡，他又極厭惡地掃了一眼地上跪著的簡太太，不耐地說：「且周元正說的是要她的女兒為外室，若簡妍不是她的女兒，是我李翼的女兒，他周元正還能過來找我要人不成？要也是找她要，關我什麼事？」

簡太太頓時如一灘爛泥般地癱軟在地上，腦子裡只有三個字：全完了！

這麼多年的處心積慮，如今全都是竹籃打水一場空了。

次日，鄭國公就遣了四名侍衛，快馬加鞭地趕去隆州，特地請了靜遠師太過來問話。等靜遠師太到了之後，非但如實說出當年她看到簡妍和她身旁那名僕婦的情境，詳細地描述了那名僕婦的衣著相貌，亦拿了當年在那名僕婦身上找到的烏木腰牌，還帶了一只包裹過來。打開來看時，裡面是一套月白紗夏布的夏衣，大紅色繡荷葉錦鯉圖的小肚兜，一雙牙色的小布襪，一方天青色的絹紗包被，皆是當年簡妍身上所穿的衣物。

這些衣物都是聶青娘當年自己親手準備的，如何會不認得？她當即便讓魏嬤嬤喚了簡妍過來，一邊哭，一邊說，將當年的事一一對簡妍說了清楚，告知她，她並不是簡太太的女兒，而是自己和李翼的親生女兒。於是母女兩個抱頭痛哭，哭得鄭國公在一旁也紅了眼圈，屋中的所有丫鬟、僕婦也各是掩面哭泣。

後來，這事不曉得怎地就傳了出去。畢竟鄭國公原本只有兩個庶出的女兒，現今卻忽然有了一個嫡出的女兒，於是眾人皆感嘆鄭國公這位早年失落的嫡女的不幸遭遇，甚至這樣的話還傳到了皇帝的耳中。

皇帝感念當年畢竟是因為鄭國公追剿端王的緣故，所以他唯一嫡出的女兒才會失落，心下感慨的同時，便特地下了一道恩旨，破例冊封簡妍為鄉君，封號樂安。

第八十八章　綿裡之針

李念蘭現下正坐在婉姨娘桐香院的臨窗大炕上，不悅地抱怨著。

「先時大姊不是說過，她會想法兒讓那幾個去隆州接那破姑子的侍衛，見到那姑子後就結果了她，然後再隨意拉個姑子過來，只說她當年並沒有抱一個小孩給簡太太的嗎？怎麼末了那幾個侍衛卻將那破姑子毫髮無傷地接了過來，還拿了什麼府裡的烏木腰牌，和那一包簡妍當時穿過的衣服出來？這下子可好了，爹爹和夫人都認定簡妍是他們的親生女兒！」

婉姨娘手中拿著鄭國公府上個月的進出流水帳冊，正半垂了頭看著，聽李念蘭的抱怨，她便撇下手裡的帳冊，抬頭望著她。

「妳慣是這樣，」她面上的神情雖溫婉，語氣卻是帶著責備的。「心裡藏不住一點子事，喜怒都在臉上，誰瞧不出來？縱然妳以往再不喜簡妍，可她如今是這國公府唯一嫡出的姑娘，又是皇上親口冊封的樂安鄉君，往後妳見著她的時候還是要客氣些。不是我拿妳大姊和妳比較，她就比妳會做人。就算一開始她也是不想簡妍的身世明瞭，暗中拿了銀錢給那幾個侍衛，只說無論用什麼法子都不要讓靜遠師太將當年的實情說出來，可及至後來簡妍的身世塵埃落定了，她一聽說，昨日便特地趕過來恭賀妳爹爹和夫人，又拉了簡妍的手，只哭著說『我苦命的妹妹，受了這麼些年的苦，不過好在如今終於是守得雲開見月明了』，又拿了那麼些首飾和衣裙給簡妍，說這是她做姊姊的一點心意，哄得妳爹爹多高興。倒是妳，昨日擺著那樣一張臭臉，誰看不出來呢？往後妳可要多多跟妳大姊學學才是。不過是幾句好話罷了，上下嘴唇一碰的事，費得什麼？既能哄得旁人高興，自己又能落得好去，何樂而不為呢？」

李念蘭被婉姨娘這樣一說，只氣得骨朵了一張嘴，轉頭望著窗外，壓根兒就不去理會她。

院子裡有一株極粗的梧桐樹，只是如今尚且還是早春，並未到花期，不過是烏褐色的枝幹上零星地綴著一些花苞罷了。

耳中聽得婉姨娘嘆了一口氣，隨即又聽她的聲音響起——

「我曉得妳在想些什麼。妳是覺得那簡妍原本只是個商女，身分那樣低微，可是去年那會兒在桃園的時候就敢搶了妳的風頭去，徐侍郎心裡又高看了她幾眼，所以妳心裡就一直不待見她，不料她忽然就成了這國公府裡唯一嫡出的姑娘，又得皇上親自冊封為樂安鄉君，身分大大地越過妳去，妳心裡便極不痛快。但現下已經是這樣的情形了，妳又能怎麼樣呢？說不得也只能忍一忍。左右她也只是個女子，再怎麼樣也是要出嫁的，不過是暫且在這國公府裡占得一所院子，撥了幾個人給她使喚罷了，妳又何必——」一語未了，忽然就見李念蘭扭過頭來，一臉憤恨的模樣。

李念蘭咬著牙說：「可是她住的是辛夷館！那時候我那樣求著爹爹，想搬到辛夷館去住，可是夫人都攔著，爹爹也就沒有答應，結果現下簡妍卻住了那辛夷館，還給她身邊配置了五個大丫鬟！我和姨娘身邊也就只有兩個大丫鬟！她那樣低賤的身分，怎麼配住在辛夷館？怎麼配使五個大丫鬟？」

「住口！」婉姨娘低低地喝了一聲。「妳說話到底還過不過腦子？她現下非但是國公府唯一嫡出的姑娘，還有樂安鄉君的封號，怎麼不配住在辛夷館？怎麼不配使五個大丫鬟？妳到底曉不曉得她樂安鄉君的身分是什麼意思？鄉君是宗室爵，原是絕不封賞外人的。她於今是天家的人，是有年俸和宗室祿米的！縱然論起來妳比她大，是她的二姊，可若真要說起來，往後妳但凡見著她的時候都要對她行禮，稱呼她一聲鄉君的！」

「我才不要對她行禮！」李念蘭的聲音陡然提高了兩分，嬌美的面容也有幾分扭曲。「就算她是鄉君又怎麼樣？那樣也改不了她底子裡依然是個商女的身分！那樣低賤的人，憑什麼能越過我去？居然還要我給她行禮？她也配！」

婉姨娘氣得額頭青筋暴跳，忍不住就伸手去撫著額頭。

這時李念蘭已經起身下了炕，轉身氣憤地撩開簾子，走出了屋子。

「蘭兒！」婉姨娘忙喚了一聲，但李念蘭腳步急促，早就去得遠了，也就唯有面前的五彩盤花簾子還在來回晃蕩著。

婉姨娘望著簾子出了一會兒神，而後長長地嘆了一口氣，無奈地轉頭，對著站在一旁的柳嫂說：「她這樣驕縱的性子若不曉得收斂，遲早會出事。」

婉姨娘原為縣丞之女，也算得上是小家碧玉。那時候鄭國公剛襲了寧遠伯的爵位，偶然一次遇見了婉姨娘，喜她溫順的性子，便納了她為妾。隨後她也算是爭氣，先是生下了庶長女李念宜，後來又一舉生下了一對龍鳳胎——李念蘭和庶長子李敬，在這國公府裡也就算是站穩了腳。及至後來，聶青娘因失落了自己女兒的緣故，身子一直不好，壓根兒就沒有精力來主持中饋，鄭國公便讓她接手管著這國公府裡的事；加上李念宜大了後，一舉就成為寧王的妾室，母憑女貴，所以她在這國公府裡也就算是有著舉足輕重的地位了。

但，李念蘭一直是她的心病。

這孩子，性子實在是太驕縱了，又是個說話不過腦子、喜怒都在臉上的性子，原就容易招惹禍事，更何況現下忽然又來了個簡妍……

婉姨娘想到這些，只覺得頭都有些隱隱作痛。

柳嫂是她的心腹，這些年慣會察言觀色，當下忙走近，伸手按住她兩側的太陽穴，同時溫聲勸說著。「姨奶奶也不用擔心，老爺就喜歡咱們姑娘這膽大活潑的性子呢！」

婉姨娘輕哼一聲。柳嫂手上的力道不輕不重，按得她十分舒服，於是她便閉了眼，只道：「國公爺自己是個威猛剛烈的性子，自然也是喜歡這樣性子的子女。」

「可不是？」柳嫂忙接著道：「咱們的二姑娘和大少爺都是性子外向活潑的，瞧著就十分有精神，早起剛升的日頭一般，格外有活力。哪像二公子，雖說是個世子，可舉止畏畏縮縮的，見著人的時候甚至都不敢抬頭看人說話，為著這，國公爺斥責他多少回了？便是現下新來的這位姑娘，這兩日我冷眼瞧著，那也是個性子安靜和順的，想來也必然不會得國公爺的喜歡。」

「妳曉得什麼？」就聽婉姨娘嘆了一口氣。「這位姑娘面上雖然看著安靜和順，可內裡只怕卻是個極有主意的，比她那個美人燈兒似的、壓根兒就不曉得煙火紅塵裡世俗之事的娘可難糊弄多了。」

「饒是她再怎麼有主意，說到底她這些年也只是在商賈之家長大，能有多少見識？」柳嫂絲毫不以為意地說。「姨奶奶不用長他人志氣，滅自己威風。不過是個還未及笄的小姑娘罷了，眼光閱歷又在那裡，再厲害能厲害到哪裡去呢？」

雖然柳嫂這樣說了，可婉姨娘想著那日在亭子裡，簡妍轉過身來望著她時那平靜銳利的目光，依然覺得簡妍極其不好對付。

原本是聶青娘這些年身子不好，所以才輪得到她來管這鄭國公府內宅裡的一應大小之事，可是如今簡妍回來了，都說人逢喜事精神爽，那聶青娘若是因著此事，身子慢慢好了，到時豈會不將這管家之權重新收回去？

就是因這些年中她管著這國公府，府中上自聶青娘、李信、槿姨娘、珍姨娘等人，下至裡外丫鬟、僕婦、小廝的月例銀子，以及採買脂粉、筆墨、米糧等府中一應事物的銀子，每一筆都是從自己手裡過的，隨意哪裡落了一筆銀子不是錢呢？再說那月例銀子，這國公府裡可是有兩、三百個下人，光那些下人的月例銀子每個月就有多少了？隨意推遲了半個月、一個月的時間發月例銀子，拿出去放高利，那又是多少銀子可賺呢！可是，若是因簡妍回來的緣故，聶青娘的身子好了，收回了自己這管家的權力，自己可就沒有銀子進項了。婉姨娘只要一想到這個，就覺得有些坐立不安。

她想了想，便讓柳嫂服侍她換了一身衣裙，又重新梳了頭，隨後便帶了柳嫂和兩個丫鬟，出門往辛夷館去了。

辛夷館之所以取名叫做辛夷館，是因這院裡栽種四株紫玉蘭，分列在青石甬路的兩側。目下正值玉蘭花期，滿樹皆是淡紫色的花朵，一眼望過去，花開似錦，雲蒸霞蔚的，極為壯觀。

除卻這，這辛夷館正面五間正房的窗子上鑲嵌的都是雙層的玻璃——玻璃可是個稀罕物，等閒富貴人家都是用不上，便是功勛世家，至多也就是有個玻璃碗、玻璃燈之類，極少有如這辛夷館一般，拿了整一大塊的玻璃來鑲嵌窗子——相對於這國公府裡其他院落的窗子只用高麗紙或紗來糊窗子而言，這辛夷館正房裡的採光實在不是一般的好。

所以，這也就是為什麼李念蘭一直眼饞辛夷館的緣故。

婉姨娘帶著柳嫂和丫鬟進了辛夷館的院門時，但見裡面的丫鬟正忙碌著，魏嬤嬤則站在一旁指揮。

聶青娘新近尋回了自己一直心心念念的女兒，又極為心疼女兒這麼些年不在自己身邊，竟受了這麼多苦，所以恨不能將這世上最好的東西全都拿來給她。

「……這粉紫色的鮫綃帳子便配了那鏤雕纏枝葫蘆紋的白玉帳鉤吧。再有，這對粉彩百蝠流雲紋聯珠瓶，擺到那邊的長案上去。」魏嬷嬷一面吩咐小丫鬟們手腳麻利些地做活計，說是今日務必要將這院子收拾出來，讓姑娘搬進來住，一面又同簡妍說話，詢問她，這屋裡各樣器具的擺放位置可妥當之類的話。

簡妍對此則是笑得柔婉，只是溫聲道：「魏嬷嬷的眼光自然是比我好的，我相信妳……」

一語未了，小丫鬟青兒上來通報，說是婉姨娘來了。

簡妍聞言，便轉身望了過去。

魏嬷嬷隨即也轉身過去。

石青色寶瓶紋樣的妝花緞面披風，牙色的長裙，襯著婉姨娘面上溫婉和順的笑意，瞧著實在是素雅沈靜得很。

但今日風大，簡妍眼尖地看到風過之處，吹起她牙色的裙角，裡面穿的竟然是石榴紅色的褲子。

簡妍微微地別過頭去，只當作沒有看到。

魏嬷嬷卻恍似不喜看到婉姨娘似的，當下便沈著臉，極不客氣地問道：「婉姨娘怎麼來了？」

難得的是，聽了魏嬤嬤這不客氣的問話，婉姨娘面上溫婉的笑意竟然一點兒都沒有褪卻。

她嫋嫋娜娜地走上前來，先對簡妍行禮，稱呼一聲鄉君，而後便笑著柔聲道：「我過來是想問一問姑娘，這院裡可還缺什麼東西？若是缺了什麼，只管告訴我；又或是這院裡的丫鬟、僕婦有不服管教的，姑娘也儘管告訴我，可千萬不要和我客氣，忍著不說，由得那些丫鬟、僕婦爬到姑娘的頭上去才是。」

簡妍微微一哂。

婉姨娘這話面上看著客氣，對她極是關心，但內裡無非是要告知她：現下這國公府裡是我婉姨娘在管著家呢，我在這國公府裡的地位可不低，妳不要看輕了我！至於那最後一句，可不正是敲打魏嬤嬤的嗎？

自己來國公府才幾天，這婉姨娘就這樣迫不及待地跳出來對她說這樣的話，實在是有些急躁了。

但簡妍也只當作沒有聽懂，笑了笑，沒有說話。

倒是魏嬤嬤在一旁正色說：「婉姨娘這話可就說差了！咱們姑娘可是國公府裡唯一嫡出的姑娘，這整個國公府都是她的家，她想要什麼不能自己去拿？丫鬟、僕婦不好了，她不會拿出姑娘的身分來說她們嗎？倒沒地還要去對婉姨娘妳說什麼？畢竟說到底，婉姨娘妳也只是個姨娘，不過是比老奴的身分略微高了那麼一些而已，這樣的事，姑娘實在是犯不著去對妳一個姨娘說。」頓了頓，她又故意接著問了一句。「婉姨娘，妳說是不是這個理？」
魏嬤嬤慣是個不饒人的，且她素來最看不上這個婉姨娘，嫌婉姨娘面甜心惡，說話做事綿裡針似的。國公爺吃她這一套，她卻是不吃的。
婉姨娘被魏嬤嬤這幾句話給氣得一顆心止不住就開始狂跳，雙臂也有些發軟，但難得的是，她面上的笑意竟然一直都在。
「我也不過是擔心姑娘初來乍到，怕姑娘不適應罷了，才特地趕過來問一聲，倒是惹得魏嬤嬤多心。」婉姨娘的聲音輕輕柔柔的，只讓人覺得春風拂面似的舒服。「姑娘可不要多心才是。」
魏嬤嬤輕哼一聲，扭過頭去不再理會她。
但婉姨娘也沒有再理會魏嬤嬤，只是望著簡妍。
她原就不打算討好魏嬤嬤——自然，她也知道討好魏嬤嬤沒有用，不過是自取其辱罷了——現下最重要的是，趁著簡妍剛來這國公府，讓她對自己留個好印象罷了。且同時也要讓簡妍知道，她婉姨娘雖然只是個姨娘，可在這國公府裡的地位卻是不低，不能讓簡妍小瞧了她。
但，其實簡妍對這些都不感興趣。
國公府內裡再是暗潮洶湧又如何？說到底她只是想得了一個國公府嫡出姑娘的名頭來對抗周元正而已。再過些日子，徐仲宣就會過來提親，到時她就會與徐仲宣成親，離開這裡。

這婉姨娘實在不必如此著急，還特地過來同她說上這樣一番話，以此來彰顯自己在國公府裡的地位。

簡妍當下也只是點點頭，面上帶著淺淺的笑意，淡淡道：「煩勞婉姨娘掛念了。」

隨後她再沒有說什麼話。

一旁的魏嬤嬤自然更沒有什麼話對婉姨娘說。

婉姨娘見狀，也只得自己隨意訕了兩句，隨即便帶著柳嫂和兩個丫鬟轉身走了。

等她出了院門後，魏嬤嬤便對簡妍說：「姑娘，您別瞧這婉姨娘面上看著溫婉柔順，其實內裡最是吃人不吐骨頭的，您往後可要仔細，萬不能著了她的道才是。」

簡妍便笑道：「魏嬤嬤，您放心，我心裡都有數的。」

因著一來是辛夷館這幾日都還沒有收拾出來，二來是聶青娘剛剛與簡妍母女相聚，所以這幾日簡妍都住在聶青娘的雅安居裡。通過這幾日的相處，魏嬤嬤多少也看出來了，簡妍雖然是個見人就面上帶笑，說話也柔聲細語的人，但她其實是個極聰明又有主意的，只怕就婉姨娘的那些套路，她都能看得出來。

於是魏嬤嬤便點點頭，說：「那老奴就放心了。」頓了頓，她又道：「姑娘，這裡收拾屋子呢，灰塵大，您一直在這裡看著也不好。不若這樣，您帶了聽楓、聽梅和四月她們逛逛花園去？現下花園裡的迎春花、茶花和櫻花這些花開得正好呢！等您賞完花回來，這院子差不多也就收拾好了。」

聽楓和聽梅是聶青娘撥給她的大丫鬟，另外還有兩個，分別叫做聽桐、聽荷。因想著四月是簡妍帶過來的，她們主僕兩個的感情又好，所以聶青娘便將四月也提為大丫鬟。

簡妍稍微想了想，便同魏嬤嬤告辭，帶著四月她們去了花園裡閒逛。

待在魏嬤嬤的身邊，她多少還是有些壓力，特別是待在聶青娘的身邊，她覺得壓力更大。

聶青娘對她太好，好得她都不曉得到底該怎麼招架？

雖然她這身子是聶青娘當時不幸丟失的那個女兒的身子不錯，但其實她內裡的芯子卻不是。她現下壓根兒就沒有辦法把聶青娘當作自己的親生母親那樣來對待，更何況她先前之所以趕著要來挑明自己的身世，其實也是動機不純。

所以這幾日，她心裡滿滿的都是罪惡感，以及對聶青娘深深的愧疚感。方才婉姨娘又特地過來說了一番那樣的話，自己若是一直抱著置身事外的態度，倒給聶青娘惹來了禍事，那可真是對不住她了。

簡妍最後還是轉身又回來了，走到魏嬤嬤的身邊，傾身過去，微微壓低聲音說：「魏嬤嬤，我私心裡想著，這幾日母親拿了自己的體己出來給我置辦這樣多的衣裳首飾，又給我裝扮屋子，固然是因愛惜心疼我的緣故，我心裡都是明白的，可這些落在旁人眼中，只會覺得奢華太過。所以嬤嬤回去之後能不能勸一勸母親這事呢？且這奢華太過，落在有心人的眼中，保不齊就會拿這樣的事到父親耳邊去亂嚼什麼舌根子，因此嬤嬤若是得了空閒，能不能整理一份清單出來，拿去給父親瞧瞧，只說這都是母親心疼我的緣故，所以拿自己的體己給我置辦的，並沒有動用到公中的一分銀錢。這樣就算有人想藉著這事起什麼浪，咱們也可以將這浪頭先給掐了，不至於給母親落了個什麼不好的名聲，您說是不是？」

聶青娘原為武定侯的女兒，嫁給當年尚且只是嫡次子的鄭國公時，就帶了一筆相當豐厚的嫁妝過來。

魏嬤嬤聞言，一臉震驚地望著簡妍。

她沒有想到簡妍小小年紀，竟想得這樣周全。

「姑娘，」片刻之後她才感慨地說：「以往老奴一直擔心夫人和世子爺都是柔弱的性子，老奴也年紀大了，誰知道今日在，明日還在嗎？等到老奴兩腿一蹬了，依著夫人和世子爺的性子，縱然有正室夫人和世子的名頭在那兒壓著，可保不齊還是要被人欺壓的。但是現下老奴不怕了，有姑娘您在，誰敢欺壓他們呢？」說到這裡，她眼圈有些泛紅了。

簡妍少不得又安撫她一番，隨後才帶了四月和一眾丫鬟出了院門，去花園裡。

第八十九章　揚眉吐氣

李念蘭氣沖沖地出了桐香院後，轉身就奔向自己的院落玉雪苑。

說起來這玉雪苑在國公府裡也是不差的，屋前有芭蕉海棠，屋後有大株的梨樹，花開時節，月下望來，可不就是如玉似雪一般？

以往便罷了，可是今日得知簡妍竟然住上了她一直惦記著卻沒有得到手的辛夷館之後，李念蘭只覺得心窩裡有股沖天的怒氣。

她一路氣沖沖地回來，前來開門的小丫鬟開得略慢了些，已遭她劈頭一個嘴巴子搧了下去，隨後進屋，她又不斷挑著事，對著一眾小丫鬟又是打、又是罵。

於是，等到郭丹琴進來的時候，見到的就是跪了滿滿一屋子的丫鬟。

郭丹琴沒事的時候是慣常來找她玩的，所以當下她便笑問道：「蘭姊姊這是怎麼了？便是丫鬟做錯了事，您也犯不著這樣氣自己。」

見她來了，李念蘭才喝令地上跪著的一群丫鬟起來，而後有些沒好氣地問道：「這些日子怎麼也不見妳來這裡找我玩？」

「這不是因為這些日子聽你們國公府出了一件什麼滄海遺珠的事嗎？」郭丹琴在椅上坐下來，笑道：「我就想著，這些日子你們國公府定然是很忙的，所以便沒有過來打擾了。」

「呸！」李念蘭聞言，狠狠往地上啐了一口，罵道：「什麼滄海遺珠？憑她也配做什麼珍珠？死魚的眼珠子倒還差不多！」罵完之後，她又忿忿不平地對郭丹琴說，這些日子國公府裡的人是如何圍著簡妍轉、聶青娘如何讓簡妍住了辛夷館，還讓她使了五個大丫鬟、如何給她買首飾及打首飾，一下子就給她做了十六件春裝這樣的話。「……我姨娘說今年不比往年，不能再散漫使錢，所以今年我也不過做了兩套春裝，隨意打了兩件首飾而已，可是她竟然一下子就做了十六件春裝！就這樣夫人還嫌不夠呢，說後面挑著好的布疋還要再給她做！

「再有那首飾，妳是沒瞧見，那日我去給夫人請安的時候，就見著桌上放了六只紫檀木描金的匣子，打開來看時，裡面珠光寶氣，都是各色時新的首飾，夫人猶且嫌少，還在對魏嬤嬤說，她記得她還有一匣子成色上好的紅寶石，讓魏嬤嬤尋出來，去給簡妍打一套赤金鑲寶石的累絲蝶戀花頭面！說起來我好歹也是國公府的女兒，當時我就在旁邊站著呢，怎麼不見夫人說也要給我打一套頭面呢？」

郭丹琴便也附和著說了幾句話，李念蘭才覺得心裡那股子憋屈的氣消了不少。

兩人喝了一會兒茶，又吃了幾塊糕點後，李念蘭道：「現下這時候櫻花開得正好，我同妳去花園看一會子櫻花去。」

郭丹琴是經常來國公府找李念蘭玩的，當下就拍手笑道：「這樣好，我今日原就是為了來妳這裡賞櫻花的！滿京城裡誰不曉得你們鄭國公府的櫻花是出了名的又多又好呢？旁側還有一座山子，上面有一處八角涼亭，掛了粉色的紗幔，坐在裡面往下賞櫻花，滿樹爛漫，如雲似霞一般，等風吹過來的時候，粉白的櫻花花瓣漫天飛舞，紗幔也飄著，真真是天上人間一般。所以依我說，這滿京城裡都沒有誰家的花園能越過妳家去。」

李念蘭被她這樣一恭維，當即覺得心情越發好了。

於是她吩咐隨身的丫鬟凌雪和傲霜端了茶水、拿了攢盒先過去那邊的亭子裡擺放好，自己則和郭丹琴一面說話，一面慢慢地朝那裡走去。

只是待她們沿著山子上鑿出來的臺階慢慢走上去時，只見凌雪和傲霜端了茶水和攢盒站在那裡，一臉為難的表情。

李念蘭便朝亭子裡望過去，這一望，她只覺得氣不打一處來，面上都變色了。

但見簡妍正端坐在亭子裡的一只石凳上，右手支了腮，正神情閒散地望著下面雲蒸霞蔚似的櫻花。她面前的石桌上早就擺了粉彩花卉彩蝶的茶盅和裝著各色糕點、蜜餞的掐絲琺瑯梅花式攢盒。

自然，這石桌上的茶盅和攢盒都是簡妍的，而不是她李念蘭的！

李念蘭一見著簡妍坐在石凳上，石桌上又擺放了讓丫鬟帶過來的茶盅和攢盒，而自己的丫鬟卻是端了茶盅和攢盒站在一旁，跟個鵪鶉似的，瑟縮著，渾然不敢上前一步，她一時只覺得氣沖斗牛，上前去就「啪、啪」地對著凌雪和傲霜一人搧了一個嘴巴子，罵道：「妳們兩個是死人啊？不曉得將本姑娘的茶盅和攢盒放到桌上去，乾站在這裡做什麼？怎麼，也要本姑娘和妳們兩個一樣，站在這裡賞櫻花嗎？」

偏生凌雪被她這一巴掌給搧得雙手抖了一下，一個沒拿穩，手裡的描金填漆小托盤就翻了，只聽得叮啷哐噹一聲響，裡面的兩只甜白瓷茶盅就掉到了地上，摔了個粉碎。

凌雪嚇得也顧不上滿地的碎瓷片，雙膝一軟就跪了下去，口中道：「姑娘饒命！」

一旁的傲霜並著幾個小丫鬟也忙跪下來，一時場面極為混亂。

四月就有些看不過眼了。這李念蘭明面上雖是打罵自己的丫鬟，可其實不就是在尋她家姑娘的不是？於是她便要上前去開口說兩句。

但是簡妍眼明手快地塞了一顆糖霜蜜棗到她的口中，對她搖搖頭，示意她不要管這事。

四月見狀，便退到簡妍的身後站好了。

李念蘭此時還在那裡不住地打罵自己的丫鬟。

郭丹琴在一旁見了，覺得她這樣實在是有些過了，便拽了拽她的袖子，只低聲勸說她。

「算了……」

李念蘭卻是一甩自己的衣袖子，將郭丹琴的手給甩開了，怒道：「我打罵自己的丫鬟，關妳什麼事！」

郭丹琴被她這樣一句話一堵，立時就紫脹了一張面皮，半邊身子都麻了。

李念蘭慣常就是這樣火爆的性子，脾氣上來的時候，誰的臉面都不給，可是以往她勸說李念蘭時，李念蘭好歹還會收斂幾分，並不會將怒火波及到她的身上，但現下，李念蘭卻當著簡妍的面這樣……

郭丹琴不由得偷眼去瞥簡妍。但見她穿了杏黃緞面的玉蘭折枝圓領披風、桃紅百褶裙；鬢邊斜簪了一支赤金點翠鑲寶石的鳳釵，長長的三股珍珠流蘇垂下來，另一側鬢邊又簪了一支赤金點翠鑲寶石的牡丹蝴蝶髮簪，瞧著極是高貴。

簡妍原本是一手拈了一塊龍鬚酥在吃，同時一手支了下頷，面上閒閒的、一副看好戲的模樣，這會兒忽然瞧到郭丹琴打量她的目光，於是她便歪著頭對郭丹琴笑了笑，招呼道：「郭姑娘，要不要過來一起坐？」又揚了揚手裡的龍鬚酥，笑道：「這龍鬚酥滋味不錯，郭姑娘過來嚐一塊？」卻絕口不提要邀請李念蘭一塊兒過來坐的話。

簡妍這分明就是在激怒李念蘭，而李念蘭果然上當了。

李念蘭一面狠狠地拉著郭丹琴的胳膊，怒道：「不許過去！」一面又上前兩步，伸手指著簡妍的鼻尖，惡聲惡氣地罵道：「簡妍，我告訴妳——」一語未了，卻被簡妍給笑著打斷了她的話。

「二姊，瞧妳年紀也不大，可怎麼記性這般不好？我現下可不叫簡妍，而是李簡妍。」

都已經是鄭國公的女兒了，自然要隨了李姓的。且原先按鄭國公的意思，還要再從一個「念」字，喚作李念妍。只是聶青娘考慮到簡妍畢竟以往十四年叫的都是簡妍，若猛然改名，會讓簡妍不習慣，所以最後便只隨了李姓，名字還是喚作簡妍。

李念蘭被她這句話給堵得臉紅脖子粗，一時竟什麼話都說不出來。片刻之後她才反應過來，開口譏誚地說：「妳當真以為飛上枝頭就能變成鳳凰了？我告訴妳，烏鴉就是烏鴉，就算妳得了一個國公府嫡出姑娘的名頭，也不可能變成鳳凰的！再說了，天底下哪有這樣巧的事，那日妳自己送上門來，然後夫人就發現妳是她當年失落的那個孩子？誰曉得妳在裡面有沒有做什麼手腳？依我說啊，妳壓根兒就是冒充的！」

簡妍聞言也沒有惱，面上依然是笑盈盈的，只是伸了手，閒閒地撥弄著面前的粉彩茶盅，一面望著李念蘭，笑道：「可是怎麼辦呢？妳心中便是再如何氣忿，現下我也是這鄭國公府唯一嫡出的姑娘，還得了個樂安鄉君的封號呢！」一面又挑了挑眉梢，笑吟吟地說：「不過自然，若二姊心中還是覺得我是冒充的，妳大可以去對父親說，也去對皇上說，讓他們好好地再去查一查。」

誰敢質疑國公，特別是皇上說過的話啊？豈非就是嫌腦袋在脖子上待得不耐煩了？

站在一旁的郭丹琴這時才後知後覺地終於明白了一件事——眼前的這個簡妍，再也不是那個在桃園中任由她們開口譏嘲她滿身銅臭味的商女了。她現下是李簡妍，是這鄭國公府唯一嫡出的姑娘，而且還是皇上親口所封的樂安鄉君。

郭丹琴望著簡妍的目光於是就帶了很複雜的情緒，有同李念蘭一樣的不甘和嫉恨，可也有著恐慌和不安。

自己那時候在桃園那樣奚落、嘲諷簡妍，她會心中不記仇？若是現下簡妍想要出手對自己不利，依簡妍如今的身分，她是絕對有這個能力的……想到這裡，郭丹琴的鼻尖上就冒了細密的汗珠出來，手心也潮了，只緊緊地攥著手絹。

郭丹琴忽青忽白的面色落在簡妍的眼中，簡妍自然曉得她心裡在想什麼，於是微微一笑，開口慢悠悠地叫道：「郭姑娘。」

郭丹琴如受驚的小兔子一般，抬頭望過去，眼中是還沒有來得及掩飾下去的恐慌和不安。

簡妍只是笑著同她道：「這樣好的龍鬚酥，妳不要來一塊嗎？」一面就示意站在一旁的聽楓拿了桌上的攢盒，遞到郭丹琴的面前去。

郭丹琴原本是不想拿的，她曉得一旦她拿了這攢盒裡的龍鬚酥，那李念蘭定然是會記恨她的；可若是她不拿，簡妍說不定也會記恨她……一面是李念蘭，一面是簡妍，郭丹琴頓時緊張得手心裡潮得都似要滴出水來。

簡妍也不催促她，只是一面端了茶盅，閒閒地喝著茶水，一面扭頭望著下面的櫻花。

雖然說起來是有點可恥，但是這樣仗勢欺人的感覺，似乎也很不錯啊！

李念蘭卻在一旁氣得跟什麼似的。她一面喝叫著郭丹琴，不許她拿簡妍的東西，一面伸手想去打聽楓手裡的攢盒。

但聽楓退後兩步，一臉肅色地說：「二姑娘，鄉君面前，不得無禮。」話落，她又略微提高聲音，只問郭丹琴。「郭姑娘，妳可要想好了，這可是咱們鄉君的一片好心，賞賜給妳一塊龍鬚酥，妳是接，還是不接？」

聽楓是聶青娘特地撥過來給簡妍使喚的。來之前，她同聽桐、聽荷、聽梅以及那十來個小丫鬟都是特意被聶青娘和魏嬤嬤叫過去訓過話的，只說往後簡妍就是她們唯一的主子，一切都要聽簡妍的話，若是有膽敢胳膊肘往外拐、吃裡扒外的，先問問自個兒，是不是嫌腦袋在脖子上待得膩煩了？是以，聽楓豈敢對簡妍不忠心？

郭丹琴現下覺得自己就是被架在火上烤的羊，無論翻到哪一面，總之都是要被火烤的。既然如此，那自然是兩害相權取其輕了。

於是她便伸手自攢盒裡拿了一塊龍鬚酥，而後屈膝對簡妍行禮，斂了眉目，低聲說：「謝鄉君賞賜。」

簡妍回過頭來，對她笑了笑，和善地道：「郭姑娘不用多禮，請起吧！」

郭丹琴低眉順眼地退至一旁。

李念蘭此時自然是氣得目眥盡裂。

簡妍竟然這樣拿她鄉君的身分出來壓人？而郭丹琴竟然這樣就對簡妍屈服了！李念蘭想罵，可又不敢。她縱然再蠢笨，心中也清楚，說到底簡妍也是個鄉君，如姨娘所說，那可是宗室爵，罵了簡妍，就相當於罵了皇家。可是不罵，她心底這股憤恨之氣都快要把自己給炸裂開了！

所以，她也唯有伸手指著郭丹琴，怒道：「妳、妳……往後妳再也不要過來找我玩了！」

郭丹琴的心中一沈。方才伸手拿龍鬚酥的時候她就曉得，往後她定然是同李念蘭決斷了的，可是能有什麼法子呢？她萬不能因李念蘭而去得罪簡妍啊！簡妍的身分是李念蘭所不能比的。

這時就聽簡妍帶著笑意的聲音不緊不慢地響起來——

「郭姑娘，往後妳若是得閒了，倒是可以來找我玩。」

郭丹琴也不笨，她曉得簡妍之所以說這話，並不是因為真心想交她這個朋友，只是想氣李念蘭罷了。畢竟去年那會兒在桃園的時候，她可是同李念蘭一起那樣地羞辱過簡妍，她就不信簡妍心裡會沒有疙瘩。

簡妍心裡自然是有疙瘩的。她自認自己不算是什麼壞人，為著自己的前程利益可以不顧別人死活，冷心冷血地將別人踩在自己的腳底；可她也自認不是什麼好人，像李念蘭和郭丹琴這樣曾經那般羞辱過她的人，她是沒有辦法做到什麼一笑泯恩仇的。

郭丹琴倒還罷了，左右是不常見面的，可是李念蘭卻不一樣。同住在一個府裡，以後抬頭不見低頭見的時候多得是，她勢必要將李念蘭的囂張氣焰給壓下去，不能讓李念蘭每次見著她的時候都是那樣一副高高在上的模樣。

她要讓李念蘭知道，現在她簡妍的身分是高於她李念蘭的。

李念蘭現下氣得面色都已經變了。從她到了這亭子之後，就一直站在這裡氣急敗壞的，但從始至終，簡妍卻是閒閒地坐在墊了秋香色蟒緞坐墊的石凳上，面上帶了笑意地望著她。

李念蘭真恨不能衝上前去，動手撕掉簡妍面上那副像畫上去的笑意！

可是，她不敢。

簡妍的身後站了聽楓、聽梅、四月還有其他幾個小丫鬟，且若是她出手打了簡妍，這事很快就會傳到聶青娘和父親的耳中去。

說起來畢竟是她動手在先的，且又是這樣辱罵簡妍，便是父親再寵愛她，可到時有聶青娘在一旁說話，想來她這頓責罰定然是免不了的。

李念蘭面上變幻莫測的神情落在簡妍的眼中，她便曉得，這李念蘭不過是隻色厲內荏的紙老虎罷了，是萬不敢將現下之事鬧大的。

於是簡妍便站起來，朝李念蘭走過去。

桃紅色的百褶裙，底下的窄襴上也是用金銀絲線精心地繡了一圈精美的折枝玉蘭，走動之時，燦然生光。

簡妍在李念蘭的面前站定，面上雖然有笑容，可若是細看，那笑容裡卻是帶了幾分冷意的。

「二姊，」她的聲音不緊不慢，隱約還帶著一絲笑意。「雖然我是得了個樂安鄉君的封號，但我總是想著，妳我畢竟是姊妹，哪有讓妳這個做姊姊的，來對我這個做妹妹的行禮的道理？所以妹妹我是從來都沒有想過要在二姊面前擺什麼鄉君的身分的。只是一樣，我希望姊姊記得，無論前事如何，我現下是李簡妍，是父親和母親的女兒，還是皇上下旨所冊封的樂安鄉君，二姊若往後對我還是這般頤指氣使，罵著我是烏鴉，說著我是冒充者這樣的話，妹妹我可是會不高興的，到時妹妹少不得就要用鄉君的身分來壓一壓二姊了，二姊也不希望這樣吧？」

「妳、妳……」李念蘭伸了手，指著簡妍，氣得目瞪口歪。

簡妍卻微微地歪了歪頭，對她緩緩綻放一個笑容，慢慢地問道：「我怎麼了？」心裡卻是十分爽快地想著：我就是用了我鄉君的身分來壓妳，不服妳就來咬我啊！

自然，李念蘭是不敢真的去咬她，她只是氣得要死，可偏偏又不敢真的對簡妍怎麼樣。

她先前尚且還覺得簡妍是去年年初桃園裡的那個商女，可以由著她嘲諷而隱忍著不說話，可是而今簡妍卻這樣的氣場大開，肆無忌憚地用自己鄉君的身分來壓著她！但偏偏簡妍說的每句話，明面上恍似都是在為了她好、為了她著想，讓人壓根兒就沒有法子來反駁。

她氣得頭都痛了，但簡妍還在笑著。

「二姊、郭姑娘，」簡妍笑得溫婉和善，溫聲地說：「這櫻花我已是賞過了，現下我要去我母親那裡陪她用午膳，就先行一步了。」

話落，帶著四月等人，轉身就揚長而去。

第九十章 挑撥離間

婉姨娘正站在圓桌旁，服侍鄭國公李翼用早膳。

紫檀木圓桌上鋪了大紅銷金江牙海水如意雲紋的桌圍，正中放了一只黑漆描金九格攢盒，裡面放著諸如糟鵝胗掌、蒸臘雞翅、十香瓜茄等諸多細巧果菜，旁邊還有一大盤的八寶饅頭並著一大盤的白糖萬壽糕，以及一碗八寶蓮子粥。

那碗八寶蓮子粥李翼只吃一口就放下了，皺著眉不悅地道：「甜膩膩的，誰吃這個？另換一碗來！」

婉姨娘便趕著讓丫鬟換了一碗玉田紅稻米粥過來。

李翼這才就著那些醬菜吃了兩碗，又吃了四個八寶饅頭。那白糖萬壽糕卻只吃了半塊就放下來，想來也是嫌甜膩了，不愛吃。

飯後小丫鬟端水過來給李翼淨手，婉姨娘親自從丫鬟手裡托著的烏檀木托盤裡拿了雪白的手巾遞過來。

李翼接了，隨意擦了擦手上的水珠，又遞給了婉姨娘。

婉姨娘接過來，放到托盤裡，又示意小丫鬟全都退下去，然後讓柳嫂拿了上個月國公府進出的流水帳冊過來。

李翼這時已經坐在椅中，手中拿了一塊雪白的布巾擦拭著一把劍。

畢竟是上過戰場的人，就算這麼多年都賦閒在家，可當年金戈鐵馬、劍指叛軍的時光始終是無法忘卻的，所以他閒來無事的時候都會拿了布巾，仔細地擦拭著這把當年陪著自己上過戰場的佩劍。

原就是鋥亮的劍身，但李翼依然十分寶貝地用布巾反覆擦拭著。

婉姨娘心裡有些害怕。這樣曾經被無數鮮血浸染過的長劍，縱然現下劍身再是被擦拭得如何雪白，可依然有股無形的劍氣和迫人的寒意自劍身四散出來。婉姨娘每次看到這把劍的時候，眼中都恍似看到有猩紅的鮮血自劍尖上一點一滴的滴落下來。

她面色有些發白，但還是努力定了定神，面上浮上了溫婉的笑意，捧著手裡的帳冊走到李翼的身旁。

「國公爺，」她平舉雙手，將手中的帳冊遞過去，柔聲說：「這是咱們府裡上個月進出的銀項，您看看？」

李翼沒有接這帳冊，反倒有些不耐煩地皺了皺眉，說：「內宅裡的這些小事妳何必要過來對我說？這都是妳們內宅婦人的事。既是讓妳管家，妳自己看著辦也就是了。」

李翼是從來不過問內宅裡的事的，便是他出去看中了什麼，也是從來不問價錢，讓身邊的長隨拿了，然後吩咐店家來國公府支銀子就是。而聶青娘因自己的身分，向來就不屑於同婉姨娘爭論什麼，又因身子不好，也不耐煩去管內宅裡這些繁瑣的事，所以這些年也就由得婉姨娘管家了。

婉姨娘自然是樂得如此。她出身不好，又是個妾，哪裡有什麼嫁妝呢？可是她的三個兒女，李念宜是寧王的侍妾，府裡日常要打賞人，出手還不能太寒酸，她不貼補一些怎麼成？李敬新近在五城兵馬司裡謀了個職位，平日裡的交際應酬哪一樣不要花銀子？李念蘭又是個喜歡買時新首飾做新衣裳的人，僅指著他們那一個月二兩銀子的月例怎麼夠？說不得她也就只能藉著這管家之便，悄悄地落了些銀子下來，在外面置辦一處田莊和兩處鋪子，補貼自己兒女每日所需的費用了。

現聽李翼這般說了，婉姨娘雖然心中一喜，面上並沒有顯出來，只是依然柔聲說：「我曉得原是不該拿這些內宅的瑣屑之事來擾了國公爺的清聽，但國公爺畢竟是這國公府的頂梁柱，唯一的主子，所以縱然曉得國公爺再是不愛聽這些，我少不得也要過來對您說一說。」

她這番恰到好處的恭維只把李翼給熨貼得渾身哪裡都覺得舒爽，於是他便放下手中的長劍，大馬金刀地坐在椅中，面上含笑地說：「既如此，那妳說說，我聽著就是。」

於是婉姨娘便委婉地說了這兩年田莊的收成沒有前些年好，鋪子裡的收益也略有些下降，可這府裡兩、三百人的嚼用每日都是要的之類的話。

「……近來我反覆計算了幾次，咱們府裡進的少、出的多，長此以往下去定然是不成的，所以我便想著要省儉些開支。像今年春日按例該做的衣裙、首飾，我那日查看了一番衣箱、衣櫃，見著去年的衣裙還是能穿的，首飾也有，我便沒有做衣裙、打首飾了。蘭姊兒那裡，我也查看了她的衣裙、首飾，雖說去年的都是有，但想著她經常要出門見客，又是個未出閣的姑娘家，所以還是做了兩套新衣裙，打了兩件時新的首飾。而夫人那裡，我想著她畢竟是正室，再怎樣省儉也不能省儉到夫人的頭上去，所以依然按著往年的分例，給她做了新衣裙，打了首飾，夫人也都收了。再有，前些日子三姑娘新進府，我想著三姑娘這些年在外面也是過得不容易，更何況現下她又有了鄉君的封號，便給她做了六套春日的衣裙，又買了一匣子上好的時新首飾給她。」

李翼望著婉姨娘，見她穿著半新不舊的青碧色纏枝蓮花紋的披風，牙色的百褶裙，頭上也不過簪了支四蝶紛飛銀步搖，一支成色算不得好的碧玉簪子，他便點點頭，說：「我也曉得當家不易，這些年難為妳了。」

婉姨娘溫婉一笑，眼圈竟是有些泛紅了，而後又溫柔地嗔道：「國公爺這說的是什麼話？我自然想著要一心替國公爺分憂。但管家這事，國公爺也曉得，正所謂是當家三年，狗也嫌，背地裡總歸會有人說我不好，還希望國公爺聽了那樣的話時，不要責怪我才是。」

李翼就道：「這些年妳將國公府打理得這樣好，我都是看在眼裡的。妳都這樣賢慧了，若是有誰膽敢在背後說妳不好，直接拉出來先抽了三十馬鞭子再說。」

「有國公爺這句話，我便是在背後受了旁人再多非議，那也是值得了。」婉姨娘輕輕嘆著。頓了頓，她又作了一副躊躇的神色出來，遲疑地說：「有一句話，我不曉得該不該對國公爺說……」

「說！」李翼豪爽地揮揮手，又拿了擱在几案上的長劍，用布巾仔細地來回擦拭著。

於是婉姨娘便繼續溫婉地說：「這幾日三姑娘剛回府裡，夫人心疼三姑娘這些年受的苦，讓三姑娘住了辛夷館不說，還將裝置得富麗堂皇，然後又給三姑娘做了那樣多的衣裙，打了那樣多的首飾，實在是奢華太過。可我也不好開口阻攔，畢竟論起來，三姑娘也確然受了許多苦，現下補償些也是應該的。只是，三姑娘畢竟年幼，這樣的奢華太過……」

她這話原是說得含糊，並沒有主動提及聶青娘給簡妍置辦的那些都是她自己的體己，反而隱隱有誤導李翼往「聶青娘動用公中銀子」的這意思上靠，畢竟她說了「她是不好開口阻攔」的這話，可是現下她和李念蘭都在儉省著，而她聶青娘和簡妍母女卻是那樣奢華。

但李翼聞言，卻渾然不在意地打斷了她的話，說：「這事我曉得。青娘已遣了魏嬤嬤過來同我說了，給妍兒置辦的那些衣裙、首飾，以及她住的辛夷館裡布置的那些物件，原都是青娘帶過來的嫁妝。那些嫁妝將來也是妍兒和信兒的，現下提早給了他們也沒什麼，這個妳就不用干涉了，青娘自己的嫁妝，不說是妳，我也是干涉不來的。」

婉姨娘面上一片青白之色。

最後，婉姨娘也不曉得自己到底是怎麼出了李翼的書房。

柳嫂扶著她的胳膊，見四處沒有旁人了，才輕聲地說：「姨奶奶，這是怎麼一回事？夫人平日最是個清高的，自己做什麼樣的事都不稀罕對國公爺解釋，怎麼現下卻特地讓魏嬤嬤過來跑一趟，說了這樣的話？」

「我如何會曉得她忽然就轉了性子？」婉姨娘伸手按了按額頭——她一直都有偏頭痛的毛病。當下她就懨懨地想著，怎麼簡妍一來這國公府，就有這樣多的事發生了變化呢？

先是李念蘭的性子越發暴躁，如今連聶青娘這個向來不問塵世俗事的嬌貴夫人也讓魏嬤嬤特地來對國公爺說了這樣的事。

她原本認為，她說了那樣的話之後，國公爺就會前去質問、譴責聶青娘一番。依聶青娘那高傲的性子，縱然那些都是她的體己，可她只怕也不會開口同國公爺解釋半句，反倒還會倔強地同國公爺吵架，說他竟是這樣不體惜簡妍那些年受的苦，現時給簡妍的衣裙首飾和住處布置得奢華些又怎麼樣呢？那原是簡妍應得的。這樣他們兩人之間因著誤會，只會越發鬧得不可開交，到後來的結果勢必就是聶青娘對國公爺越發灰心，再也不想理國公府的任何事，關起門來過他們母子三人的日子就好；而國公爺則會對聶青娘總是頂撞、惹惱他越發生氣，連帶著對簡妍只怕也是會遷怒的。這樣一箭三鵰的事，真真是再好也不過了。

可是，哪裡能料想到，聶青娘卻是一早就知會了國公爺這件事！

婉姨娘咬牙切齒地想著，這必然是簡妍從中作梗！不然依聶青娘的性子，她必然不會做出這樣的事來。

婉姨娘對李翼說的那些話，很快就傳到了雅安居裡。

魏嬤嬤正同聶青娘說：「……還是咱們姑娘有先見之明，早早就料到婉姨娘會拿了這事去國公爺那裡說道，所以一早就讓咱們做好了防備。」

但聶青娘卻只覺得心疼。「若妍兒一直都在我的身旁嬌慣著長大，又哪裡會曉得這許多的彎彎繞繞呢？定然是這孩子那些年過得太辛苦，所以小小年紀才知道防範人。」

聶青娘只要一想到那日沈嬤嬤說的，簡太太是如何將簡妍當作瘦馬一樣來養，逼著她學了那麼些才藝不說，還日日餓著她，不讓她吃飽，動不動就會訓斥她，最後還將她許給了周元正那樣年紀大得都足以做她祖父的人為外室，簡妍不從，竟然用了簪子欲自盡這樣的話，聶青娘就覺得似是有一隻無形的手猛地攥緊了她的心，痛得厲害。

她只想著要拚命補償簡妍，再也不要簡妍為任何事操心。

但魏嬤嬤卻覺得簡妍這樣甚好。「夫人，您和世子爺就是性子太好了，所以這些年才由得婉姨娘他們一直在這宅子裡鬧騰。不就是她婉姨娘有個女兒給了寧王做侍妾嗎？婉姨娘不就是指望著寧王能繼承大統，到時她女兒就能撈個妃嬪娘娘當當嗎？但皇上原就不止寧王這個兒子，還有個梁王呢！誰曉得到最後到底會是哪位王爺繼承大統？她婉姨娘現下就作這樣的千秋大夢，實在是有些早了。」說到這裡，魏嬤嬤又細細地將昨日婉姨娘去了辛夷館，對簡妍說的那幾句話說了出來。「……這些話老奴原是不打算對夫人您說的，怕您聽了生氣，只是目下說不得也只能對您說了。夫人您試想想，如今不過才這麼個樣，婉姨娘就敢對咱們姑娘說這樣的話，在咱們姑娘的面前擺身分，往後不曉得背地裡還會對咱們姑娘和世子爺做些什麼呢！」

聶青娘猛地抬頭望著魏嬤嬤，問道：「昨日她真的在妍兒面前這樣說？」

「自然是真的。」魏嬤嬤點點頭，正色道，：「老奴一個字都沒敢篡改。」

聶青娘頓時氣得一顆心突突地跳個不住，咬牙道：「往日裡任由她兩面三刀也就罷了，我實在懶待同她這樣的人爭論、分辯什麼，只想著和信兒安安生生地過日子，可是沒想到她背地竟然對妍兒說了這樣的話！妍兒來國公府這才幾日的工夫，她就這般迫不及待地跳出來？不成，我絕不能讓她欺負我的女兒！」

「可不是這樣說呢！」魏嬤嬤忙在旁邊附和。「夫人您是自持身分，不想同她這樣的人爭論，可是人家不這樣想。不是老奴多嘴搬舌，咱們世子爺只不過是生得文靜些，不喜弓箭，喜愛讀書罷了，這原也沒什麼，若往後咱們世子爺中了舉、做了官，這文官還比武官清貴呢，有什麼不好的？可婉姨娘母女卻是得閒就在國公爺面前說咱們世子爺性子軟弱，這三人成虎，說得多了，國公爺也就不待見咱們世子爺了。而今姑娘剛回來沒幾日，您心疼她，用著自己的體己給姑娘置辦了一些物件，可婉姨娘就那樣到國公爺的面前搬舌去了。若非是姑娘提醒，咱們一早就去對國公爺說了這事，只怕在婉姨娘那番攛掇下，國公爺指不定就會來這裡跟您說這事呢！到時您和國公爺之間豈不是要大大地鬧一場？得益的不還是她婉姨娘？」

「不成！」聶青娘的手緊緊攥住了手底下杏黃色的迎枕。「我是絕不能讓她這樣欺負我的孩子！」

魏嬤嬤見狀，曉得聶青娘這是真的惱怒了，她忙打鐵趁熱說：「可不就是這樣嘛！夫人，現下姑娘好好地回來與您團聚了，您一雙兒女都在身邊，您這個做母親的，可得好好護著他們兩個才是，哪能由得一個姨娘在姑娘和世子爺面前這樣囂張？所以您得放寬心，好好養病，等病好了，您就去對國公爺說一說，將管家的權力從婉姨娘手裡奪回來。畢竟說到底您才是正室，她婉姨娘再有一個女兒給寧王做侍妾，也只是個姨娘罷了，這天下間哪有姨娘當家理事的道理呢？」

魏嬤嬤巧舌如簧，只說得聶青娘原是死灰一樣的心瞬間沸騰得如岩漿一般。

「對，魏嬤嬤妳說得對！」聶青娘扭頭看她，眼神堅定。「我得快些將我這病養好了，好好地護衛我的一雙兒女才是！妍兒是不必說了，前些年受了那樣多的苦，便是信兒，這些年我也就淨顧著自己傷心，壓根兒就沒有顧得上好好照顧他，往後我得補償他們、守護著他們才成！」

魏嬤嬤聞言，只歡喜得面上全都是笑容。以往她也對聶青娘說過這樣的話，但聶青娘總是聽不進去，日日夜夜只想著不幸失落的姑娘，可是現在不一樣了，聶青娘終於願意振作起來了！

魏嬤嬤一時就覺得，簡妍真的是福星啊！她一回來，什麼事情都朝著好的一面發展去了。

第九十一章　首輔身死

朝陽初上，九重宮闕之門次第打開。

身著朝服的臣子由大殿裡魚貫退出，緋色袍服的下襬輕輕劃過一塵不染的漢白玉臺階。

已是早春，站在高高的漢白玉臺基上，可以看到遠處泛著綠意的柳樹。日光照射其上，柔美婀娜。

徐仲宣忽然就想到了簡妍。

她嬌羞的時候，低垂著頭，眼眸微閉，唇角微微地揚上去，兩頰一抹紅暈；頑劣的時候，挑眉睜眼，眼珠斜斜上視，帶著那麼一點挑逗的意味；倔強傷心的時候，則是緊緊地抿著唇，縱然眼眶已然泛紅，卻依然不肯讓淚水落下來。

一如遠處的那柳樹，枝條既柔軟，可也堅韌，任憑風吹雨打始終不改初衷。

徐仲宣雙手攏在袖中，唇角帶著一抹笑意，心想，也不曉得她在鄭國公府裡過得如何？會不會覺得不習慣？有沒有想他？

縱然他曉得簡妍是個能屈能伸、隱忍堅強的性子，現下又有鄭國公府嫡出姑娘和樂安鄉君這個封號傍身，在國公府想來是不會過得不好的，可他總是忍不住會擔心。

愛一個人的時候，哪怕便是知道她再厲害，可是照樣還是會擔心這樣、那樣。

他想著，等他手頭的這些事一了，也該去和鄭國公提親了。
總是要日日見著她安好地在他身旁，他才會安心的。
他抬腳欲下白玉臺階，旁側卻忽然傳來一道陰惻惻的聲音——
「徐侍郎這般面帶笑容，可是想到了什麼高興事？」
徐仲宣循聲望了過去，見著背手站在他身旁不遠處的人，正是周元正。
方才他一直在想著簡妍，倒是不曾注意過周邊。他心中暗道一聲大意了，面上卻是不顯，只是虛虛地拱了手，面上是虛情假意的笑容。「周大人這般眉目緊鎖，可是因為方才殿中遭皇上訓斥之故？」
近來皇帝的身子越發不好，梁王一直衣不解帶地隨侍在龍榻旁，親自端茶端水，便連皇帝所喝的藥汁也要自己先嚐一口再親手餵給皇帝喝；反觀寧王，卻是以為皇帝不成了，只抓緊時間準備好篡位奪權的事，而周元正作為寧王一黨，自然也是跟隨在後。
世上沒有不透風的牆，就不曉得什麼人將這事給抖了出來，皇帝當即就氣了個半死，差點真的一口氣沒上來，直接就去了。
自己一直喜愛寧王的啊，可這兒子卻是盼得他早死！
梁王他是一直不大待見的，可是現下他卻這樣在自己病榻前伺候著。
皇帝對寧王和梁王的態度，因著這場病就調了個位置，於是今日早朝的時候，皇帝便隨意揀了兩件事，扯到了寧王和周元正等一干人的頭上，嚴詞厲色地訓斥了一番。

徐仲宣趁著這會兒，又將一些官員的名單報了上去，只說是辦事不力，上書請求或降職、或外調、或革職。

自然，這些官員都是寧王一黨，皇帝當即也都允了。

至此，寧王的黨羽陸陸續續被徐仲宣消滅了近一半，周元正的權傾朝野只怕也要大打折扣了。

周元正聽得徐仲宣故意提了此事，心中自然是惱怒，可也沒有說什麼，只是從鼻中輕哼了一聲。

徐仲宣便不再理會他，抬腳下了臺階。

只是，他不過剛走下兩道臺階，背後忽然傳來周元正甚為陰冷的聲音——

「簡妍的身分，可是你從中搞鬼？」

簡妍的身分一事確定得實在太快，且一切都是悄無聲息地進行著，顯然就是有人特意壓下這件事，所以他壓根兒就沒有收到半點訊息。

先前，他不過是趁上元節節假時回家祭了一次祖，回來還沒有歇息兩日，忽然就傳來消息，說是在郊外山林中發現了碧雲和崔嬤嬤的屍首。

那裡慣常是有匪徒出沒的。

得知這個消息時，他立刻就遣人至徐宅找簡太太，但是簡太太已經不在徐家了。

簡妍的真實身分被揭曉之後，吳氏想著簡太太以往那樣對待簡妍，鄭國公和他夫人豈會輕易饒恕簡太太？所以她是再也不敢讓簡太太客居在徐家，遣了僕婦過去，直接對簡太太說了她這個意思不說，而且還讓她立時就離開。

簡太太當時只羞臊得紫脹了一張臉，可又有什麼法子呢？人家都已經攆到了面前，她也不能厚著臉皮在這裡繼續待著啊！當下也只得吩咐丫鬟，忙忙地收拾東西。

沈嬤嬤和珍珠自從那日從鄭國公府回來之後就不見了，她也找不見她們兩人。但偏生這兩人都是她的心腹，左膀右臂，她有些什麼物件她們兩人是最清楚的。可是這會兒兩人都不見了，於是當時收拾東西收拾得很是手忙腳亂，臨了也只能隨意一裹，託了人去街上雇了馬車來，忙忙如喪家之犬般地上京城找簡清去了。

先時因簡清在國子監上學的緣故，她在國子監附近置辦了一所兩進的小院落，倒是可以暫時落腳。

只是，在那小院落裡落腳的次日，周元正的人就找上門來問簡妍的事。

簡太太少不得就將簡妍的身分實話實話了。

那人回去稟明周元正之後，周元正當即大怒，將桌上的一套官窯甜白瓷茶具全都給摔到了地上去。

簡妍現下既是鄭國公的嫡女，又得皇上親口封為樂安鄉君，他便是再如何有權勢，那也不可能逼著有宗室爵位的國公嫡女做外室啊！

他遷怒之下，當即便讓人去國子監傳話，再不讓簡清在國子監上學了；然後又遣了小廝，將簡太太和簡清都攆出了京城。

等簡太太出城的時候，發現徐仲宣正在那裡等著她。

簡太太那樣對待簡妍，徐仲宣自然也是饒不了她的。

徐仲宣當時只是攏了手在袖中，居高臨下地冷冷望著她。

簡太太在徐仲宣這冰冷森寒的目光中，渾身瑟瑟發抖如雨中鵪鶉。

徐仲宣卻是不屑於和她說話的，只是吩咐齊暉，尋了一個深山僻靜的廟庵，讓簡太太餘生都在那裡伴著青燈古佛苦修也就是了。

有的時候，痛苦的苟延殘喘倒是比乾脆俐落的死亡來得更折騰人。想來簡太太錦衣玉食了前半輩子，餘生卻要受著廟庵裡旁人的白眼冷漠，每日做著繁重的活計，且只能吃糠嚥菜，叫天天不應、叫地地不靈，末了總是會懺悔她那些年對簡妍所做過的那些事吧？

至於簡清，徐仲宣倒是沒有過多為難他。

他記得簡妍曾對他說過，簡清那些年對她還是不錯的，而簡清身邊的那些財物，已經足夠他從從容容地過完這一輩子吧？

只是，不能再讓他在京城待著了，還是送回祖籍隆州吧。

而自然，這些事周元正是不知道的。

周元正當時只想著，關於簡妍身分的問題，一定是徐仲宣趁他不在京城的日子裡搞的鬼，而碧雲和崔嬤嬤，也定然是徐仲宣下的手。只是徐仲宣將這兩件事辦得滴水不漏，他縱然心中再猜測，也是找不到一絲證據。

可是心中始終是不甘不忿的，所以方才見著徐仲宣面上略帶譏誚的笑意時，他便忍不住脫口問了這句話。

就見徐仲宣回頭，面上依然有著一絲溫雅的笑意，慢慢地說：「我卻是沒有料想到皇上會冊封她為鄉君的事。」

言下之意，就是其他事都在他的料想之中了？周元正面上變色。

他咬了牙，一雙眼皮半合下來，內裡泛著冷意。

「你以為將她變換了身分，我就拿她沒有法子了嗎？年輕人，你想得太簡單了。這世上的事，沒有什麼是永恆不變的。今日她是國公嫡女、樂安鄉君，但明日她就可能什麼都不是了，到那時，我看你再能如何護著她？」

徐仲宣望著他，側了側頭，唇角竟是勾得較先前更加深了。

是啊，這世上的事，沒有什麼是永恆不變的。今日你還是高高在上的內閣首輔，但明日，你就會是腳戴鐐銬的階下囚了。

臨死而不自知，反倒還在這兒磨嘴皮子，誇誇其談，實在是可憐可嘆。

徐仲宣不再說話，袍袖輕拂，轉過了身，腳步輕快地下了臺階。

周元正落馬的最直接原因，是今科的會試。

科舉是選拔人才的途徑，哪朝哪代的皇帝都極其重視，容不得半點出錯。只是今科會試，最後放榜之時卻被有心人發現，錄取的近三百名貢士中，竟有約三分之一的人是曾受過周元正恩惠的門下弟子，或是與他手中黨羽有關之人！

眾人譁然。

於是，這事勢必是要查下去的。

查到後來，就發現今科會試的題目一早就遭洩漏，而始作俑者正是周元正，還有司禮監掌印太監孫安。

內閣有票擬的權力，司禮監有批紅的權力，而當今皇帝懶散，所以朝政一直都被周元正和孫安把持著。但是現下，這頭懶散多年的獅子似乎有睡醒過來的跡象。

皇帝當即就將周元正和孫安都下了詔獄，同時責令刑部和錦衣衛徹查周元正和孫安的所有罪行。

正所謂是牆倒眾人推，於是一時間，關於周元正貪墨、縱子行凶、遍植黨羽、把持朝政等等眾多罪名的章摺，雪片似的呈了上去。

最後皇帝大為震怒，下旨將周元正在朝中剩餘的一眾黨羽殺的殺、下獄的下獄、革職的革職，幾乎是血雨腥風地清洗了朝堂一遍。

隨後皇帝又下了一道旨意，羅列了周元正的十宗罪，賜了一杯毒酒和三尺白綾。

於是，周元正的內閣時代結束。

此事過後，徐仲宣因為有功，以吏部左侍郎的身分進入內閣，成為群輔之一。

雖然徐仲宣暫且只是群輔，但他能以二十六歲的年紀進入內閣，已經足夠朝野譁然了。

屬於徐仲宣的內閣時代，正在來臨。

——未完，待續，請看文創風534《娶妻這麼難》4（完結篇）

2017年3月出版

媳婦說得是

文創風 506～508

要嫁就嫁一個——
最疼妳的、最懂妳的、最挺妳的，
永遠把妳說的話當一回事的男人……

有愛就嫁，有妳最好／沐榕雪瀟

才剛產子的她，看著繼母撕下偽善的面具，
將摻有劇毒的「補藥」送到她嘴邊，她已無一絲力氣反抗，
而她的夫君竟還將她剛生下來還沒見上一面的孩子狠狠摔死，
她怨毒絕望，銀牙咬碎，發毒誓化為厲鬼報此生仇怨……
苦心人、天不負！一朝重生，她成了勛貴名門的庶房嫡女，再次掙扎是非中。
儘管庶出的父親備受打壓，夾縫中求生存；出身商家的母親飽受歧視，心灰意冷，
溫潤的兄長懷才不遇，就連她的前身也受盡姊妹欺凌，被害而死……
然而，這些都無法阻撓她的復仇之路，
鳳凰涅槃，死而後生。她相信自己這一世會活出輝煌，把仇人踩在腳下。
攜恨重生，她必要素手翻天、快意恩仇，為自己、為親人爭一份富貴安康……

平實溫暖、輕快活潑／芳菲

2017年4月出版

嗆辣美嬌娘

穿越重生之前，與自己的母親相依為命；
靈魂重生之後，一肩扛起大家族的生計。
種種試煉讓她不奢求愛情，卻沒料到那人就在燈火闌珊處……

文創風 509 **1**

對謝玉嬌來說，穿越到另一個時空其實並不可怕，
就算爹不幸離世，也有個跟她前世的媽長得一模一樣的娘，
加上謝家是江寧縣的頭號地主，即便她不是什麼枝頭上的鳳凰，
總歸是富霸一方的土豪千金，稱頭得很！
只可惜，現實生活總是有那麼一點小小的缺憾，
她這羸弱女兒身，終究注定不被人放在眼裡，
那些在一旁虎視眈眈的親戚不但三天兩頭找理由索討花用，
還要以「繼承謝家」為名義，企圖塞些不成材的傢伙來當嗣子，
更有唯我獨尊的老姨奶奶，想把她當娃兒放在手心上拿捏，
逼得謝玉嬌只能板著張俏臉挺身而出……

文創風 510 **2**

多接收一些難民對謝玉嬌來說並非什麼困難的挑戰，
反正他們能幫忙開墾荒地，她就當是做善事，何樂而不為？
可是其他縣的難民找碴找到她娘身上，還開口要一大筆贖金，
這就不是保持「溫良恭儉讓」的態度能解決的問題了！
為了解救一個好心幫她母親逃走卻被俘擄的男人，
謝玉嬌帶著村裡一群人前往對方的根據地，準備大展身手，
卻沒料到他早就降伏了那些山賊，還讓他們願意從軍救國……
照理講，這麼一位英雄豪傑應該讓人敬佩不已，
但是他那輕浮又玩世不恭的模樣，老是讓謝玉嬌煩躁不已，
巴不得他趕快從她眼前消失，好恢復往常平靜的生活！

文創風 511 **3**

死而復生什麼的，的確不比穿越重生來得驚悚，
但是當謝玉嬌看到被宣告戰死的人重新出現在她面前時，
依舊腦袋一片空白，無法掩飾內心的震驚……
更誇張的是，明明那傢伙都坦承自己隱瞞真實身分了，
她母親還不肯放棄，非得想辦法把他們兩個綁在一起不可，
最後皇后也跑來湊熱鬧，整個謝家宅的人更充當起臨時演員，
共演「小姐求妳嫁給我」這齣大戲，害她想低調一點都沒辦法，
只能故意提出要他同住的條件，來個真心大考驗，
沒想到他除了爽快答應，還得寸進尺地溜進她的繡樓裡，
想要來個甜蜜蜜的婚前同居！

文創風 512 **4** 完

不管謝玉嬌再怎麼掙扎，終究落入重重情網之中，
任憑她如何強勢又有主張，在他面前都不過是個單純的少女，
也罷，反正都要嫁了，當人家老婆總不會比掌管家業來得難吧？
然而……雖然她想得很樂觀，但他終究是個王爺，
就算已經沒了父母，也有皇兄跟皇嫂在那裡等著下指導棋，
這不，才新婚呢，就有人看不慣他們如膠似漆，
硬要塞兩個侍女進門，美其名叫「滅火」，實際上在「點火」，
氣得她醋意四散，只差沒殺進行宮要人給個交代！
就在一切歸於平靜，而她也有了身孕時，反攻北方的號角響起，
她親愛的老公自動成為帶領軍隊出征的不二人選……

風 文創
533

娶妻這麼難 3

國家圖書館出版品預行編目資料

娶妻這麼難 / 玉瓚著. --
初版. -- 臺北市 : 狗屋, 2017.06
冊 ; 公分. --（文創風）
ISBN 978-986-328-738-4（第3冊 : 平裝）. --

857.7　　　　106005767

著作者	玉瓚
編輯	黃淑珍
校對	黃薇霓　簡郁珊
發行所	狗屋出版社有限公司
地址	台北市104中山區龍江路71巷15號1樓
電話	02-2776-5889～0
發行字號	局版台業字845號
法律顧問	蕭雄淋律師
總經銷	知遠文化事業有限公司
電話	02-2664-8800
初版	2017年6月
國際書碼	ISBN-13　978-986-328-738-4

本著作物由北京晉江原創網絡科技有限公司授權出版

定價250元
狗屋劃撥帳號：19001626
網址：love.doghouse.com.tw　E-mail：love@doghouse.com.tw